AF280758

Manne: ausgerechnet Sisselsheim

Beate Weirich

Manne: ausgerechnet Sisselsheim

Band 1 aus der Manne-Reihe

ein heiterer Roman

FSC
www.fsc.org
MIX
Papier aus ver-
antwortungsvollen
Quellen
Paper from
responsible sources
FSC® C105338

Impressum

Bibliografische Information der Deutschen Nationalbibliothek: Die
Deutsche Nationalbibliothek verzeichnet diese Publikation in der
Deutschen Nationalbibliografie; detaillierte bibliografische Daten
sind im Internet über dnb.dnb.de abrufbar.

© 2022 Beate Weirich
htpps://www.tintenweberei.com

Lektorat: Christine Hochberger
Korrektorat: Manuela Schapitz
Coverzeichnung: Astrid Reichel-Schattmann
Instagram ars_myarts
graphische Gestaltung: Fern Weirich
Foto (S. 234): roxtar Photography, Tobias

Herstellung und Verlag: BoD – Books on Demand, Norderstedt

ISBN: 978-3-756-83956-8

Für alle Frauen, die noch einmal neu anfangen,
obwohl man ihnen sagt, dass sie für so einen Unsinn zu alt sind.

Eins

Manne wickelte ihre letzte Tasse in Zeitungspapier, um sie in den Umzugskarton neben ihrem Küchentisch zu packen, als es plötzlich klingelte.

"Wer will denn so spät noch ..." murmelte sie, während sie die Tasse in den nächstbesten Karton stopfte. Vielleicht hatte die junge Frau von nebenan ihren Müll hinuntergebracht und dabei die Tür ins Schloss gezogen. Sicherheitshalber zog sie ein sauberes Hemd über das verschwitzte T-Shirt und fuhr mit beiden Händen durch die schnörkellose Kurzhaarfrisur, bevor sie zur Wohnungstür ging.

"Ja bitte?", meldete sie sich durch die Gegensprechanlage, während sie ihr Hemd zuknöpfte.

"Stör ich, oder kann ich kurz hochkommen?", tönte die Stimme ihrer jüngeren Kollegin Anja aus dem winzigen Lautsprecher.

"Du störst nie", antwortete Manne, während sie den Türöffner betätigte und das Treppenlicht einschaltete. Im Lauf der Jahre war sie so etwas wie ihre beste Freundin geworden, die sie im Notfall sogar um Mitternacht noch aus dem Bett klingeln durfte, aber in den Sommerferien sollte es eigentlich keine Notfälle geben.

"Alles okay?", fragte sie, als Anjas Gesicht über dem Treppenabsatz auftauchte.

"Bei uns ist alles in Ordnung. Und wie sieht es bei dir aus?"

"Alles bestens."

"Weißt du inzwischen schon, wo du ..." Sie folgte Manne in die Wohnung und nahm Kurs auf das Wohnzimmer. Auf der Schwelle blieb sie plötzlich stehen. "Wo sind denn deine ganzen Möbel?"

"Verkauft, verschenkt oder in den Müll geworfen. Komm mit in die Küche, da ist noch fast alles beim Alten."

"Ich komme gleich." Während Manne den Wasserkocher füllte, wanderte Anja durch alle Räume, als müsse sie sich davon überzeugen, dass sich ihre Freundin keinen Scherz mit ihr erlaubt hatte.

Als das Wasser im Kocher zu summen anfing, fischte Manne zwei Tassen aus dem Karton. "Kaffee oder Tee? Ich hab aber nur noch löslichen Kaffee und keine Milch mehr da."

"Lieber Tee", tönte Anjas Antwort aus dem Schlafzimmer.

"Okay." Manne kramte in der Kiste, die unter einem offenen Schrank stand. "Schwarzen Tee, Pfefferminztee oder ...?"

"Ich trink dasselbe wie du", unterbrach Anja die Aufzählung. "Jetzt sag schon, wo deine Sachen geblieben sind."

"Weg." Manne hängte in jeden Becher einen Teebeutel und goss Wasser darüber.

"Echt jetzt? Dein Wohnzimmer ..."

"... hat das Sozialkaufhaus genommen, genau wie meine Klamotten und das Geschirr. Den Bücherschrank und meinen Schreibtisch hat ein holländischer Antiquitätenhändler gekauft. Ich hab mich echt gewundert, wie viel Geld er dafür bezahlt hat."

"Und deine vielen Bücher? Deine DVDs? Deine CDs?"

"Verkauft, verschenkt oder weggeworfen", wiederholte Manne. "Wenn sie nicht in einem der sieben Kartons sind, die ich mit in mein neues Leben nehme." Sie schob einen der Becher zu Anja hinüber. "Magst du Zucker?"

Anja schnupperte an dem tiefroten Gebräu. "Apfeltee?"

Manne nickte. "Jasmin hat mir ein Päckchen aus der Türkei mitgebracht."

"Dann brauch ich keinen Zucker." Schweigend rührten sie in ihren Tassen, doch Anja konnte die Stille offenbar schon nach zwei Minuten nicht mehr ertragen. "Wie geht es jetzt weiter? Du wolltest die Wohnung doch untervermieten und nächstes Jahr zurückkommen."

"Wie du siehst, habe ich meine Pläne geändert. Ich habe eine Nachmieterin gesucht, meine Wohnung ausgemistet und alles, was ich unbedingt behalten will, in sieben Kisten gepackt."

"Nur sieben Kisten?" Anja war immer noch fassungslos.

"Sieben Kisten, meinen Lieblingssessel, meinen Futon und eine Tasche mit meinem Bettzeug. Mehr brauche ich nicht." Sie pustete den Dampf von der Oberfläche ihres Tees und nippte vorsichtig daran. Natürlich war er noch immer zu heiß zum Trinken. "Genau genommen hätte ich nicht mal meinen Sessel mitnehmen müssen, aber ein bisschen Sentimentalität leiste ich mir einfach."

"Und was wird aus deiner Motorrad-Reise? Du wolltest doch einen Platz finden, an dem du in Ruhe alt werden kannst."

"Dieser Platz hat mich gefunden. Ich ziehe zu meiner Tochter."

"Wie bist du denn auf die Idee gekommen?"

"Julia ist auf die Idee gekommen. In ihrem Haus gibt es eine schicke kleine Einliegerwohnung, die mit allem ausgestattet ist, was ein Mensch braucht. Bis vor einem halben Jahr hat ihr Schwiegervater darin gewohnt, aber der ist Ende Januar gestorben, seitdem steht sie leer. Julia hat mich gefragt, ob ich nicht bei ihr einziehen will."

"Ich dachte, du und Julia ..." Hilflos zog Anja die Schultern hoch. Offenbar wusste sie nicht, wie sie den angefangenen Satz beenden sollte.

"Wir haben nicht das beste Verhältnis zueinander", half Manne aus. "Aber das wird sich ändern. Ich bin vor über dreißig Jahren nach Köln gekommen, weil ich den Kleinstadtmief nicht mehr ertragen konnte. Julia ist bei meinen Eltern geblieben, weil sie um keinen Preis der Welt in einer Großstadt wohnen wollte. Das waren vermutlich nicht die besten Voraussetzungen für ein gutes Verhältnis, aber ich wäre in Sisselsheim zugrunde gegangen und sie in Köln."

"Und jetzt willst du da hinziehen?" Anja schüttelte den Kopf. "Ich wette einen Schokobecher im teuersten Eiscafé der Stadt gegen einen Milchshake bei der Bude am Bahnhof, dass du spätestens in einem Jahr wieder in Köln und an der Herbert-Reichmeyer bist. Ausgerechnet Sisselshausen ..."

"Sisselsheim", verbesserte Manne sie. "Es heißt Sisselsheim und ist ein nettes Städtchen im Dunnbergkreis mit Supermärkten, Ärzten, Apotheken, einem Krankenhaus, Metzgereien, Bäckereien, einem Drogeriemarkt, einem Schuhgeschäft, einigen Kneipen und einer Boutique. Verglichen mit Köln, ist dort alles so günstig, dass ich es mir leisten kann, meine Stelle zu kündigen und in den zwei Jahren bis zur Rente von meinen Ersparnissen zu leben." Sie wischte einen unsichtbaren Krümel vom Tisch. "Julia hat mit zehn Jahren entschieden, dass sie bei ihren Großeltern bleiben will, seither habe ich sie nur noch in den Ferien gesehen. Ich habe nicht miterlebt, wie aus dem süßen Pummelchen ein hübsches Mädchen und aus dem Mädchen eine attraktive junge Frau wurde. Inzwischen ist sie mit einem erfolgreichen Geschäftsmann verheiratet und die Mutter zweier Töchter, die ich auch nicht kenne. Wenn es noch ein Abenteuer gibt, das ich auf keinen Fall verpassen sollte, muss ich nur mein Single-Dasein aufgeben, um meine Tochter und meine Enkelinnen endlich kennenzulernen." Das musste genügen! Selbst ihrer Freundin wollte sie nicht auf die Nase binden, dass sie in letzter Zeit öfter als gewöhnlich an Walli gedacht hatte.

"Bist du sicher, dass du nicht einfach dein Single-Dasein aufgeben und nach dem passenden Mann zum gemeinsamen Altwerden suchen solltest?"

"Ich soll mir einen Mann suchen? Ist das dein Ernst oder willst du eine alte Frau veräppeln?" Manne lachte schallend. "Die letzten ernsthaften Versuche habe ich gemacht, als ich in deinem Alter war." Kopfschüttelnd winkte sie ab. "Aber Walli hat nicht mal gemerkt, wie sehr ich in ihn verliebt war."

"Wer ist denn dieser Walli?", wollte Anja wissen. "Kenne ich den zufällig auch?"

"Walli war unser Schulleiter, als ich in der Herbert-Reichmeyer angefangen habe. Das war lange vor deiner Zeit." Sie zögerte kurz, entschied sich dann aber doch, die ganze Geschichte zu erzählen.

"Walli hat für unsere Schule gelebt. Er hat dafür gesorgt, dass die maroden Werkstatträume renoviert wurden, und dass wir die Turnhalle des Gymnasiums nebenan mitbenutzen durften. Als uns eine Hausmeisterstelle gestrichen wurde, hat er nach Feierabend oder an den Wochenenden selbst Hand angelegt. In den Ferien hat er sogar Klassenräume gestrichen, wenn es nötig war. Die Feste bei ihm zu Hause waren legendär, und wenn jemand Hilfe brauchte, war Walli für uns da. Mir hat er dabei geholfen, mein Hochbett zu bauen, und Fritz hat drei Monate bei ihm im Gästezimmer gewohnt, weil seine Frau ihn vor die Tür gesetzt hatte."

"Was hat Wallis Frau dazu gesagt?"

"Walli war nicht verheiratet, sonst hätte ich mich garantiert nicht in ihn verliebt. Er hat immer von einer Jugendliebe namens Barbara erzählt, die er suchen gehen wollte, sobald er pensioniert wäre."

"Und? Hat er sie gefunden?"

"Er kam nicht mehr dazu, sie zu suchen. Weil kein anderer Schulleiter für unsere Berufsschule gefunden wurde, ist er länger geblieben. Zuerst hat er ein Jahr angehängt, dann noch eins und noch eins. Als sie ihn mit siebzig endlich doch in den Ruhestand schicken mussten, ist er wegen irgendwelcher Magenbeschwerden zum Arzt gegangen. Der hat ihn ins Krankenhaus geschickt. Die haben festgestellt, dass er Bauchspeicheldrüsenkrebs hatte. Sechs Wochen später war er tot."

"Meine Güte, wie schrecklich." Anja presste beide Hände auf den Mund.

"Ich glaube, er fand es gar nicht schrecklich. Ich hab ihn noch mal im Hospiz besucht, da hat er gesagt, dass für ihn alles so passt, und dass es gar keine Barbara gibt."

"Wenn Walli deine große Liebe war, kann ich verstehen, dass du es lieber mit deiner Tochter probierst. Sag mal ..." Ein Lächeln erhellte Anjas Gesicht. "Soll ich dich bei deinem Familien-Abenteuer unterstützen? Ich kann dir helfen, den unerlösten Kram auszuräumen, der zwischen euch steht."

"Wie willst du mir denn dabei helfen?"

"Ich könnte dich coachen. Ich mache doch die Ausbildung zum systemischen Familiencoach. Solche Geschichten sind genau unser Thema. Wir hören uns an, was unsere Klienten in ihren familiären Beziehungen belastet und helfen ihnen, ihre Stresspunkte in einem neuen Licht zu betrachten. Meistens braucht es gar nicht mehr, um die Beziehungen nachhaltig zu verbessern."

"Hm ..." Manne zog ihre Stirn in Falten. "Ich weiß nicht, ob ich mir so ein Coaching überhaupt leisten kann."

"Wenn ich deine Fallgeschichte für meine Ausbildung verwenden darf, kostet dich das gar nichts."

"Und wie soll das gehen? Du bist in Köln und ich in Sisselsheim."

"Mit einer fremden Klientin würde ich das gar nicht erst versuchen, aber wir kennen uns gut genug, dass wir es mit einem Telefon-Coaching probieren können. Hast du schon eine Adresse und eine Telefonnummer, unter der ich dich erreichen kann?"

"Überraschung!" Manne ging zur Garderobe, kramte ein flaches Kästchen aus der Innentasche ihrer Motorrad-Jacke und ließ es aufklappen. "Julia hat mir ihr altes Smartphone geschenkt und ein WhatsApp-Konto eingerichtet."

"Ich glaub's nicht." In gespieltem Erstaunen riss Anja die Augen auf. "Manne Sollinger ist endlich im einundzwanzigsten Jahrhundert angekommen. Wenn du jetzt den Eingang in die moderne Welt der Kommunikation gefunden hast, kannst du eigentlich auch hierbleiben, und deine Enkelinnen beim Chatten kennenlernen. Die jungen Leute machen das heute alle so."

"Nee, lass mal gut sein." Lachend schüttelte Manne den Kopf. "Morgen früh um neun kommt mein Schwiegersohn mit seinem Transporter. Er bringt die Mädchen mit. Ich habe ihnen nämlich versprochen, dass wir noch eine Abschiedstour durch Köln machen, bevor wir die Kisten, meinen Sessel, den Futon und mein Moped einpacken und Kurs auf Sisselsheim nehmen."

Zwei

Am nächsten Morgen wurde Manne von einem anhaltenden Klingeln unsanft aus dem Schlaf gerissen. War das ihre Türglocke? Konnten das tatsächlich schon Eberhard und die Mädchen sein? Hatte sie das Läuten ihres Weckers verschlafen?

Das graue Dämmerlicht in ihrem Schlafzimmer verriet Manne, dass die Sonne noch nicht über die gegenüberliegenden Hausdächer geklettert war. Es war gerade erst sechs Uhr!

Nein, das konnte niemand sein, der zu ihr wollte. Vielleicht hatte sich jemand in der Klingel geirrt.

Als sie sich mit einem Seufzen der Erleichterung auf die andere Seite drehen wollte, läutete es wieder. Offenbar war sie doch gemeint.

"Ich komme schon." Mit nackten Füßen tappte sie über den kalten Linoleum-Belag im Flur. Erst als sie durch den Glaseinsatz in der Tür sah, dass der frühe Besucher bereits vor der Wohnung stand, wurde ihr bewusst, dass sie auch sonst nicht viel an hatte. Im Vorbeigehen griff sie das erstbeste Kleidungsstück von der Garderobe, es war die Jacke ihrer Motorradkombi, und zog sie über, bevor sie die Sicherheitskette vorlegte und die Tür einen Spalt breit öffnete.

"Wer ...?" Doch das Männergesicht mit dem glatt rasierten Gesicht, den lackschwarzen, dezent gewachsten Haaren und dem jungenhaften Grinsen war ihr nicht fremd. "Guten Morgen, Eberhard."

"Guten Morgen, liebe Schwiegermama." Seine Augen strahlten, als würde er sich tatsächlich darüber freuen, sie zu sehen. "Ich soll dir ausrichten, dass dein Umzugswagen vor der Tür steht."

"Hoffentlich nicht. Vor dem Haus ist Halteverbot." Sie klappte die Tür wieder zu und hängte die Kette aus, bevor sie zum zweiten Mal öffnete. "Moin, Eberhard."

"Keine Sorge." Sein verschmitztes Lächeln wurde eine Spur breiter. "Für solche Fälle habe ich immer einen Müllsack und ein Schild mit der Aufschrift *Wartungsarbeiten* unter dem Fahrersitz liegen."

Manne nickte anerkennend. "Ich wusste gar nicht, dass meine Tochter einen Mann mit kriminellen Neigungen geheiratet hat."

"Schwiegermama." In gespieltem Entsetzen riss er seine Augen auf. "Ich bin Autohändler. Was erwartest du von mir!"

"Guter Einwand. Wo hast du denn den Rest der Bande gelassen?" Sie reckte den Hals, um über seine Schulter ins Treppenhaus zu spähen. "Wir hatten doch ausgemacht ..."

"Ja, das hatten wir", unterbrach er sie mit einem dramatischen Seufzen. "Und jetzt ist halt alles ganz anders. Hast du Julias Nachricht nicht gelesen?"

Sie schüttelte den Kopf.

"Dann noch mal in Kurzform: Ich habe gestern noch einen wichtigen Kundentermin reingekriegt, und als wir entschieden hatten, dass ich zu Hause bleibe, und Julia mit dem Bus zu dir hoch fährt, gab es plötzlich Sturm in der Suppenschüssel. Meggie will nicht mehr mit, weil ihre Reitstunde jetzt doch wieder wichtiger ist, Gwen will nicht mit, wenn ihre große Schwester zu Hause bleiben darf, und Julia kann nicht mit, weil die Mädchen nicht allein bleiben sollen. Also musste ich doch fahren, und weil ich um elf wieder im Autohaus sein muss, bin ich so früh gekommen. Julia wollte dir das alles schreiben." Er zog die Schultern hoch. "Irgendwas wird wohl dazwischengekommen sein."

"Ach so." Manne nickte mechanisch und lächelte. Sie wollte sich nicht anmerken lassen, wie enttäuscht sie darüber war, dass eine Reitstunde wichtiger war als ein Tag mit der neuen Oma.

"Also dann ..." Sie spürte einen Druck wie von einer Faust in ihrem Magen. Bevor sich dieser Druck in Traurigkeit verwandeln konnte, nahm sie Zuflucht zu einem der flapsigen Sprüche, die sie sich für solche Gelegenheiten zurechtgelegt hatte. "Dann muss es halt ohne Sentimentalitäten gehen. Nur ein schneller Abschied ist ein guter Abschied." Ihr Lachen klang zu laut, um echt zu sein, aber es tat seinen Zweck. Der Druck verschwand so plötzlich, wie er gekommen war.

"Julia hat gesagt, außer deinem Moped müssen wir nur ein paar Kisten mitnehmen?" Eberhard rieb sich die Hände, als würde er sich darauf freuen, ihre Umzugskartons die steile Stiege hinunterzuschleppen.

"Mein Moped, sieben Kisten, meinen Sessel und meinen Futon."

"Futon? Was ist ein Futon?"

"Eine Matratze. Keine Sorge, das ist kein großes, sperriges Ding, sondern eine Rolle, die man bequem auf den Rücksitz eines Kleinwagens packen könnte."

"Meinetwegen." Eberhard zog die Schultern hoch. "Aber du kannst deine Futon-Rolle auch dalassen. Die Wohnung ist vollständig eingerichtet und auf der neuen Matratze hat mein Vater höchstens zweimal geschlafen, bevor er das Krankenbett gebraucht hat."

Manne wiegte ihren Kopf hin und her, als würde sie den Vorschlag ernsthaft in Erwägung ziehen. "Ich nehm den Futon trotzdem mit."

"Ich bring die Kisten runter. Brauchst du im Bad länger als zwanzig Minuten? Sonst müsste ich doch einen anderen Parkplatz suchen."

"Bis du die Kisten im Auto hast, bin ich angezogen, und der Futon ist auch verpackt", entgegnete sie, obwohl sie ungern auf eine Dusche verzichtete, bevor sie morgens das Haus verließ.

Eberhard zog die Augenbrauen hoch. 'Wenn du das schaffst, spendiere ich uns ein Frühstück. Wenn nicht, geht das Knöllchen auf deine Rechnung. Auf los gehts los!" Er schnappte sich die erste Kiste und rannte damit hinaus, als gäbe es tatsächlich einen Wettbewerb zu gewinnen.

Manne begnügte sich notgedrungen mit Zähneputzen und Katzenwäsche. Als Eberhard mit schweren Schritten die Treppe hoch stapfte, um den dritten Umzugskarton zu holen, war sie dabei, alles, was noch im Bad gestanden hatte, in eine Reisetasche zu stopfen.

"Müsste es in einem Haus mit vier extrahohen Stockwerken nicht einen Aufzug geben?", keuchte Eberhard, während er die nächste Kiste hochwuchtete.

"Nach modernen Baubestimmungen vermutlich schon. Aber dieses Haus stammt aus dem vorletzten Jahrhundert."

"Und damals war es noch üblich, Sklaven zu halten?"

Bevor ihr eine schlagfertige Erwiderung einfiel, war er schon auf dem Weg nach unten.

"Fertig", tönte es gut gelaunt aus dem Flur, als Manne dabei war, die störrische Wurst des Futons mit einem Packriemen zu bändigen.

"Auch fertig", triumphierte sie. "Einigen wir uns auf unentschieden?"
"Unentschieden ist der Sieg der Feiglinge. Wir können in die Verlängerung gehen."
Sie tat so, als hätte sie seine letzten Worte nicht gehört. "Hilfst du mir bitte mal?"
"Dazu bin ich hier. Wo steckst du denn?"
"Im Schlafzimmer, letzte Tür rechts."
Seine Schritte kamen rasch näher und stockten plötzlich. "Wo ...?"
"Hier." Sie kniete auf der Futonrolle, um den Packriemen enger zuzuziehen. "Du wirst dich doch in der kleinen Wohnung nicht ..."
"Ich glaub's ja nicht." Schallendes Gelächter übertönte ihre Worte. "Meine Schwiegermama, eine in Ehren ergraute Berufsschul-Lehrerin, schläft im Kinderbett. Bitte sag, dass das nicht wahr ist."
"Ein Kinderbett", schnaubte Manne. "Das ist ein handgefertigtes ..."
Doch dann fiel ihr ein, dass sie und Walli das Hochbett tatsächlich gebaut hatten, um die zehnjährige Julia davon zu überzeugen, dass das Leben bei ihrer Mutter auch etwas zu bieten hatte.
Anstatt etwas zu erklären oder sentimentalen Gedanken nachzuhängen, schob sie die Futonrolle über die Bettkante. "Stell sie in den Gang, wir können sie gleich zusammen runtertragen."
"Die packe ich auch alleine." Eberhard schulterte die Rolle und stapfte los. "Ich verstehe zwar immer noch nicht, warum du dieses Ding unbedingt mitnehmen willst, Schwiegermama, aber ich verspreche dir hoch und heilig, dass ich es in den Bus packe und nicht in die Mülltonne." Er sagte noch mehr, aber alle weiteren Worte verhallten ungehört im Treppenhaus.
Sie ließ das Bettzeug über die Leiter nach unten gleiten, kletterte hinterher und stopfte alles in eine Tasche. Bevor sie ihre Schuhe angezogen hatte, um Eberhard zu folgen, war der schon wieder auf dem Weg nach oben.
"Letzte Runde", rief er ihr aus dem Treppenhaus entgegen. "Oder hast du noch mehr gefunden, was unbedingt mitmuss?"
Sie schüttelte den Kopf, aber das konnte er natürlich nicht sehen.
"Nur noch die Tasche mit dem Bettzeug und meinen Sessel."
"Den bringen wir gleich als Nächstes runter. Wo ...?"

"Im Wohnzimmer, zweite Tür rechts."

"Wenn der Sessel im Bus ist, sehen wir auch, ob ich für dein Moped noch mal umpacken muss. Ach du liebes Lottchen!"

Als Manne ihrem Schwiegersohn in das ehemalige Wohnzimmer gefolgt war, sah sie ihn kopfschüttelnd vor dem alten Ohrenbackensessel stehen, den einer ihrer ersten Schüler zur Gesellenprüfung neu aufgebaut, mit kanariengelbem Leder bezogen und mit leuchtend blauen Kedernähten verziert hatte.

"Ist das ein Designerstück oder der Trostpreis bei einem Ikea-Malwettbewerb? Der Fernsehsessel, den wir für meinen Vater gekauft haben ..." Doch als ihre Blicke sich begegneten, winkte er ab. "Egal! Das musst du mit Julia ausmachen. Wir nehmen ihn erst mal mit."

Der Sessel war so schwer und sperrig, dass er in der ersten Kurve des Treppenhauses stecken blieb.

"Den können wir nicht mitnehmen", stellte Eberhard entschieden fest, als es ihnen nach einigem Vor und Zurück, Kippen und Drehen nicht gelang, den Sessel durch den Engpass zu manövrieren. "Der passt da nicht durch."

"Der muss da durch", entgegnete Manne. "Wenn er hochgekommen ist, muss er auch wieder runter gehen."

"Lass ihn doch einfach hier."

"Nein!"

"Der Fernsehsessel von meinem Vater ..."

"Vergiss es!"

Hinter ihnen tauchten die beiden Sportstudenten aus der Dachgeschoss-Wohnung auf. Sie retteten die Situation und Mannes Sessel, indem sie ihn über ihre Köpfe, damit auch über das Treppengeländer stemmten, und das gute Stück ohne abzusetzen bis zu dem Bus mit dem Autohaus-Logo trugen.

"Prima." Eberhard nickte zufrieden. "Und für dein Moped reicht es auch noch. Kannst du das gleich mal holen, vielleicht passt es ja quer vor die Tür."

Manne schnaubte. "Das ist ein Motorrad, kein Mofa."

"Woher soll ich das wissen." Er rollte mit den Augen. "Du redest doch immer von deinem Moped."

"Ich rede von meinem, nicht von irgendeinem Moped." Ihr lag bereits eine bissige Bemerkung auf der Zunge über den Unterschied zwischen dem gemeinem Fünfzig-Kubik-Moped und dem Kosenamen, den die Männer und Frauen, die zu alt waren, um sich *Biker* zu nennen, ihren schweren PS-Klassikern gaben. Doch die schluckte sie wieder hinunter, als ihr einfiel, dass Eberhard ihre BMW tatsächlich noch nie gesehen hatte. Er war in all den Jahren höchstens zwei- oder dreimal nach Köln gekommen, und sie war in der Regel mit dem Zug nach Sisselsheim gefahren, weil Julia angeblich Todesängste ausstand, wenn sie ihre Mutter *mit diesem Ding* auf der Autobahn wusste.

"Höchste Zeit, dass ich euch miteinander bekannt mache."

Obwohl Manne nie ohne Helm und Schutzkleidung fuhr, konnte sie der Versuchung nicht widerstehen. Anstatt die alte BMW die Rampe von der benachbarten Tiefgarage hinaufzuschieben, schwang sie sich in den Sattel und betätigte den Kickstarter. Mit einem leisen Räuspern erwachte der Motor zum Leben. Sie legte den ersten Gang ein und ließ die Kupplung so langsam kommen, dass die BMW im Schritttempo hinaus auf den Gehsteig und zum Bus rollte.

"Eine R100!" Eberhard nickte anerkennend. "Ist die echt, oder ist das ein Nachbau?"

"Waschecht", bestätigte Manne voller Besitzerstolz. "Baujahr einundneunzig."

"Warum hat mir mein angetrautes Eheweib verschwiegen, dass du auf meinem Teenager-Traum spazieren fährst?"

"Sie könnte ein Motorrad nicht von einem Moped unterscheiden, wenn sie direkt vor ihrer Nase stünden."

"Da könnte was dran sein. Darf ich mal um ein paar Ecken fahren?"

"Nur wenn du mir versprichst, dass du Julia nichts verrätst, sonst reißt sie mir den Kopf ab. In ihren Augen ist das Verleihen eines Mopeds mindestens so strafbar wie Drogendealerei."

"Da kannst du recht haben."

"Warte, ich hol dir wenigstens einen Helm."

Eberhard winkte ab und schwang sich in den Sattel der R100. Mit einigen Rumplern und Hopsern, die Manne verrieten, dass er lange

nicht mehr gefahren war, ließ er sie vom Gehsteig auf die Straße
rollen, wo um diese Zeit zum Glück nicht viel Verkehr war.

Manne war noch einmal in die Wohnung gelaufen, um das Bettzeug
und ihr Handy zu holen.
Ping. Ping. Ping, ping, ertönte es, noch bevor das Display hell genug geworden war, um die neuen Nachrichten im Familien-Chat zu
lesen. Julia hatte ihr gestern tatsächlich noch mitgeteilt, dass ihre
Töchter alle Pläne über den Haufen geworfen hätten, und Eberhard
drei Stunden früher als geplant kommen musste.
Mit der nächsten Nachricht hatte Meggie ein Selfie mit Sonnen-
blumen geschickt. *Hallo Oma, tut mir leid, dass es mit dem Besuch
nicht klappt,* stand darunter. *Ich freu mich auf dich.*
Angesichts der unaufschiebbaren Reitstunde fiel es Manne schwer,
die freundlichen Worte zu glauben. Ein vertrautes Motorengeräusch
ließ sie aufblicken. Sie klappte das Handy zu und steckte es in ihre
Gesäßtasche, als Eberhard die BMW neben ihr ausrollen ließ.
"Ein Prachtstück!" Er strahlte übers ganze Gesicht. "Leihst du sie mir
gelegentlich als Hingucker für mein Straßenfenster. Du kannst so
lange auch unseren Leihwagen fahren. Der hält zwar keinem Ver-
gleich mit dem Schätzchen stand, aber es ist wenigstens auch ein
BMW. Schade, dass ich sie mir nicht mal für eine Runde um den
Dunnberg leihen kann, aber das Donnerwetter, das dann fällig
wäre, wollen wir alle beide nicht riskieren." Während er redete wie
ein Wasserfall, bockte er die Maschine auf, öffnete die Hecktür seines Busses und zog eine Schiene heraus. "Zum Glück habe ich die
dabei."
"Warte mal, das geht nicht." Ihr war gerade noch rechtzeitig eingefallen, dass sie um neun zur Wohnungsübergabe verabredet war.
"Ich kann nicht einfach den Schlüssel in den Briefkasten werfen,
weil ich noch Geld von meiner Nachmieterin kriege. Selbst, wenn
alles ganz flott geht, kommen wir nicht vor halb zehn hier weg."
"Dann schaffe ich meinen Termin nicht mehr."
"Weißt du was? Du fährst mit dem ganzen Kram nach Hause, und ich
komme mit meinem Moped nach, wenn hier alles geregelt ist."

Eberhard zog die Stirn in Falten. "Bist du sicher, dass du die lange Strecke ..."

"Ganz sicher! Ich fahre durch die Eifel, da war ich schon ewig nicht mehr."

"Aber ..." Eberhard zog die Schultern hoch und ließ sie gleich wieder fallen. "Julia und die Mädchen werden enttäuscht sein. Sie haben sich so auf dich gefreut."

Manne beschränkte sich auf ein nichtssagendes Achselzucken. Schließlich hatten Julia und die Mädchen auch ihre Pläne geändert, ohne zu fragen, ob sie enttäuscht war.

"Wir hatten ausgemacht ..."

"Ja, das hatten wir", unterbrach sie ihn, während sie ihre Motorradkombi und den Helm wieder aus dem Bus kramte. "Und jetzt ist es halt anders."

Drei

Als Eberhards Wagen um die nächste Ecke bog, war es halb acht. Manne spielte mit dem Gedanken, sich noch ein halbes Stündchen hinzulegen, und ihre Dusche nachzuholen. Dann fiel ihr ein, dass ihr Bett oder wenigstens der gemütlichere Teil des Bettes, schon unterwegs war, und dass sie ihr Handtuch zum Bettzeug gepackt hatte.
Sie könnte zum Frühstücken in die Bäckerei auf der Hauptstraße gehen, aber das würde nicht einmal eine Stunde dauern. Und wenn sie mit ihrem Frühstück hinunter zum Rhein fuhr?
"Lieber nicht!" Sie konnte zwar ihr Rosinenbrötchen in die Packtasche stecken, aber der Kaffeebecher würde nicht heil da unten ankommen. Da fiel ihr Saschas Motorradschuppen ein. Dort gab es zu jeder Tages- und Nachtzeit Kaffee, und gegen ein belegtes Brötchen hätte er sicher nichts einzuwenden.

Vor mehr als zwanzig Jahren hatte sie ihre BMW in dem winzigen Laden im Hinterhof eines fünfstöckigen Wohnhauses gekauft. Sobald TÜV-Termine, Reifenwechsel oder kleinere Reparaturen fällig gewesen waren, hatte sie sie immer hierhergebracht. Es war nicht mehr als recht und billig, dass sie Sascha einen letzten kurzen Besuch abstattete, bevor sie auf Nimmerwiedersehen verschwand.
In der überbauten Einfahrt wurde das Grummeln des Motors zu einem Donnergrollen. Ein Mann mit zotteligem Bart, ölverschmiertem T-Shirt und speckiger Lederkappe tauchte am Garagentor auf.
"Moin, Manne", begrüßte er sie, noch bevor sie ihren Helm abgezogen hatte. Er erkannte seine Kunden am Klang ihrer Maschinen.
"Was steht an?" Mit prüfenden Blicken umkreiste er die BMW. "Fährste endlich mal wieder mit deinem Möhrchen in Urlaub? Soll ich noch mal einen Blick darauf werfen?"
Sie schüttelte den Kopf. "Eigentlich sollte alles in Ordnung sein. Ich bin nur noch mal vorbeigekommen, um zwei Brötchen gegen eine Tasse Kaffee zu tauschen und Tschüss zu sagen."
"Hm." Sascha blickte von dem Motorrad auf und sah sie an. "Das klingt ziemlich endgültig. Musst du untertauchen?"

Lachend schüttelte Manne den Kopf. "So schlimm ist es nicht. Ich habe ein Angebot bekommen, das ich nicht ausschlagen konnte."
"Und was wird aus mir? Ohne den einen oder anderen Tipp von dir kann ich meine Geschäfte mit dem organisierten Spießbürgertum glatt vergessen."
Sie lachten über die Anspielungen auf seinen Lieblingsfilm.
"Jetzt nochmal im Ernst. Wo geht's denn hin?"
"Sisselsheim."
"Sisselsheim? Nie gehört. Kommste mit rein?"
Sie folgte dem bärtigen Hünen durch ein düsteres Treppenhaus in seine Wohnung im ersten Stock. Das vordere Zimmer hatte er zum Büro umfunktioniert. Dort brodelte wie immer die Kaffeemaschine.
"Sisselsheim ist nicht mal so weit weg", erklärte Manne, während sie zwischen den vielen Rechnungen, Stundenzetteln und Hochglanzprospekten auf dem Tisch einen Platz für die Brötchentüte frei räumte. "Du fährst rheinaufwärts bis Mainz, dort biegst du rechts ab."
Nachdenklich wiegte er den Kopf hin und her. "Und was treibst du dort?"
"Ich ziehe zu meiner Tochter und ihrer Familie?"
"Echt jetzt?" Er starrte sie an, als würde er an ihrem Verstand zweifeln. "Du ziehst in eine WG?"
"Nicht direkt. Meine Tochter und ihr Mann haben eine Einliegerwohnung im Haus, die ist letzten Winter leer geworden."
"Verstehe. Organisiertes Spießbürgertum."

Zurück in der Wohnung war es für die Schlüsselübergabe immer noch zu früh, aber sie könnte Julia anrufen. Als sie ihr Handy aus dem Garderobenschränkchen fischte, sah sie, dass die in der letzten halben Stunde schon dreimal versucht hatte, sie zu erreichen. Sie betätigte die Rückruftaste und ...
"Sag mal, Mama, was sind denn das wieder für Extratouren? Und warum bist du nicht ans Telefon gegangen?"
"Guten Morgen, liebe Tochter", entgegnete Manne in dem Ton, mit dem sie dreißig Jahre lang Schüler an die Regeln der Höflichkeit erinnert hatte.

"Ich habe einen Namen", fauchte Julia.

Ich auch, dachte Manne, aber sie beschloss, dieses Thema nicht zu vertiefen. "Ich war um die Ecke einen Kaffee trinken, und hatte mein Handy nicht dabei."

Julia verkniff sich die scharfe Erwiderung, die ihr vermutlich schon auf der Zunge gelegen hatte. "Weil ich dich nicht erreichen konnte, habe ich Eberhard angerufen, der hat mir gesagt, dass du mit dem Motorrad kommst? Schaffst du das bis zum Mittagessen? Eigentlich essen wir um halb eins, aber wenn dir das zu knapp wird, kann ich es auch um eine halbe Stunde verschieben."

"Ich ähm ..." Manne schüttelte den Kopf, aber das konnte ihre Tochter natürlich nicht sehen. "Nein." Gedankenverloren drehte sie das Blatt mit dem Übergabeprotokoll um, griff nach dem Kugelschreiber, den sie vorsorglich daneben gelegt hatte und zog eine dünne Linie parallel zum Rand des Blattes. Sie kurvte so vorsichtig um die Ecke, als würde sie mit dem Moped aus den schmalen Straßen ihres Stadtviertel auf die Hauptstraße einbiegen.

"Wie, nein?"

"Nein, ich werde es nicht schaffen. Ich kann meinen Schlüssel erst um neun abgeben und ..."

"Dann hast du noch drei Stunden. Von Köln bis zu uns braucht man doch keine drei Stunden!"

"Durch die Eifel können es auch mal vier Stunden werden. Mit Pausen fünf oder sechs." Ihre Kugelschreiber-Linie mäanderte über das ganze Blatt, die Kurven wurden allmählich enger.

"Dann nimm doch die Autobahn."

"Hast du eine Vorstellung, wie es samstags da zugeht!"

"Och Mama!" Julias Stimme klang wie die eines schmollenden Teenagers. "Ich habe zur Feier deines Einzugs Kalbsbraten mit frischem Gemüse, Oliven, Grilltomaten und Mozzarella vorbereitet."

Sie dachte nur einen Moment lang ernsthaft darüber nach, einzulenken. "Wenn ihr eure Pläne von einem Tag auf den anderen über den Haufen werft, müsstet ihr eigentlich Verständnis dafür haben, dass ich mir für den Start in mein neues Leben nun auch etwas anderes ausgedacht habe." Mit energischen Strichen malte sie ein dickes Ausrufezeichen über das ganze Blatt. "Der Kalbsbraten kann sicher noch bis morgen warten."

Die Tochter ihrer langjährigen Vermieterin und die junge Frau, die nicht nur Mannes Wohnung, sondern auch ihre Küche, die Garderobe, das Hochbett und den Kleiderschrank übernehmen wollte, waren pünktlich um neun da. Die Übergabe lief problemlos. Die drei Frauen hakten auch eine Checkliste ab, auf deren Rückseite der Kugelschreiber über kurvige Eifelstraßen gerollt war und eine klare Entscheidung getroffen hatte.

Als Manne kurz darauf ein letztes Mal die schmale, steile Treppe hinunter ging, stellte sie erstaunt fest, wie viel leichter sie sich fühlte, wenn nichts in ihrer Tasche klapperte. Der Schlüsselbund mit dem abgegriffenen Lederanhänger war schon vor zwei Wochen schmächtiger geworden, als sie ihre Schulschlüssel abgegeben hatte. Jetzt hing nur noch der Motorradschlüssel daran.

"So schön, schön war die Zeit", summte sie, sperrte das Lenkradschloss auf und schaltete die Zündung ein. "Dort, wo die Blumen blüh'n, dort, wo die Täler grün, da war ich einmal zu Hause ..."

Erschrocken hielt sie inne. Hatte sie so ganz ohne Schlüssel auch kein Zuhause mehr? Was, wenn es mit Julia doch nicht klappte ...?

"Jetzt dreh bloß nicht gleich durch," sagte sie mit ihrer strengsten Oberlehrerstimme, während sie ihre Packtaschen sicherte, den Nierengurt enger schnallte und ihren Helm aufsetzte. "Es wird nichts schiefgehen! Im schlimmsten Fall suche ich mir für den Anfang eine Pension. Ich werde schon nicht auf eine Parkbank umziehen müssen."

Sie schwang sich in den Sattel, legte den ersten Gang ein und ließ die Maschine im Schritttempo vom Gehsteig rollen.

Der Kölner Ring war um diese Zeit so voll, dass sie nicht einmal ausscheren konnte, um den Golf einer alten Dame zu überholen, der mit achtzig von ihr her kroch. Dass ihr dabei noch eins dieser Monster-Autos, die aussahen, als wären sie für einen Wüstenkrieg gemacht, am Auspuff klebte, machte das Fahren nicht angenehmer.

"Entspann dich, Manne", ermahnte sie sich. "Es sind nur fünfzig Kilometer, dann hast du die Straßen für dich."
Um sich von dem Stress zwischen der Golf-Oma und dem Wüstenpanzer abzulenken, fing sie wieder an, zu singen: "Easy Rider, die Straße ruft nach dir. Du bist frei!"
Als das Autobahnkreuz Bonn auf den Hinweisschildern immer präsenter wurde, überlegte sie kurz, ob sie nicht doch auf die A 61 abbiegen und über die Autobahn nach Sisselsheim fahren sollte, um Julia und die Mädchen zu überraschen. Aber dann fuhr sie an der Abfahrt vorbei. Schließlich war das der erste Tag ihres neuen Lebens. Was sollte aus diesem Leben werden, wenn sie den ersten Tag dem Speiseplan der Familie Achmann opferte?

Leider waren die Landstraßen nicht leerer als die Autobahn. Der sonnige Ferientag hatte zahllose Ausflügler in die Eifel gelockt, die mit ihren Familienkutschen durch die Kurven schlichen oder in endlosen Motorradkarawanen durch die Ortschaften röhrten. Manne war mindestens zehn Jahre nicht mehr hier gewesen, mit Wehmut erinnerte sie sich an die schlecht ausgebauten Straßen, über die sie damals noch mit Siggi und seiner Motorrad-Clique gefahren war. Zum Glück gab es den kleinen Landgasthof mit dem guten Kaffee und dem frischen Apfelkuchen noch. Inzwischen war er nicht mehr klein und ganz sicher auch kein Geheimtipp mehr. Der Parkplatz auf der ehemaligen Kuhweide war voll und vor dem leuchtend weißen Gartenzaun stand ein Motorrad neben dem anderen.
Am Ende der Reihe war zwischen einer Bandit und einer großen Honda noch Platz. Sie ließ die BMW im Leerlauf in die Lücke rollen. Kurz vor dem Zaun bremste sie und ließ sie dabei auf ihr linkes Bein kippen, das sie bereits dem Boden entgegengestreckt hatte. Auf dem abschüssigen Boden kam der Vorderreifen ins Rutschen und das Gewicht der Maschine lag plötzlich auf ihrem Oberschenkel. Mit einem raschen Hopser und dem Einsatz ihres eigenen Gewichts konnte sie die BMW wieder aufrichten, aber nun drohte sie zur anderen Seite zu kippen. So schnell sie konnte, schwang Manne den rechten Fuß über den Sattel, stemmte ihn gegen den Hinterreifen

und zog ihr Moped gerade noch rechtzeitig hoch, bevor es gegen die Bandit kippen konnte. Als die BMW wieder einigermaßen sicher stand, zitterten ihre Knie. Sie musste tief Luft holen, bevor sie es wagte, mit der rechten Hand nach der Sitzunterkante zu greifen, um die Maschine auf ihren Ständer zu ziehen. Manne ließ noch das Lenkradschloss einrasten, trat einen Schritt zurück und sah sich unauffällig um. Zum Glück schien keiner der vielen Gäste bemerkt zu haben, dass die Moped-Oma beinahe eine Katastrophe ausgelöst hätte. Wenigstens verstummten keine Gespräche, niemand drehte sich nach ihr um.

Als sie den Garten mit langen Bänken unter gewaltigen Kastanien betrat, zog sie die Aufmerksamkeit einer gemischten Gruppe in ihrem Alter auf sich. Die Männer und Frauen in Motorradklamotten bedeuteten ihr, zu ihnen an den Tisch zu kommen.
"Wo kommst du denn her?", erkundigte sich der Mann, der am Kopfende des Tisches saß.
Manne brauchte einen Moment, um sich daran zu erinnern, dass es unter Mopedfahrern üblich war, sich zu duzen. War sie tatsächlich schon so lange nicht mehr auf Tour gewesen?
"Köln. Und ihr?"
"Bergisches Land", antwortete eine der Frauen. "Die meisten von uns jedenfalls. Aber wir haben auch ein Pärchen aus dem Rheinland und zwei Fahrer aus dem Ruhrpott dabei."
"Die Quotenpottis." Einer der Männer lachte und prostete Manne mit seiner Bierflasche zu.
"Alkoholfrei", sagte er dabei. "Aber nicht schlecht."
Eine Kellnerin kam an den Tisch und fragte nach den Bestellungen.
"Zwei Mal den Salat und neun Mal das Mittagessen", entgegnete der Mann am Kopfende.
"Und für mich noch mal so ein Bier", ergänzte der Quotenpotti.
"Für mich noch einen großen kalten Kaffee."
"Und für mich eine Apfelschorle, aber eine kleine."
Die Kellnerin notierte alles, bevor sie sich an Manne wandte: "Ge-hören sie auch dazu?"

"Natürlich gehört sie dazu", entschied der Mann am Kopfende.

Die Kellnerin nickte und schlug eine neue Seite ihres Notizblocks auf. "Was wollen Sie trinken?"

"Haben sie alkoholfreies Radler?"

"Bring ich Ihnen. Dazu das Mittagessen oder den Salatteller? Alles andere dauert länger."

"Was ist denn das Mittagessen?"

"Ein halbes Grillhähnchen mit Pommes."

"Dann nehme ich den Salatteller." Sie hatte noch nie gern mit vollem Bauch auf dem Moped gesessen..

Manne erfuhr, dass die Gruppe heute noch bis Belgien fahren würde und in Malmedy ein Quartier gebucht hatte.

"Willste nicht mitkommen?", erkundigte sich der Quotenpotti. "Wir finden sicher noch ein freies Bett für dich."

"Du meinst, du würdest sie gerne mit in deins nehmen?", frotzelte sein Nachbar.

"Ein Versuch ist es immerhin wert", entgegnete der Potti. "Frauen, die dir nicht nur die Sissybar polieren und den Rücken warm halten, sondern selbst ihren Hobel laufen lassen, sind rar. Wenn man mal eine trifft, muss man direkt zugreifen."

"Na klar, mit der Plauze brauchst du den Sozius für deinen eigenen Hintern", stichelte eine der Frauen mit einem Blick auf den Bierbauch des Mannes. Alle lachten, am lautesten der Angesprochene.

Die Truppe war Manne sympathisch. "Ist ein echt gutes Angebot", entgegnete sie mit einem bedauernden Achselzucken. "Aber ich hab schon eine Verabredung."

Angefeuert von seinen Kumpels unternahm der Quotenpotti noch den einen oder anderen Versuch, sie zum Mitkommen zu überreden. Erst als die Kellnerin das Essen brachte, verstummten die Gespräche, und der glücklose Eroberer widmete sich hingebungsvoll seinem Grillhähnchen.

Die Gruppe verabschiedete sich kurz nach dem Mittagessen. Das Röhren, das wenig später bis in den Garten dröhnte, verriet Manne, dass mindestens sechs oder sieben Harleys vom Parkplatz auf die Straße manövriert wurden.

Als die Kellnerin das schmutzige Geschirr zusammenstellte, orderte Manne noch eine Tasse Kaffee. Mit einem wohligen Seufzen ließ sie sich tiefer in ihren Stuhl rutschen, streckte ihre Beine aus, drehte das Gesicht in die Sonne und schloss die Augen.

PING! Das harte, metallische Geräusch neben ihrem Ohr, ließ sie erschrocken auffahren. Ping. Es dauerte einen Moment, bis sie realisierte, dass das Ping aus der Jacke kam, die an ihrem Stuhl hing, und dass es zu ihrem Handy gehörte.

Als sie es herausgekramt hatte, fand sie zwei Nachrichten von Julia: *Ich weiß nicht, wo deine Kisten hingehören,* stand in der ersten. *Du hast sie nicht beschriftet.*

Und in der zweiten: *Soll ich sie schon für dich ausräumen? Es ist ja nicht viel. Gwen will mir dabei helfen.*

Nein, bitte nicht, tippte Manne. *Das mache ich nachher selbst.* Die Idee, dass ihre Tochter und ihre Enkelin die Sachen durchstöbern und ihre Unterwäsche inspizieren könnten, gefiel ihr nicht. *Stell die Kisten einfach irgendwo hin.*

Das nächste Ping ließ nicht lange auf sich warten: *Ist es okay, wenn ich unser Winterbettzeug vorläufig noch in Opa Gerhards Kleiderschrank lasse?*

Manne erinnerte sich daran, dass dieser Kleiderschrank eine ganze Schlafzimmerwand gefüllt hatte. *Lass die Sachen, wo sie sind,* antwortete sie. *Ich glaube, der Schrank ist groß genug.*

Als sie ihren Kaffee getrunken hatte und schon wieder im Aufbruch begriffen war, meldete sich ihre Tochter noch einmal: *Was soll ich eigentlich mit dieser Matratzenrolle anfangen?*

Mit einem tiefen Seufzen zog Manne ihre Handschuhe noch einmal aus, um eine Antwort zu tippen: *Gar nichts. Stell sie einfach irgendwo hin. Ich kümmere mich um meinen Kram, wenn ich da bin.*

Obwohl ihr Rücken und wenig später auch ihr Hintern schmerzte, ihre Beine allmählich steif wurden und ihre Schultern vermuten ließen, dass morgen ein Muskelkater fällig sein würde, versuchte

Manne die Fahrt durch die schattigen Täler und über die baumbe-
standenen Höhen der Eifel zu genießen. Ein Teil ihres Denkens
kreiste jedoch beharrlich um die Frage, ob es wirklich eine gute
Idee war, zu ihrer Tochter zu ziehen. Sie hätten sich wenigstens
etwas mehr Zeit lassen sollen und ...
"Halt, Stopp!", ermahnte sie sich. "Bleib bei der Sache und denk daran, dass du keine Knautschzone hast." Um den Kopf wieder
freizubekommen, sang sie so laut, dass es im Helm dröhnte: "Flieger, grüß mir die Sonne. Grüß mir die Sterne und grüß mir den
Mond ..."

Vier

Das letzte Stück war Manne doch über die Autobahn gefahren und erreichte kurz vor vier Sisselsheim. Bisher war sie immer mit dem Zug nach Volkersheim gefahren und am Bahnhof abgeholt worden. Als Beifahrerin hatte sie nicht so genau auf die Strecke geachtet. Deshalb fuhr sie ganz langsam durch das kleine Gewerbegebiet. Schließlich wollte sie nicht an Julias Haus vorbeirauschen. Das Autohaus mit der hohen, verglasten Front war natürlich nicht zu übersehen, aber die Einfahrt zum Privathaus lag etwas versteckt zwischen einer Koniferenhecke und den Kundenparkplätzen.
Durch das offene Tor führte eine Zufahrt zum tiefer gelegenen Teil des Grundstücks. Dort, wo bei der benachbarten Dachdeckerei die Lagerhalle stand, hatten Eberhard und Julia ihr Haus bauen und einen großzügigen Garten anlegen lassen.
"Neue Heimat, ich komme!" Im Leerlauf ließ Manne ihr Moped die Auffahrt hinunterrollen. Erst als sie die Zündung ausschaltete und ihren Helm absetzte, fiel ihr auf, wie leise es hier war. Die umliegenden Betriebe hatten alle schon Feierabend, die Maschinen standen still, die Mitarbeiter hatten sich ins Wochenende verabschiedet, und Kunden kamen jetzt auch keine mehr. Aber sollten in einem Haus, in dem zwei Erwachsene und zwei Kinder wohnten, nicht immer irgendwelche Geräusche zu hören sein?
Zwischen dem offenen Garagentor und einer Eingangstür mit einem schmalen Glaseinsatz führte eine Marmortreppe zu einer zweiten, breiteren Eingangstür. Steifbeinig von der langen Fahrt stieg Manne die Treppe hinauf und betätigte die Klingel. Sie hörte drei Glockenschläge, die vermutlich durch das ganze Haus hallten, dann war es wieder still. Achselzuckend wandte sie sich um, ging die Treppe wieder hinunter und machte sich daran, das Haus zu umkreisen. Vielleicht saßen Julia und ihre Familie auf der Terrasse und hörten nicht, was sich auf der anderen Seite ihres Hauses tat.

Sie ging an der Tür zu ihrer Einliegerwohnung vorbei. Direkt daneben war das Schlafzimmerfenster, doch als sie einen Blick hineinwerfen wollte, musste sie feststellen, dass sie durch die Gardine nichts sehen konnte. Auch das nächste Fenster war dicht verhangen. Sie würde die Gardinen am besten heute noch abnehmen, sonst würde sie sich wie in einem Gefängnis fühlen. Hier gab es weder Nachbarn noch Passanten, vor deren Blicken sie sich schützen müsste. Als sie um die Ecke bog, kam sie endlich zu einem großflächigen Fenster und einer Terrassentür, vor denen keine Gardinen hingen.

"Hallo?" Sie klopfte gegen die Scheibe, drinnen rührte sich nichts. Immerhin konnte sie einen Blick in ihr zukünftiges Wohnzimmer werfen. Was sie davon sah, gefiel ihr noch weniger als die Bilder, die sie aus ihrer Erinnerung hervorgekramt hatte.

Eine schwarz-grau gemusterte Couch mit einer hohen Rücklehne und wulstigen Armlehnen füllte die Wand zwischen der Zimmertür und dem Seitenfenster völlig aus, und der gläserne Tisch davor war groß genug für eine sechsköpfige Kaffeerunde. Den Platz zwischen dem Tisch und dem Fenster beanspruchte ein monströser Sessel mit einem chromblitzenden Fuß und dicken schwarzen Lederpolstern. Sie vermutete, dass es der Fernsehsessel war, den Eberhard ihr angeboten hatte wie saures Bier.

"Bevor ich einziehe, zieht ihr aus", erklärte sie den versammelten Scheußlichkeiten. Dabei tätschelte sie die Armlehne des gelben Sessels, den ihre Umzugshelfer auf der kleinen Terrasse hatten stehen lassen.

Ihre Kartons standen vor den dunklen Schränken, die die gesamte Wand zwischen der Terrassentür und der Zimmertür einnahmen.

Die große Terrasse vor Julias Esszimmer lag eine Etage höher und auf der anderen Seite des Hauses. Um dorthin zu gelangen, musste Manne einen Umweg durch den Garten machen. Der Spielbereich mit einem Klettergerüst, einer Schaukel, einem Trampolin und einem Fußballtor war durch eine Ligusterhecke von Julias Rosenrondell und Eberhards Goldfischteich getrennt. Zwischen zwei runden Staudenbeeten, einer Kräuterspirale und einer mannshohen Affenschwanztanne wuchs dichter, satt grüner Rasen.

Die Terrasse, die mit dem weißen Sonnensegel, den mahagoni-
farbenen Liegestühlen und den weiß gestrichenen Holzdielen an
das Passagierdeck eines historischen Luxusliners erinnerte, lag wie
ausgestorben in der Nachmittagssonne.
"Hallo?" Ungeduldig klopfte Manne gegen die Scheiben der drei-
flügeligen Glastür, aber alles blieb still. Offenbar war die Familie
noch einmal ausgeflogen.
Sie ging zurück zu ihrem Moped, jetzt fiel ihr auch auf, dass in der
offenen Garage nur der silberfarbene Sportwagen ihrer Tochter
stand. Sie kramte das Handy aus der Innentasche ihrer Lederjacke,
um die Nachricht zu lesen, die Julia ihr zweifellos geschickt hatte.
Aber es gab keine neuen Nachrichten, auch keinen Zettel an der
Haustür, an der Tür zur Einliegerwohnung oder unter der Brief-
kastenklappe, den sie übersehen hatte.
Sie wählte Julias Handynummer, wenige Sekunden später ertönte
direkt hinter der Haustür der Anfang einer bekannten Melodie.
Während Manne gedankenverloren auf die Tür starrte und vergeblich herauszufinden versuchte, zu welcher Melodie die paar
Takte gehörten, die das Handy dahinter immer und immer wieder
dudelte, fiel ihr eine kleine verschmierte Stelle mitten in dem blank
geputzten Glaseinsatz auf. Es sah wie der Rest eines Klebstreifens
aus. Vielleicht hatte Julia ihr doch eine Nachricht hinterlassen, die
der Wind abgerissen und irgendwohin verweht hatte.
"Quatsch!" Manne schüttelte den Kopf. Es war vollkommen wind-
still. "Ist ja auch egal. Sie sind weg und sie werden irgendwann
zurückkommen. Bis dahin werde ich weder verhungern, noch ver-
dursten oder erfrieren, und wenn ich dringend mal muss, suche ich
mir ein ruhiges Plätzchen im Garten."
Sie ging zu ihrer kleinen Terrasse, kuschelte sich in den Sessel,
streifte die schweren Stiefel ab und legte ihre Füße auf die Truhe, in
der sie die offiziellen Terrassenmöbel vermutete. "Wenn etwas so
holperig anfängt, kann es eigentlich nur besser werden."

Manne lag im warmen Sand eines tropischen Strandes. Sie konnte
sich nicht daran erinnern, wie sie hierhergekommen war, aber das

spielte auch keine Rolle. Wichtig war nur, dass sie endlich Ferien hatte.

Plötzlich fiel ein Schatten über ihr Gesicht, ein Kichern mischte sich in das Plätschern der Wellen.

"Ich hab sie gefunden!" Eine gellende Kinderstimme ließ ihren Traumstrand im Rauschen der nahe gelegenen Autobahn versinken. "Sie schläft auf Opas Terrasse und ihre Socken stinken."

"Ich schlafe gar nicht", protestierte Manne, während ihre Füße wie von selbst in die Motorradstiefel schlüpften, die vor ihrem Sessel auf sie gewartet hatten.

"Aber du hast geschlafen." Die grünen Augen ihrer jüngsten Enkelin Gwen funkelten vor Vergnügen.

Manne zog die Schultern hoch. "Ich hatte einen langen Tag."

"Ich nicht."

Bevor Manne und Gwen dieses Thema vertiefen konnte, kam Julia um die Hausecke. "Hallo Mama. Was machst du denn hier?"

"Schlafen. Eigentlich wollte ich mich nur einen Moment hinsetzen, dabei muss ich eingeschlafen sein. Und wo wart ihr an diesem herrlichen Samstagnachmittag?"

"Wir waren Eis essen. Warum bist du denn nicht nachgekommen? Wir wären gerne noch ein bisschen geblieben, aber wir haben uns Sorgen um dich gemacht." Julia schob die Unterlippe vor wie ein schmollender Teenager. "Du hättest wenigstens anrufen können."

"Hab ich doch." Ächzend stemmte sich Manne hoch. "Du hattest dein Handy nicht dabei."

"Der Akku war leer." Julia wandte sich zum Gehen. "Deswegen hab ich dir die Nummer von Eberhards Handy aufgeschrieben. Hast du meine Nachricht nicht gelesen?"

"Welche Nachricht? Wo ..." Doch als sie um die Ecke bogen, sah Manne den Zettel an der Tür.

Wir sind in der Eisdiele, hatte Julia mit Edding auf die Rückseite eines Werbeflyers geschrieben. Kommst *du nach oder sollen wir uns mit dem Zurückkommen beeilen?* Darunter stand eine Handynummer und Julias Unterschrift. Das Blatt hing direkt neben dem Fleck, der Manne bereits aufgefallen war. Der untere Rand rollte sich nach oben, als hätte es vor Kurzem noch in der Zeitungsrolle neben der Tür gesteckt.

"Das, ähm ..." Manne zwang sich zu einem Lächeln. "Das ist mir vorhin gar nicht aufgefallen. Vielleicht ..." Sie schüttelte den Kopf. "Ist ja auch egal. Das Nickerchen hat mir auf jeden Fall gutgetan, und verhungert bin ich auch nicht."

"Verhungern musst du hier nicht. Ich habe eine Quiche zum Abendessen vorbereitet. Ich schieb sie noch schnell in den Ofen, dann gehe ich mit dir runter und zeig dir deine Wohnung." Bevor Manne etwas dazu sagen konnte, war Julia bereits im Haus verschwunden.

"Weißt du eigentlich, dass du schnarchst, Oma?" Gwen hatte einen Fußball aus dem Garten mitgebracht, obwohl sie nur dünne Riemchensandalen trug, hielt sie ihn geschickt in der Luft.

"Bis jetzt hat sich noch niemand beschwert." Manne tat so, als würde sie noch immer die Nachricht an der Tür studieren. "Selbst Gerlinde nicht, obwohl sie auf unseren Mopedtouren meistens das Zimmer mit mir teilt. Gerlinde hat einen sehr leichten Schlaf, weil sie bei der Polizei ist und ..." Manne tat so, als würde sie angestrengt nachdenken. Dann ging sie die paar Stufen zur Haustür hoch und beugte sich sogar vornüber, als wolle sie sich Julias Worte genau betrachten. "Ich könnte schwören, als ich vorhin ankam, hat das Blatt noch nicht da gehangen. Gerlinde könnte ohne große Mühe herausfinden, was damit wirklich passiert ist. Vielleicht sind ja noch andere Fingerabdrücke drauf als die deiner Mutter."

"Meine sind drauf", krähte Gwen vergnügt. "Schließlich habe ich meiner Mama geholfen und das Blatt dahin geklebt."

"Vielleicht stellt sie ja auch fest, dass der Zettel zwischendurch ganz wo anders war. In der Zeitungsrolle oder ...?"

Es schepperte gewaltig, als der Ball von Gwens Fuß sprang und gegen das Motorrad prallte.

"Gib ihn mir." Gwen rannte die Treppe hoch und wollte nach dem zweckentfremdeten Flyer greifen, aber Manne kam ihr zuvor. Mit spitzen Fingern packte sie den Zettel und zog ihn von der Tür ab, ohne den Klebstreifen zu berühren.

"Gib ihn mir!" Gwen versuchte, ihr das Beweisstück aus der Hand zu reißen, aber Manne hielt es hoch über ihrem Kopf.

"Nein, das behalte ich. Vielleicht brauche ich die Handynummer deines Vaters noch mal."

"Gib das sofort her!", fauchte Gwen. Ihre Augen sprühten Funken. "Ich will es haben. Jetzt. Auf der Stelle!"

"Nein. So erst recht nicht."

Julias Schritte näherten sich der Tür.

"Ich kann mir nicht vorstellen, dass es deiner Mutter recht ist, wenn sie hört, dass du dich ...

"Meine Mutter kann mich mal." Offenbar hatte Gwen noch nicht mitbekommen, dass Julia in der Tür stand und jedes Wort hören konnte. Aber wenn Manne gehofft hatte, dass jetzt eine Standpauke fällig gewesen wäre, hatte sie sich geirrt.

"Worum geht es denn, mein Schatz?"

"Ich will den Zettel wegwerfen", kreischte Gwen und stampfte dabei mit den Füßen. "Aber Oma will ihn mir nicht geben!"

"Zuerst will ich wissen ..." Doch Manne kam nicht dazu, ihren Satz zu beenden.

"Tief durchatmen und bis zehn zählen. Alle beide." Julias Stimme klang tief und monoton, als wollte sie jemanden hypnotisieren. "Beruhigt euch und konzentriert euch auf die Lösung, nicht auf das Problem." Der Blick, den sie Manne dabei zuwarf, war alles andere als beruhigend. "Es gibt immer eine Lösung, und wenn ihr tief und ruhig atmet, finden wir sie."

Gwen hatte die Augen zusammengekniffen und schnaufte wie ein Walross.

"Gib ihr den Zettel", zischte Julia. "Los, mach schon!"

Widerwillig ließ Manne den Arm sinken, im gleichen Moment riss Gwen die Augen auf, schnappte sich das vermeintliche Beweisstück und rannte mit einem schrillen Triumphschrei davon.

"Aber ..." Manne verstand die Welt nicht mehr. "Das kannst du ihr doch nicht durchgehen lassen."

"Glaub mir, das lohnt sich nicht." Lachend winkte Julia ab. "Mit ihren Impulskontrollstörungen hatten wir früher regelmäßig Theater vom

Feinsten, aber seit wir lösungsorientiert an die Probleme herangehen, können wir die meisten Auseinandersetzungen entschärfen, bevor sie eskalieren. Vor einem Vierteljahr hätte sie es noch nicht geschafft, so lange ruhig zu bleiben. Komm, ich zeig dir noch die Wohnung." Sie ging an Manne vorbei, die Treppe hinunter zu der zweiten Tür und hantierte dort mit ihrem Schlüsselbund.

"Ta-Daaa!" Mit einer großartigen Geste stieß sie die Tür auf. "Herzlich Willkommen in deinem neuen Zuhause. Du zuerst!"

Langsam und etwas skeptisch trat Manne über die Schwelle in einen schmalen Flur. Der blumig süße Duft eines Waschmittels schlug ihr entgegen und raubte ihr fast den Atem.

"Ich hab alle Gardinen, die Bettwäsche und die Handtücher noch mal gewaschen", verkündete Julia nicht ohne Stolz. "Da vorne ...", sie deutete auf eine Tür rechts am Ende des Flurs, "geht es durch den Keller in unsere Wohnung."

Manne folgte ihrer Tochter nach links, in die Wohnung, die ihr neues Zuhause werden sollte. Der fensterlose Flur war so düster wie ein Dachsbau, obwohl die Zimmertüren weit offen standen.

"Da ist das Schlafzimmer", erklärte Julia und wies nach links, "direkt gegenüber findest du das Badezimmer. Das Zimmer daneben haben wir für die Frauen vom Pflegedienst eingerichtet, weil wir Gerhard am Ende nicht mehr allein lassen wollten. Wenn du es brauchst, räumen wir es aus, um die Möbel ist es nicht schade. Da hinten", sie deutete auf die Tür am anderen Ende des Flurs, "ist dein Wohnzimmer, die Terrasse kennst du ja schon."

Manne nickte. "Kannst du mir vielleicht helfen ..."

"Jetzt nicht", fiel Julia ihr ins Wort. "Ich muss gleich nach der Quiche schauen und der Salat dazu macht sich auch nicht von alleine an."

"Ich hoffe, du hast dir nicht meinetwegen so viel Mühe mit dem Abendessen gemacht", brummte Manne verlegen. "Belegte Brote und ein paar Scheiben Tomaten hätten es auch getan."

"Belegte Brote und Tomaten?" Julia schüttelte den Kopf. "Da kennst du meine Familie schlecht. Wenn ich denen mit belegten Broten komme, ziehen sie die Nasen hoch und behaupten, sie hätten keinen Hunger. Eine halbe Stunde später futtert Gwen eine Tüte Kekse leer, Meggie rührt sich eine ihrer schrecklichen Instant-Suppen an, und Eberhard schreit nach dem Pizza-Service. Nein, nein, das will ich lieber nicht riskieren. Wir essen in zwanzig Minuten. Willst du dich vorher noch ein bisschen frisch machen? Ach, bevor ich es vergesse ..." Sie kramte einen Schlüsselring aus ihrer Hosentasche und drückte ihn Manne in die Hand. "Der große ist für die Schließanlage und der kleine für deinen Briefkasten."

Manne nickte. "Soll ich einfach hochkommen, wenn ich fertig bin oder wäre es dir lieber, wenn ich an der Haustür klingle?"

Lachend schüttelte Julia den Kopf. "Wir essen auf der Terrasse, du kannst durch den Garten gehen oder durchs Haus, wie es dir lieber ist. Der Schlüssel der Schließanlage passt auch in das Schloss hier unten, aber wir hatten die Tür eigentlich immer offen."

Manne nickte auch dazu, aber sie war nicht sicher, ob sie diese Gepflogenheit angesichts ihrer impulsgestörten Enkelin beibehalten wollte.

Fünf

Am nächsten Morgen wurde Manne von einem gewaltigen Donnerschlag geweckt. Sie fuhr erschrocken in die Höhe, oder wollte es
wenigstens tun, doch die Matratze war so schwabbelig, dass jede
Bewegung darin verpuffte. Selbst im zweiten Versuch gelang es ihr
nicht, sich zum Sitzen aufzurichten. Sie musste sich erst auf die Seite
rollen, die Beine über die Bettkante schieben und den Schwung der
Füße nutzen, um zum Sitzen zu kommen. Das Bett war so hoch, dass
sie den Boden nur mit den Fußspitzen erreichte und die Bettumran-
dung schmerzhaft in den Hintern zwickte. Trotzdem blieb sie sitzen
und balancierte auf der Bettkante wie ein Huhn auf der Stange.
"Das Ding muss hier raus", grollte sie. "Was nutzt mir ein Bett, das so
gut wie neu ist und perfekt zur Einrichtung passt, wenn es mir den
Rücken und die Nerven ruiniert?"
Als das flaue Vor-Kaffee-Rauschen im Kopf abgeebbt war, hopste
sie von der Bettkante, dehnte ihren Rücken und die Schultern und
tappte zum Fenster, um das Ausmaß der Katastrophe zu begutachten, die diesen Donner verursacht haben musste.
Bis auf das Rauschen der Autobahn und ein rhythmisches Klatschen
war es wieder still. Durch die dichte Gardine konnte sie schatten-
hafte Bewegungen vor der Garage erahnen, doch erst als sie den
Vorhang zur Seite schob, erkannte sie, dass es Gwen war, die ihren
Fußball immer wieder präzise gegen denselben Punkt an der Haus-
wand kickte, sodass er davon abprallte und auf ihren Fuß zurück-
sprang. Sie schien vollkommen in ihr Spiel vertieft zu sein, doch als
Manne den Vorhang bewegte, ruckte ihr Kopf herum. Der Ball verfehlte die Wand und prallte mit einem weiteren Donnerschlag gegen das Garagentor. Gwen machte nicht einmal den Versuch, den
Abpraller zu erwischen, sondern ließ ihn in den Hof rollen und
schlenderte betont lässig zu Mannes Fenster herüber.
"Guten Morgen, Oma." Sie lächelte, als könne sie kein Wässerchen
trüben. "Ich hoffe, ich hab dich nicht geweckt?"
"Du nicht, aber dein Ball." Manne war von ihrer Schlagfertigkeit
selbst erstaunt. "Mit dem muss ich mal ein ernstes Wort reden."

Gwens Lachen verriet Manne, dass sie diesmal den richtigen Ton getroffen hatte.

"Du bist gut", fügte sie rasch hinzu. "Spielst du in einem Verein?"

Gwen schüttelte den Kopf, dass ihre roten Locken Funken sprühten. "Opa Gerhard hat mir ein paar Tricks beigebracht. Er wollte mich auch in einen Verein schicken, aber Mama sagt, Fußball ist kein Mädchensport." Ihre Miene verdüsterte sich zusehends und Manne beschloss, das Thema zu wechseln, um nicht schon wieder einen Impulsdurchbruch zu provozieren.

"Sag mal, wie spät ist es eigentlich? Habe ich etwa das Frühstück verschlafen?"

"Natürlich nicht." Gwen lachte wieder. "Als ich raus bin, war es kurz vor acht, und Frühstück gibt es sonntags nicht vor neun."

"Und was machst du so lange? Fußball spielen?"

"Allein ist das ziemlich langweilig." Gwen zog die Schulter noch. "Willst du mitspielen? Wir können in den Garten gehen, da hab ich ein Tor."

Manne schüttelte den Kopf. "Das möchte ich dir und mir ersparen. Ich bin eine amtlich bestätigte Fußballniete."

"Dann halt nicht." Achselzuckend wandte Gwen sich zum Gehen, doch Manne rief sie zurück.

"Warte noch!" Offenbar war Gwen heute morgen etwas zugänglicher als gewöhnlich, und diese Chance wollte sie sich nicht entgehen lassen. "Vielleicht fällt uns ja etwas anderes ein, was zu zweit mehr Spaß macht."

"Was denn?"

"Vielleicht ..." Manne fiel ein, dass Gwen die Kartons aus ihrem alten Leben am liebsten gestern schon ausgepackt hätte. "Magst du mir helfen, meine Sachen einzuräumen."

"Oh ja!" Im nächsten Moment hockte Gwen auf dem Fenstersims und schwang ihre Beine ins Schlafzimmer. "Mit welcher Kiste fangen wir an?"

"Du musst nicht den Fassadenkletterer spielen, um mir beim Einräumen zu helfen. Wenn du einen Moment gewartet hättest, hätte ich dir die Tür aufgemacht."

"Tür kann jeder." Mit einer großspurigen Geste winkte Gwen ab. "Und warten ist langweilig. Willst du dir nur was überziehen oder musst du noch ins Bad?"

"Ich kann auch im Schlafanzug Kisten ausräumen." Gwens skeptischer Blick erinnerte Manne daran, dass ihr Schlafanzug aus einer Unterhose und einem T-Shirt bestand. "Oder stört es dich?"

"Schon okay. Aber beim Frühstück kannst du nicht in dem Aufzug antanzen."

"Was trägt man denn bei euch zum Frühstück?"

"Nichts Besonderes. T-Shirt und Jogginghose sind okay. Aber es muss sauber sein und darf nicht müffeln, sonst schickt Mama dich duschen, bevor du an den Tisch darfst. Und Unterwäsche ohne was drüber geht gar nicht."

"Alles klar." Bei der Vorstellung, dass Julia sie duschen schicken könnte, musste Manne lachen. "Das krieg ich hin."

"Und wenn du dich einschleimen willst, musst du Brötchen holen gehen", fügte Gwen mit ernster Miene hinzu. "Papa und Meggie wollen sonntags immer Brötchen, und dann streiten sie sich, weil sie zu faul sind, um zum Bäcker zu gehen. Wo wollen wir anfangen?"

Da es gestern Abend spät geworden war, standen die Umzugskartons noch immer vor der Schrankwand, wo Eberhard sie abgestellt hatte, die Rolle mit dem Futon lag auf der Couch und ihr geliebter Sessel hatte die Nacht auf der Terrasse verbringen müssen.

"Mir wäre es am liebsten, wenn wir zuerst meinen Sessel reinholen", überlegte Manne laut. "Der ist aber ziemlich schwer. Meinst du, wir schaffen das?"

Gwen rümpfte die Nase. "Und wo willst du den hinstellen?"

"Erst mal nur rein." Achselzuckend deutete Manne auf den Durchgang zwischen der Tür zum Flur und der Terrassentür. "Vielleicht können mir deine Eltern nachher dabei helfen, hier ein bisschen umzuräumen. Der hässliche Fernsehsessel muss unbedingt raus."

Gwens Augen funkelten. "Das ist Opa Gerhards Sessel."

"Ach so ..." Um das zarte Pflänzchen ihrer Beziehung nicht gleich wieder auszureißen, verzichtete Manne darauf, ihrer Enkelin zu erläutern, dass sich hier noch einiges ändern würde. Schließlich hatte sie nicht vor, ihr neues Leben in einem Opa-Gerhard-Museum zu verbringen. Aber diese Diskussion würde sie bei passender Gelegenheit mit ihrer Tochter führen.

"Dann fangen wir mit dem Geschirr an", schlug sie vor.

"Das brauchst du auch nicht. Guck mal." Gwen reckte sich zum oberen Türgriff eines Wandschranks hinauf. "Da ist Oma Sylvias Teegeschirr, darüber ist das gute Essgeschirr, daneben die Gläser und unter den Gläsern ist das Fondue. Daneben ..."

"Warte, warte!" Lachend unterbrach Manne die Schnelleinweisung. "Zeig mir einfach, wo Platz für meine Tassen ist. Deine Mutter hat mir ja gesagt, dass ich eigentlich gar nichts mitbringen muss, aber um meine Reisetassen hätte es mir doch leid getan."

"Reisetassen?"

"Ich habe mir von jeder Reise eine Tasse mitgebracht. Da ich in den Sommerferien meistens weggefahren bin, sind es inzwischen ziemlich viele Tassen. Was meinst du, wo kann ich die lassen?"

Gwen zog die Schultern hoch, dann fiel ihr offenbar doch etwas ein. "Da!" Sie zeigte auf den Schrank neben der Terrassentür. Als Manne ihn öffnete, stand sie vor einem Küchenelement mit zwei Kochplatten, Spüle und Kühlschrank. "Wir stellen deine Tassen in die Spüle, machen den Schrank zu und haben aufgeräumt."

Manne seufzte. "Fürs Erste stellen wir sie auf den Couchtisch."

"Meinetwegen." Gwen nickte gönnerhaft. "In welchem Karton hast du deine Tassen?"

"In allen. Es sind überall die obersten drei oder vier Pakete."

"So viele?", wunderte sich Gwen, während sie die Klebestreifen der ersten Umzugskiste abknibbelte. "Und du weißt bei jeder, wo du sie gekauft hast?"

"Sicher. Jede Tasse ist besonders, es waren ja auch immer ganz besondere Reisen."

"Woher ist die?" Gwen hielt eine winzige blaugrüne Tasse mit einem schwarzen Pferdchen in die Höhe.

"Das ist eine Mokkatasse, die ich in einer Töpferei in der Nähe von Rostock gekauft habe. Sei vorsichtig, die Untertasse ist auch dabei."

"Und die?" Im nächsten Päckchen war eine große, henkellose weiße Tasse mit blauem Rand, die an eine Suppenschüssel erinnerte.

"Die habe ich von meiner ersten Reise in die Bretagne mitgebracht."

"Weißt du das wirklich oder denkst du dir das nur aus?"

"Du kannst mich ja testen. Merk dir einfach alles, was ich dir jetzt erzähle und frag mich nächste Woche noch einmal. Wenn sie dann anderswoher kommen, weißt du Bescheid."

"Hm ..."

Während Gwen weitere Tassen auswickelte, versuchte Manne, wenigstens ein Regalbrett freizuräumen, aber der Versuch scheiterte an der Fülle dessen, was Opa Gerhard zurückgelassen hatte.

Sie ging nach nebenan, um den Schlafzimmerschrank zu inspizieren. Das schmale Teil neben dem Fenster und ein breiteres Teil für alles, was aufgehängt werden musste, waren leer. Doch die würde sie für ihre eigenen Kleider brauchen. Zwischen Winterbettzeug und diversen Kleiderpaketen, die vermutlich nach oben gehörten, fand sie ein freies Regalbrett. Wenn sie das Fondue und das Teeservice hierher brachte, gäbe es im Küchenschrank genug Platz für ihre Reiseandenken.

Als Manne ins Wohnzimmer zurückkam, hockte Gwen rittlings auf der Armlehne des Sofas. Mit der Fingerspitze fuhr sie das Veilchenmuster auf dem hauchdünnen Porzellan einer Tasse nach, die Manne auf einem Prager Flohmarkt gefunden hatte.

"Sei vorsichtig mit der Tasse", rief Manne. "Das ist echtes Meißener Porzellan, mindestens hundert Jahre alt. Stell sie lieber hin."

"Was machst du da?" Gwen drehte die Tasse in ihren Händen.

"Ich räume das Tee-Service nebenan in den Schrank, damit wir meine Sachen hier unterbringen können."

"Das würde Opa Gerhard aber nicht gefallen."

"Und mir gefällt es nicht, wenn meine Tassen in der Spüle oder auf dem Couchtisch stehen." Manne seufzte. "Du magst es nicht, wenn sich hier etwas ändert, nicht wahr? Du liebst Opa Gerhard sehr?"

"Ich liebe ihn überhaupt nicht." Plötzlich schwebte die Veilchen-Tasse hoch über Gwens Kopf. "Er ist nämlich tot!"

"Pass auf, bitte ..."

"Und wenn jemand tot ist," die Hand mit der Tasse schnellte nach vorn, "kann man ihn gar nicht mehr lieben." Im freien Flug schoss die Tasse auf die Terrassentür zu.

"Nein!" Der helle Ton, mit dem ihre Tasse zerschellte, traf Manne mitten ins Herz. Wie versteinert starrte sie auf die Splitter, die über dem gesamten Küchenboden verteilt waren. Sie erwachte erst aus ihrer Erstarrung, als die Wohnungstür krachend zuschlug.

Eine Stunde später stand Manne vor der Haustür der Achmänner. Sie wollte erst für gutes Wetter sorgen, bevor sie die Frage nach einer angemessenen Wiedergutmachung für die zerbrochene Tasse klären würde.

Auf ihr Läuten tat sich zunächst nichts. Erst als sie umkehren wollte, um es an der Terrassentür zu probieren, hörte sie jemanden näher kommen. Die schweren Schritte und der große Schatten, der sich in dem gläsernen Türeinsatz abzeichnete, ließen keinen Zweifel daran, dass ihr Schwiegersohn dazu verdonnert worden war, den unzeitigen Besucher abzuwimmeln.

"Moin, Eberhard." Grinsend streckte sie ihm ihre Brötchentüte entgegen. "Überraschung!"

"Oh!" Er sog die Luft ein wie ein Jagdhund auf einer frischen Fährte. Im nächsten Moment waren die grimmigen Falten auf seiner Stirn verschwunden. "Das ist ja mal eine nette Überraschung. Guten Morgen, Schwiegermama." Er nahm Manne die Tüte ab und trat beiseite, damit sie hineingehen konnte.

"Gute Nachrichten, Meggie", rief er ins Wohnzimmer. "Du hast gewonnen. Du musst diese Woche keine Brötchen holen gehen. Aber mach dir für nächsten Sonntag schon mal ein Kreuz in den Kalender. Kannst du eigentlich Gedanken lesen?", fügte er mit einem Augenzwinkern in Mannes Richtung dazu.

"Gwen hat mir einen Tipp gegeben."

"Ich hoffe, sie hat dich nicht geweckt."

Mit einem schiefen Grinsen zog Manne die Schultern hoch. "Es war nicht Gwen, es war ihr Fußball."

"Tut mir leid, ich muss ihr unbedingt sagen, dass sie mit dem Ding in den Garten gehen soll." Er bog in die Küche ab, wo bereits ein Brotkorb bereitstand.

Manne ging voraus ins Esszimmer. "Guten Morgen, ihr Lieben."

"Guten Morgen, Mama." Julia erhob sich von ihrem Platz am Kopfende des Tisches, ging ihr zwei Schritte entgegen und begrüßte sie mit einem flüchtigen Kuss auf die Wange.

Meggie folgte ihrem Beispiel. "Guten Morgen, Oma", flötete sie, während sie an Mannes rechter Wange vorbeiküsste. "Hast du gut geschlafen?" Sie hauchte noch einen Kuss neben die linke Wange, und rannte ihrem Vater entgegen. "Sind Mohnbrötchen dabei?"

"Eins nur. Frag erst mal ..."

"Oh prima, das ist meins!" Offenbar dachte sie nicht daran, die anderen zu fragen, es war ihr wohl auch egal, dass der Hügel gefährlich schwankte, als sie ihr Brötchen herauszog.

"Schau mal, Mama." Julia deutete auf ein Frühstücksgedeck, das zwischen ihrem und Gwens Platz stand, als hätte es sich verirrt. "Da hab ich für dich gedeckt, wenn es dir zu eng ist, kann ich den Tisch gerne ausziehen."

"Mach dir keine Umstände", entgegnete Manne tapfer, obwohl sie ihre Beine nur mit Mühe zwischen ihrem und Gwens Stuhl hindurchfädeln und unter dem Tisch verstauen konnte.

Gwen hockte tief über ihre Müslischale gebeugt auf ihrem angestammten Platz und machte keine Anstalten, auch nur einen Millimeter zur Seite zu rücken.

"Liebes", Julia musterte ihre Jüngste mit einem Blick, der überhaupt nicht zu dem süßlichen Ton ihrer Stimme passte. "Willst du deiner Oma nicht einen guten Morgen wünschen?"

"Hab ich schon", murmelte Gwen, ohne den Blick von ihrer Schüssel zu heben.

"Als ich aufgewacht bin, hat sie im Hof Fußball gespielt", erläuterte Manne. "Dann hat sie mir beim Ausräumen geholfen."

"Wie lieb von dir!" Julia machte eine Bewegung, als wolle sie in die Hände klatschen. "Da hat sich die Oma sicher gefreut. Wie schön, dass du beschlossen hast, dich doch mit ihr anzufreunden."

Gwen nickte schweigend und beugte sich noch tiefer über ihr Frühstück.

Manne sah trotzdem, dass ihr das Blut in die Wangen schoss.

"Ich hoffe, es hat alles geklappt mit euch beiden?" Julia lächelte zufrieden. "Gwen kennt sich da unten besser aus als ich. Ich denke, sie hat dir alles zeigen können."

"Was sie mir leider nicht zeigen konnte, waren die leeren Schränke, in denen ich meine Sachen unterbringen kann."

"Also das, ähm ..." Mit einem verlegenen Lächeln zog Julia die Schultern hoch. "Ich dachte, du bringst nicht viel mit. Ich hab dir fürs Erste zwei Schrankteile im Schlafzimmer freigeräumt, und der Badezimmerschrank ist ganz leer. Brauchst du noch mehr Platz?"

"In den Küchenschränken brauche ich mindestens zwei Bretter für meine Reisetassen, und wenn ich einkaufe ..."

"Dieses ulkige Sammelsurium hast du mitgebracht?" Julia wollte sich ausschütten vor Lachen.

"Das ist kein ulkiges Sammelsurium, das ist meine Tassensammlung." Manne konnte spüren, wie ihre Lippen vor Entrüstung ganz spitz wurden, und sie beeilte sich, ihren Worten ein versöhnliches Lächeln hinterherzuschicken. "Siebenundzwanzig Tassen, die ich von ebenso vielen Reisen mitgebracht habe. Eine hat den Umzug leider nicht überlebt, die anderen sechsundzwanzig ..."

Was Manne sonst noch sagen wollte, ging in Gwens Hustenanfall unter.

"Was ist denn passiert?" Julia beugte sich zu ihrer Tochter hinüber und tätschelte ihr den Rücken. "Trink einen Schluck, ja! Hast du noch Kakao? Ach Gwen, ich hab dir doch schon hundertmal gesagt, dass du nicht so schlingen sollst. Iss langsamer und kau ordentlich."

"Schon okay, Mama." Gwen wand sich unter den fürsorglichen Händen heraus. "Ich muss mal." Bevor ihre Mutter etwas dazu sagen konnte, polterte sie die Treppe hinauf.

"Armes Ding!"

"Pff!" Meggie schnaubte verächtlich. "Merkst du denn nicht, dass das alles nur Schau ist?" Ungeniert fasste sie quer über den Tisch und angelte eine Laugenbrezel aus dem Brotkorb.

"Lass die bitte für deine Schwester liegen. Du weißt doch, wie gern sie die mag." Doch ihre Ermahnung stieß auf taube Ohren. Meggie tupfte Butter auf die Brezel und biss ein Stück ab.

"Lass ihr wenigstens die Hälfte übrig, sonst haben wir gleich ein Riesengeschrei."

"Die kommt nicht mehr." Mit einem wissenden Lächeln biss Meggie noch einmal in die Brezel. "Wetten, dass sie unter ihrem Bett hockt und schmollt. Bestimmt hat sie wieder was angestellt."

Wie um ihre Worte Lügen zu strafen, ertönt von oben ein Hustenanfall, der wie das Bellen eines asthmatischen Rehbocks klang.

"Du sollst nicht so garstig über deine Schwester reden", tadelte Julia ihre ältere Tochter.

Mit einem affektierten Lachen warf Meggie den Kopf in den Nacken. "Geh doch hoch und frag sie. Ich wette, wenn sie merkt, dass sie mit ihrer Mitleidstour nicht durchkommt, kriegt sie wieder einen ihrer Impulsdurchbrüche, und wenn der vorbei ist, fragt keiner mehr danach, was sie vor dem Frühstück getrieben hat."

"Vor dem Frühstück war Gwen bei mir und hat mir geholfen, meine Tassen auszupacken." Manne hätte beim besten Willen nicht sagen können, was sie dazu bewogen hatte, sich schützend vor das zornige Mädchen zu stellen, das eine der kostbarsten Tassen aus ihrer Sammlung auf dem Gewissen hatte. Rasch wechselte sie das Thema. "Ich brauche übrigens nicht nur Platz im Schrank, sondern dringend auch ein anderes Bett."

"Aber das Bett ist so gut wie neu", protestierte Julia.

"Mir ist es zu weich."

"Wir könnten uns erkundigen, ob es eine härtere Matratze gibt oder einen anderen Lattenrost."

"Ich will auf meinem Futon schlafen, und der passt nicht in das Bettgestell. Wenn das Bett im Schlafzimmer bleiben muss, ziehe ich halt ins Dienstbotenzimmer und schlafe dort auf dem Boden."

"Dienstbotenzimmer ..." Julia schnaufte vernehmlich. "Das ist ein Gästezimmer. Wir wollten dich ohnehin fragen, ob du es unbedingt brauchst, oder ob wir es aus der Miete herausnehmen sollen für den Fall, dass jemand hier übernachten will. Das kommt nicht oft vor und würde dich in keiner Weise beeinträchtigen. Das Zimmer hat sogar ein eigenes Bad."

"Ich soll irgendwelche fremden Leute in meiner Wohnung übernachten lassen?" Manne schüttelte ungläubig den Kopf.

"Das Thema sollten wir irgendwann in Ruhe besprechen", mischte sich Eberhard ein. "Deine Mutter ist doch gerade erst angekommen. Wenn sie sich ein bisschen eingelebt hat, weiß sie sicher genauer, was sie braucht und was nicht."

Dass ich das Bett, den Sessel, die Couch und den Couchtisch nicht brauche, weiß ich jetzt schon, wetterte Manne in Gedanken, doch sie wollte den Disput nicht auf die Spitze treiben.

"Dann räume ich fürs Erste nur das Nötigste aus und gelegentlich setzen wir uns noch mal zusammen."

"Gute Idee." Eberhard war mit dieser Lösung offenbar zufrieden. "Dann vertragen wir uns wieder und genießen die Brötchen, die wir Gwens Verrat und deiner Umsicht verdanken, Schwiegermama."

"Apropos Gwen ..." Mit einem vorwurfsvollen Blick wandte sich Julia zur Treppe um. "Kämpft sie immer noch mit ihrem Frosch im Hals, oder meint sie, das Frühstück sei schon zu Ende?"

Als hätte sie nur auf ihr Stichwort gewartet, tauchte in diesem Moment der rote Lockenkopf über dem Treppengeländer auf. "Alles wieder gut!" Wie ein Gummiball hopste Gwen die Treppe hinunter. "Schau mal, was ich gefunden habe, Oma." Mit stolzgeschwellter Brust präsentierte sie einen Becher aus billigem Porzellan, der mit Rosen- und Vergissmeinnichtblüten bedruckt war. Gegenüber vom Henkel war ein Herz ausgespart, in dem in verschnörkelten Lettern *I moag di* stand. "Die sieht fast so aus wie die Tasse, die beim Umzug kaputt gegangen ist?"

Meggie prustete vor Lachen. "Das war doch das Senfglas, das wir im letzten Skiurlaub gekauft haben. Ich weiß noch genau, wie Mama geschimpft hat, weil du es kurz vor der Abreise aus dem Müll gefischt hast."

Manne wusste nicht, ob sie über diesen schlechten Scherz weinen oder mitlachen sollte, doch als sie sah, wie Gwens Augen feucht wurden, reagierte etwas in ihr, was Anja ihren pädagogischen

Instinkt genannt hätte. Sie stand auf und streckte die Hand nach dem Geschenk aus.

"Du hast recht, die sieht fast wie meine alte Tasse aus." Natürlich war das glatt gelogen. Welche Ähnlichkeit sollte es auch zwischen einer handbemalten Tasse aus Meissner Porzellan und einem bunt bedruckten Massenartikel geben? Aber während sie es aussprach, wurde es trotzdem wahr. "Ich wusste gar nicht, dass du auch Reisetassen sammelst. Darf ich die wirklich haben?"

"Na klar." So behutsam, als wäre es wirklich eine Kostbarkeit, legte Gwen das ehemalige Senfglas in ihre Hände.

Sechs

"Zwei Stunden später ist Julia zu mir runtergekommen, um mir zu sagen, dass ich Gwens Lügengeschichten niemals wieder decken dürfte, weil Gwen ehrliche Rückmeldungen braucht, um Verantwortung für ihr Verhalten zu übernehmen", beklagte sich Manne am Sonntagabend bei ihrer Freundin Anja. "Meggie hat herausgefunden, dass ihre Schwester meine Tasse kaputt geschmissen hat."
"Ich würde das an deiner Stelle nicht überbewerten", entgegnete Anja. "Jede Familie hat ihre eigenen Rituale und Regeln. Es ist nur normal, dass du am Anfang ab und zu in einen Fettnapf trittst."
"Das meine ich nicht. Ich denke, sie sollten froh sein, dass ich die Angelegenheit ohne großes Getöse geregelt und dabei auch noch eine Grundlage für meine Beziehung zu Gwen geschaffen habe, obwohl sie nicht gerade freundlich zu mir war."
"So siehst du es", pflichtete Anja ihr bei. "Und ich weiß, dass du mit der Masche sogar die Möchtegern-Gangster aus dem Berufsgrundschuljahr eingefangen hast. In Julias Familie gibt es offenbar andere Regeln. Die musst du nicht gut finden, aber du solltest sie kennen."
"Hm." Manne zog das Anzeigenblättchen, das auf dem Tisch lag, näher zu sich heran und zog mit dem Kugelschreiber drei lange gerade Linien parallel zum unteren Rand. "Und was rätst du mir?"
"Was meinst du?" Anja wirkte irritiert. "Was soll ich dir denn raten?"
"Du hast doch vorgeschlagen, mich zu coachen. Dann musst du mir doch sagen können, was ich jetzt tun soll." Kurze senkrechte Striche verwandelten ihre Linien in einen Zaun.
"Nein, so geht das nicht." Sie hörte Anja lachen. "Wenn es dir mit dem Coaching ernst ist, müssen wir gemeinsam herausfinden, wer in diesem System welche Rolle spielt. Dann entscheidest du, ob dir deine Rolle gefällt oder ob du etwas verändern willst."
"Ich finde, dass ich alles richtig gemacht habe", maulte Manne. "Julia hat es halt nicht verstanden. Aber deshalb muss ich doch an mir nichts ändern. Ich muss ihnen verständlich machen ..."
"Warte, warte", bremste Anja ihren Eifer. "Entspann dich erst mal und lass uns nachschauen, wer wo steht."

"Häh?"

"Stell dir vor, wir würden alle, die an dem Konflikt beteiligt sind, darum bitten, zu einem klärenden Gespräch in einen Raum zu kommen. Wer wäre alles da?"

"Du und ich", antwortete Manne, während sie hinter ihrem Zaun erst einmal nur etwas Gras wachsen ließ, weil der Abstand zur untersten Textzeile nicht groß genug war, um Blumen blühen zu lassen.

"Julia, Meggie und Gwen wären nicht da?"

"Julia hätte etwas anderes zu tun, Meggie würde alles blöd finden und Gwen müsste dringend aufs Klo."

"Stell dir vor, sie würden trotzdem kommen, weil ..." Anja schnaubte. "Egal, sie würden jedenfalls kommen. Wer wäre dann da?"

"Julia, Meggie, Gwen, du und ich."

"Prima. Und wo würden wir stehen?"

"Wieso stehen? Wir würden uns um den Tisch setzen und reden."

"In dem Raum ist kein Tisch. Und Stühle gibt es auch nicht."

"Dann, ähm, stehen Julia und ihre Töchter neben der Tür. Du stehst mitten im Raum."

"Und wo bist du?"

"Ich stehe am Fenster." Erst am Rand der Seite gab es genug Platz für etwas anderes als Gras.

"Das heißt, dass du nichts mit der Sache zu tun haben willst?"

"Doch, natürlich. Aber ich will mir das erst mal anschauen."

"Du kannst dir später noch mal alles in Ruhe anschauen. Jetzt musst du erst einmal Stellung beziehen. Also noch einmal: Wo stehst du in diesem Raum?"

Mannes erster Impuls war es, sich hinter ihre Freundin zu stellen, aber das hätte die ihr vermutlich als Feigheit ausgelegt. Also erklärte sie, dass sie neben Anja stehen würde, während ihre Finger wie von selbst einen dünnen, knorrigen Baumstamm hinter dem Zaun wachsen ließen.

"Gut." Anja war mit der Entscheidung offenbar zufrieden. "Um das Ganze abzukürzen, verrate ich dir jetzt, dass sich nichts bewegen wird, solange wir beide wie ein Block mitten im Raum stehen." Sie einigten sich darauf, dass sie zwei Schritte zurück und ein Stück auseinandergehen würden. Obwohl sie wusste, dass sich alles nur in ihrem Kopf abspielte, schlug Mannes Herz schneller, als sich die Fantasie-Meggie und die Fantasie-Julia ebenfalls trennten und von zwei Seiten auf sie zukamen.

"Sieht so aus, als wollten sie mich in die Zange nehmen." Zwischen zwei Artikeln gab es Platz für eine Ast, aber der war ebenso knorrig wie der Stamm und trug weder Früchte noch Blätter.

"Prima! Bleib dabei. Das ist ein guter erster Schritt. Entspann dich erst mal wieder." Obwohl die Situation in Mannes Vorstellung schon bedrohlich wirkte, schien diese Entwicklung Anja zu begeistern. "Wem möchtest du dich lieber zuwenden?"

Bevor Manne entgegnen konnte, dass sie sich niemandem zuwenden, sondern lieber fluchtartig das Weite suchen wollte, hörte sie bei Anja im Hintergrund etwas scheppern, und gleich darauf Kinderlachen.

"Oje." Anja klang plötzlich nicht mehr entspannt. "Das hört sich an, als sollte ich meine Kurzen ins Bett bringen. Wollen wir später noch mal telefonieren, oder willst du schnell noch einen Tipp von mir?"

"Gib mir einfach einen Tipp."

"Kümmere dich ein bisschen um Meggie. Sie ist die treibende Kraft in diesem Konflikt. Ich denke, sie ist eifersüchtig. Interessier dich für das, was sie interessiert, biete ihr deine Hilfe an oder lass dir von ihr helfen. Ich würde mich wundern, wenn es dann nicht besser laufen würde."

"Okay, mach ich. Danke, Anja." Nachdem sie ihr Handy bei Seite gelegt hatte, ließ sie eine winzige Blüte auf dem dürren Ast wachsen, damit er nicht gar so trostlos aussah.

Manne bemühte sich zwar, beim gemeinsamen Abendessen mit Meggie ins Gespräch zu kommen, aber die ließ sie nach allen Regeln der Kunst abblitzen, rollte mit den Augen, wenn sie angesprochen wurde, beantwortete Mannes Fragen so knapp wie möglich oder tat so, als würde sie gar nicht bemerken, dass sie gemeint war.

Erst am Freitagabend bot sich die Chance, auf die Manne gewartet hatte. Meggie eröffnete ihrer Familie, dass sie am Samstagmorgen probehalber in der Leistungsabteilung mitreiten durfte.

"Da darf ich doch hin?", fragte sie eher der Form halber.

"Es war aber ausgemacht, dass du am Samstag zu Hause bist und ein bisschen nach Gwen schaust, während ich ..."

"Och büddö!" Meggie verzog ihre Lippen zu einem Zeichentrick-Schmollmündchen und klimperte ihre Mutter mit großen Augen an.

"Aber Gwen ..."

"Ich bin alt genug, um auch mal zwei Stunden allein zu bleiben", entgegnete die. "Wenn ich allein bin, kann mich keiner ärgern, und wenn mich keiner ärgert, mach ich auch nichts kaputt."

"Zu Hause ist also alles in bester Ordnung", setzte Meggie sofort nach. "Also, darf ich?"

"Meinetwegen." Julia zog die Schultern hoch. "Aber du musst das Fahrrad nehmen. Ich bin mit Gisela und Hedi verabredet, um das nächste Treffen der Elterngruppe vorzubereiten."

"Kann Papa mich nicht fahren?"

"Ich muss arbeiten. Was glaubst du, wo das Geld für deine Reitstunden herkommt?"

Über Meggies Nasenwurzel bildete sich eine steile Unmutsfalte.

"Soll ich dich fahren", schlug Manne vor. "Ich würde mir gerne mal eine Reitstunde ansehen."

Meggie blies die Backen auf. "Du hast doch nicht mal ein Auto."

"Kein Problem." Mit diesem Einwand hatte Manne gerechnet. "Mein Moped hat Platz für einen Beifahrer und ich habe gesehen, dass in der Garage ein alter Helm herumliegt. Vielleicht..."

"Auf keinen Fall." Julia schüttelte entschieden den Kopf. "Motorradfahren ist viel zu gefährlich. Aber vielleicht kann Papa euch den Leihwagen aus der Werkstatt geben."

"Der ist bis Montag bei einem Kunden", entgegnete Eberhard. "Den Bus brauchen wir morgen nicht. Wenn ihr den nehmt ..."

"Das alte Ding ist doch voll peinlich", protestierte Meggie.

Vermutlich genauso peinlich wie deine Großmutter, ergänzte Manne in Gedanken.

"Und wenn du meiner Mutter einen Verkaufswagen leihst?", überlegte Julia, und zwinkerte Eberhard zu. Vielleicht erwog sie gerade, ihr bei dieser Gelegenheit das Moped abspenstig zu machen.
"Hast du nicht einen kleinen E-Flitzer für sie oder wie wäre es mit dem zweifarbigen Mini?"
"Der Mini mit der schwarz-roten Rallye-Lackierung?" Meggie war auf einmal ganz Ohr. "Den wolltest du doch für mich aufheben."
Eberhard lachte. "Bis du den Führerschein machst, ist der Mini ein Oldtimer. Aber du kannst dich mit deiner Oma zusammentun. Wenn sie ihn genauso schick findet, bleibt er wenigstens in der Familie, und du kannst hoffen, dass sie ihn eines Tages an dich abtritt."
"Hm ..." Es war Meggie deutlich anzusehen, dass sie angestrengt nachdachte. "Und wenn Micha mich fährt?" Micha war der gutaussehende Azubi aus der Werkstatt.
Eberhard schüttelte den Kopf. "Micha macht eine Ausbildung zum Mechatroniker, nicht zum Taxifahrer. Aber ich kann ihm sagen, dass er den Mini für euch auf die Straße fahren soll."
"Okay." Meggie seufzte schicksalsergeben. Sie schenkte Manne ein schmales Lächeln, dabei funkelten ihre graugrünen Augen wie die einer Katze. "Wir treffen uns um neun an der Straße. Aber sei bitte pünktlich, Oma. Ich muss spätestens um halb zehn im Stall sein."
"Ich denke, das schaffen wir."

Am nächsten Morgen ging Manne sogar fünf vor neun zur Straße, aber da waren weder Meggie noch der schwarz-rote Mini oder der gut aussehende Mechatroniker zu sehen. Zuerst dachte sie sich nichts dabei, als die Kirchturmuhr neun schlug, wunderte sie sich, dass nicht wenigstens Micha auftauchte. Sie spazierte die Straße hinauf, um auf dem Parkplatz nach dem Mini zu schauen, aber dort wurde sie auch nicht fündig. Erst als sie zurück zum Treffpunkt ging, fuhr ein Mini mit Rallye-Lackierung an ihr vorbei.
"Warten Sie!" So schnell sie konnte, rannte Manne zum Parkplatz zurück, bis sie dort ankam, hatte der Fahrer den Wagen in die schmale Lücke zwischen zwei Autos manövriert. Gerade angelte er das Preisschild vom Rücksitz und stellte es in die Windschutzscheibe.

"Entschuldigung, dass ich Ihnen Umstände mache", keuchte Manne.
"Aber ich brauche den Wagen."
Der junge Mann musterte sie skeptisch. "Haben Sie eine Probefahrt verabredet?"
"Nein, ich soll meine Enkelin, die Tochter von Herrn Achmann, zum Reiten fahren. Er hat Ihnen bestimmt Bescheid gesagt."
"Ach Sie sind Meggies KK-Oma!" Er zwinkerte ihr verschwörerisch zu. "Keine Sorge, ich habe den Auftrag prompt und diskret erledigt. Von mir wird niemand erfahren, dass Sie nicht Auto fahren können." Er tippte gegen den Schirm seiner Base-Cap und zog pfeifend davon. Sprachlos starrte Manne ihm nach und versuchte, nicht darüber nachzudenken, was mit der KK-Oma gemeint sein könnte.

"Und was hat deine Tochter dazu gesagt?", erkundigte sich Anja, als Manne am Samstagabend von ihrem Fehlschlag berichtete.
"Sie hat gelacht." Manne wusste, dass ihre Stimme nicht wie die einer erwachsenen Frau klang, sondern wie die eines eingeschnappten Teenagers. "Sie hat gesagt, dass Meggie immer ein Schlupfloch findet, und dass man ihr kluges Mädchen niemals unterschätzen dürfe. Und dieser junge Schnösel denkt jetzt, dass ich eine tüdelige alte Frau bin, die nichts mehr auf die Reihe kriegt."
"Hm", brummte Anja. "Was hat der Schnösel mit deinem Platz in deiner Familie zu tun?"
"Nichts, aber ..."
"Nichts ist genau richtig. Dabei belassen wir es. Es ist völlig egal, was er über dich denkt. Es kommt nur auf dich und deine Tochter an. Und auf ihre Töchter natürlich. Was hast du gesagt, als Julia sich über ihr kluges Mädchen amüsiert hat?"
"Nichts. Ich habe mitgelacht." Manne verriet nicht, dass ihr dabei nach Heulen zumute gewesen wäre.
"Das war ein ausgesprochen cleverer Zug von dir", lobte Anja. "Der hat dich deiner Tochter sicher einen großen Schritt nähergebracht, und darauf kommt es jetzt an."
"Ah ja." Manne hatte nicht die leiseste Ahnung, was Anja damit gemeint haben könnte.

"Ich habe inzwischen noch mal über euer Familiensystem nachgedacht. Ich glaube, dass du doch zuerst Julia knacken musst."

"Ähm ..." Manne suchte vergeblich nach einem Stück Papier und einem Kugelschreiber. Sie hatte alles, was sich in den vergangenen Tagen auf dem Couchtisch gesammelt hatte, aufgeräumt oder weggeworfen, bevor sie ihre Freundin angerufen hatte.

"In diesem System hat deine Tochter das Sagen. Sie entscheidet, wer dazu gehört und wer nicht. Wenn du Julia auf deiner Seite hast, hast du auch die Mädchen in der Tasche."

"Ich weiß nicht ..."

"Warte, wir fangen noch mal von der anderen Seite an: In welcher Beziehung stehst du zu Julia?"

"Sie ist meine Tochter."

"Nein, das meine ich nicht. Stell dir noch mal den leeren Raum vor, in dem du dich letzte Woche mit deiner Tochter und ihren Töchtern getroffen hast. Wie stand Julia in Bezug auf dich in diesem Raum. War sie dicht bei dir oder weit weg? Hat sie dich angesehen, hat sie an dir vorbeigeschaut oder hat sie dir möglicherweise den Rücken zugewandt?"

"Ich, ähm ..." Mannes Finger fanden einen Fädchen am Saum ihres T-Shirts. "Das weiß ich nicht mehr."

"Dann geh in deiner Fantasie noch mal in diesen Raum und bitte nur Julia herein." Anja machte eine kurze Pause, vermutlich wollte sie Manne Zeit geben, um sich in dem Szenario einzurichten. "Kannst du jetzt sehen, wo sie ist?"

"Sie steht mir direkt gegenüber", antwortete Manne, obwohl sie gar nichts sehen konnte.

"Nah oder weit weg?"

"Nah." Sie versuchte, das Fädchen aus dem Stoff zu zupfen, aber es schien irgendwo festzuhängen.

"Auf eine gute Weise nah oder ist es eine bedrohliche Nähe?"

"Es ist alles okay", beteuerte Manne. "Sie steht etwa eine Armlänge von mir entfernt."

"Sie könnte dir also jederzeit eine Ohrfeige geben?"

"Warum sollte sie das tun?"

"Ich sage nicht, dass sie das tun soll. Aber ihr habt einen Konflikt miteinander und in konfliktbeladenen Situationen wirkt Nähe eher beunruhigend. Kannst du in Gedanken einen Schritt zurücktreten."

"Ja klar."

"Was macht sie?"

"Nichts." Manne rollte mit den Augen und zupfte so energisch an dem Fadenende, dass es endlich nachgab. Dieses Frage- und Antwortspiel fand sie albern, aber sie wollte Anja nicht vor den Kopf stoßen, wenn diese sich schon ihr Gejammer anhören musste.

"Okay." Anja klang zufrieden. "Dann passt das vermutlich. Lass uns schauen, in welchen Rollen ihr steckt, wenn ihr euch gegenübersteht. Kannst du dir vorstellen, dass ihr im Kostümfundus eines Theaters seid? Für jede Rolle ist das passende Kostüm da: für die tragische Heldin, die Weise, die Närrin, die Kriegerin. Alle Kostüme passen euch wie auf den Leib geschnitten. Welches zieht dich magisch an?"

"Nein."

"Nein, was?"

"Nein, das kann ich mir nicht vorstellen." Der Faden in ihren Fingern wurde immer länger. Vielleicht sollte sie ihn in Ruhe lassen, bis sie sich nach dem Gespräch davon überzeugt hatte, dass er nicht noch gebraucht wurde, um beispielsweise eine Naht zusammen zu halten.

"Versuch es trotzdem. Oder nein, stell dir vor, Julia geht allein in die Garderobe. Wie sieht sie aus, wenn sie zurückkommmt? Was für ein Kostüm hat sie sich ausgesucht?"

"Sie sieht aus wie ..." Manne zog die Schultern hoch. Sie konnte sich ihre Tochter beim besten Willen nicht verkleidet vorstellen. Sie sieht aus wie Julia, hätte sie fast gesagt, doch dann fiel ihr ein, dass sich die kleine Julia am liebsten als Prinzessin verkleidet hatte. Vielleicht würde ihr das heute auch noch gefallen.

"Sie trägt ein Prinzessinnenkostüm. Eins mit kurzen Puffärmeln, einer schmalen Taille und einem weiten Rock. Ihre Haare hat sie hochgesteckt wie die Prinzessinnen in den alten Walt-Disney-Filmen." Langsam kam Manne in Fahrt.

"Cinderella zum Beispiel?", unterstützte Anja sie.

"Ja, genau." Die Sache fing an, ihr Spaß zu machen. "Sie trägt ein Kleid wie Cinderella."

"Und du? Trägst du das Kostüm der bösen Stiefmutter?"

"Nein. Ich bin ihre Mutter, nicht ihre Stiefmutter." Mit einem energischen Ruck versuchte sie, den Faden abzureißen, doch anstatt zu reißen, wurde er noch ein Stückchen länger.

"Cinderellas gute Mutter ist tot."

"Ich will aber nicht ihre böse Stiefmutter sein. Vielleicht ist es nicht das Kostüm von Cinderella, das sie sich ausgesucht hat, sondern das von Schneewittchen."

"Schneewittchen hat auch eine Stiefmutter. Und die will ihr sogar ans Leben." Anja lachte. "Ich fürchte aus der Nummer kommst du so leicht nicht wieder raus."

"Was meinst du damit?" Manne gab sich große Mühe, diese Frage nicht allzu beleidigt klingen zu lassen.

"Ich meine, dass das Bild viel über eure Beziehung verrät. Du bist weder böse noch ihre Stiefmutter, aber sie scheint dich trotzdem so zu sehen. Oder du nimmst an, dass sie dich so sieht."

"Ach so ...?" Manne hatte wieder einmal kein Wort verstanden. Sie versuchte, den lästigen Faden mit beiden Händen zu packen, um ihn durchzureißen, ohne das T-Shirt weiter in Mitleidenschaft zu ziehen. Das war jedoch nicht so einfach, weil sie mit einer Hand ihr Handy ans Ohr pressen musste. Sie wickelte den Faden um die Hand und klemmte ihr T-Shirt mit dem Ellbogen gegen die Armlehne des Sessels.

"Wenn wir eure Beziehung verändern wollen, müssen wir zuerst einmal deine Rolle umschreiben. Was würde die böse Stiefmutter von Schneewittchen niemals tun?"

"Sie würde ihr niemals erlauben, in ihrem Schloss zu bleiben."

"Bedauerlicherweise ist das Haus, in dem du wohnst, bereits das Schloss deiner Schneewittchen-Tochter. Fällt dir noch etwas ein, was sie nicht tun würde?"

"Sie würde ihr nie erlauben, den magischen Spiegel zu benutzen?" Mit einem Ruck zerrte Manne an dem Faden. Endlich gab er nach.

Sie hörte Anja kichern. "Ich fürchte, so kommen wir nicht weiter. Ich schlage vor, du versuchst jetzt mit Julia das, was wir ursprünglich mit Meggie ausprobieren wollten. Interessier dich für das, was sie interessiert, hilf ihr, wenn sie Hilfe braucht, und bitte sie gelegentlich um Hilfe."

Manne hatte Zweifel an Anjas Methode, aber sie nickte. "Ich kann's ja mal versuchen."

Erst nachdem sie das Gespräch beendet und das Handy weggelegt hatte, stellte sie fest, dass sie den Saum ihres T-Shirts inzwischen aufgeknibbelt hatte.

Sieben

Rums! Klack-klack, klack-klack, klack ...
Seit drei Tagen waren die Ferien zu Ende, Manne wurde um Sieben
von der Haustür, die Meggie nicht eben zartfühlend ins Schloss
fallen ließ, und den klappernden Absätzen auf den Treppenstufen
geweckt. Sie hatte in diesen drei Tagen gelernt, dass es sinnlos war,
noch einmal einschlafen zu wollen, weil zwanzig Minuten später
Gwen aus dem Haus polterte.
"Tschüss, Mama! Tschüss, Papa", gellte ihre Stimme durch das
offene Treppenhaus bis hinunter in die Einliegerwohnung. RUMS !!!
Patsch, patsch, patsch, patsch, patsch. Kurz vor acht verabschiedete
sich Eberhard in die Firma, aber der zog die Tür leise hinter sich ins
Schloss, und er trug weder Absatz- noch Turnschuhe.
Wenn Manne es jetzt schaffte, schnell wieder einzuschlafen, blieb
ihr noch eine Stunde. Pünktlich um neun fing Julia an, das Haus auf
Vordermann zu bringen, wie sie das nannte. Manne würde sie gelegentlich fragen, warum sie ihrem Feldzug gegen Unordnung und
Krümel unbedingt in der Küche starten musste. Das Geklapper, mit
dem sie Geschirr und Bestecke in die Spülmaschine räumte, hätte
Tote aufgeweckt. Vielleicht war ihr ja nicht bewusst, dass Manne im
Gästezimmer unter der Küche schlief.
Sie hatte das Bett abgebaut, die Teile mitsamt der Matratze gegen
die Wand gelehnt und an seiner Stelle ihren Futon auf den Boden
gelegt. Ihren Sessel hatte sie unter das Fenster mit dem Lichtschacht
gerückt, einen der beiden Stühle, die dort gestanden hatten, nutzte
sie als Beistelltisch, den anderen als Kleiderablage.
Obwohl sie sich eigentlich zu wach fühlte, um wieder einzuschlafen,
rollte sie sich auf die andere Seite und kuschelte sich noch einmal in
ihre Decke.

Offenbar war Manne doch wieder eingeschlafen, jedenfalls hatte
sie geträumt, Einbrecher hätten ihre Tür aufgestemmt und würden
auf der Suche nach Geld und Schmuck durch ihre Wohnung
schleichen.

Das Quietschen von Schuhsohlen im Eingang zu ihrem Zimmer ließ sie hochschrecken.

"Hilfe, Polizei. Einbrecher!"

"Ich bin's doch nur, Mama ...!" In Julias Stimme schien ein leiser Vorwurf mitzuschwingen. "Ich wusste nicht, dass du jetzt noch schläfst." Manne ließ sich wieder ins Kopfkissen plumpsen und winkte mit einem schiefen Lächeln zu ihrer Tochter hoch. "Bist du runtergekommen, um eine Tasse Kaffee mit mir zu trinken? Wir können uns auf die Terrasse setzen. Dauert nur einen Augenblick."

"Eigentlich wollte ich nur was fragen" Julia rieb sich die nackten Arme. "Es ist kühl hier drinnen. Vielleicht gehen wir doch besser raus. Auf die Terrasse scheint schon die Sonne. Soll ich den Kaffee kochen, während du ins Bad gehst?"

"Das mach ich schon." Manne streckte die Füße unter der Decke hervor und setzte sich mit einem Schwung auf. "Ich geh nach dem Kaffee ins Bad."

Während Manne in ihrem Kochnischen-Schrank Wasser und Kaffeepulver in die italienische Espresso-Maschine füllte, legte Julia die Polster auf die Terrassenstühle.

"Wie magst du deinen Kaffee? Als Espresso oder Latte macchiato?"

"Ich mag ihn vor allem nicht so stark. Kannst du für mich einfach noch ein bisschen heißes Wasser hineinschütten?"

Bei der Vorstellung, einen guten italienischen Kaffee zu verwässern, rümpfte Manne unwillkürlich die Nase, aber sie sagte nichts, sondern stellte den Wasserkocher mit einem Rest heißem Wasser zu den Kaffeetassen aufs Tablett.

"Warum schläfst du denn im Gästezimmer auf dem Boden?", erkundigte sich Julia, während sie das Wasser in ihren Kaffee rührte.

"Weil mir die Matratze im Schlafzimmer zu weich ist."

"Sollen wir uns morgen oder übermorgen mal nach einer anderen umsehen?"

"Nicht nötig. Ich bin mit meiner Futonmatratze sehr zufrieden. Ich will mir gelegentlich ein passendes Bett kaufen."

Julia nickte nur.

"Was mich mehr stört, ist die Sitzecke im Wohnzimmer. Die Couch, der Sessel und der Tisch sind zu groß für die Wohnung. Mit dem dunklen Boden und den dunklen Decken sieht es darin wie in einer Hobbithöhle aus." Sie lachte, um ihren Worten die Spitze zu nehmen und Julia lachte mit. Bevor Manne dazu kam, ihre Ideen zur Umgestaltung der Höhle zu äußern, wechselte ihre Tochter das Thema.
"Ich will nicht lange stören, Mama. Du hast sicher zu tun. Ich wollte nur fragen, ob du heute Abend ausnahmsweise aushelfen kannst."
"Worum geht es denn?"
"Ich treffe mich mittwochs immer mit der Elterngruppe impulsgestörter Kinder und ich kann das Treffen heute nicht absagen, weil unser Vortragsgast auf meine Initiative gekommen ist. Normalerweise kümmert sich Eberhard mittwochs um die Kinder, aber ausgerechnet heute Nachmittag muss er zu einer Fortbildung, von der er vermutlich erst später zurückkommt."
"Und wo komme ich ins Spiel?" Die Frage klang selbst in Mannes Ohren unfreundlicher als beabsichtigt, aber dieses Herumreden um den heißen Brei machte sie ungeduldig.
"Kannst du heute Abend auf die Kinder aufpassen?"
"Ja sicher. Das wird ja wohl keine große Sache sein."
"Gwen muss um neun ins Bett, Meggie eine halbe Stunde später", erklärte Julia so schnell, als hätte sie Angst, dass Manne ihre Zusage zurückziehen könnte. "Lass dir bitte das Handy geben, sonst chattet sie wieder die halbe Nacht. Gwen hat sich Risi-Bisi zum Abendessen gewünscht, aber dafür bereite ich euch alles vor."

Es war fast vier, als Julia an Mannes Tür klopfte. Mit ihrem Kostüm und den Pumps sah sie aus wie eine erfolgreiche Geschäftsfrau.
"Schau mal, Mama, ich hab dir unser Lieblingsrezept ausgedruckt."
Manne nahm das laminierte Blatt mit den Bildern und der Schritt-für-Schritt-Koch-Anleitung mit einem leisen Seufzen entgegen.
"Wenn du dich genau daran hältst, kann gar nichts schief gehen."
Manne nickte und verzichtete darauf, ihre Tochter daran zu erinnern, dass sie schon Risotto kochen konnte, als diese noch im Sandkasten Kuchen gebacken hatte.

"Den Weißwein lässt du für die Mädchen natürlich weg. Du kannst einfach etwas mehr Brühe nehmen."

Manne nickte.

"Der Reis steht im Messbecher neben dem Herd. Es sind nicht mehr ganz zweihundert Gramm, aber ihr seid ja auch nur zu dritt, und ihr müsst nichts übrig lassen. Wenn Eberhard von seiner Fortbildung zurückkommt, hat er bestimmt gegessen und ich finde irgendwas im Kühlschrank."

Manne nickte noch einmal.

"Ich denke, jetzt habe ich dir alles gesagt, was du wissen musst, damit euer erster gemeinsamer Abend kein Desaster wird. Frag Meggie, wenn trotzdem noch etwas unklar ist. Gwen denkt sich die merkwürdigsten Geschichten aus, um ihren Dickkopf durchzusetzen. Sie ist imstande, dich vor dem Essen noch mal zum Einkaufen zu schicken, weil keine Tiefkühlerbsen da sind und sie an einer Bleivergiftung stirbt, wenn sie Erbsen aus der Dose essen muss."

"Alles klar."

"Meggie ist noch beim Reiten. Zwischen fünf und halb sechs wird sie von den Eltern einer Freundin heimgebracht. Bitte schick sie gleich zum Duschen und sag ihr, dass sie sich auch die Haare waschen soll. Gwen ist auf dem Bolzplatz. Sie hat mir versprochen, dass sie pünktlich um halb fünf wieder da ist. Pass auf, dass sie ihre Klamotten draußen auszieht und den Sand ausschüttelt, bevor sie alles in den Wäschesack wirft. Ich will dir nicht zumuten, sie zum Duschen zu schicken. Ich beziehe einfach morgen ihr Bett neu."

"Wir werden schon miteinander klarkommen. Wenn es nicht ganz so läuft wie bei dir, läuft es halt ein bisschen anders. Das war bei dir auch so, wenn deine Oma auf dich aufgepasst hat." *Und bei der war sowieso alles besser*, setzte sie in Gedanken hinzu, aber sie hütete sich davor, es auszusprechen.

"Hab ich jetzt alles?" Julia schien durch Manne hindurchzustarren, während sie im Geist vermutlich eine ellenlange Liste der To-Dos abhakte, die sie ihrer chaotischen Mutter erklären musste, um diese daran zu hindern, ihr wohlgeordnetes Familienleben in den Abgrund der Anarchie zu stürzen.

"Ach bitte", ihr war tatsächlich noch etwas eingefallen, "fang nicht mit dem Kochen an, bevor Gwen zu Hause ist. Ich habe ihr versprochen, dass sie dir helfen darf. Das macht sie recht ordentlich. Aber du darfst sie dabei keine Sekunde aus den Augen lassen."

Als Julias Auto vom Hof rollte, atmete Manne erleichtert auf, und ging hoch, um sich einen Überblick über Julias Vorbereitungen zu verschaffen. Der Reistopf stand bereits auf dem Herd, links daneben auf der Arbeitsfläche standen der Messbecher mit dem Reis, eine Ölflasche, eine Dose Erbsen und ein Thermobehälter mit heißer Gemüsebrühe. An der Ölflasche lehnte ein Zettel: *Butter, Schinken und Parmesan sind im Kühlschrank. Basilikum kannst du frisch aus der Kräuterspirale im Garten holen.*
Rechts vom Kochfeld lag ein Schneidebrett mit einer Zwiebel, einer Knoblauchzehe, einem gewaltigen Messer und einem weiteren Zettel: *Bitte Gwen nicht damit arbeiten lassen.*
"Und mich auch nicht", stellte Manne fest. Die Meisterköche in den verschiedenen Küchenshows schälten, schnitten, filetierten und zerhackten neuerdings zwar alles mit derartigen Monstermessern, aber Manne bevorzugte ein kleines Küchenmesser. Da sie in den Besteckschubladen ihrer Tochter keins finden konnte, lief sie noch einmal nach unten und holte ihr Eigenes. Während sie das waffenähnliche Werkzeug, das Julia für sie bereitgelegt hatte, sicherheitshalber ganz hinten in einer Schublade verstaute, rumpelte es bereits an der Haustür.
"Darf ich die Zwiebel schneiden?", rief Gwen hörbar gut gelaunt.
"Ja gerne, aber zuerst ziehst du dich um, schüttelst den Sand aus den Klamotten und wäschst dir die Hände."
"Oma", protestierte Gwen. "Das muss ich bei Mama nie machen."
"Kann sein, aber deine Mama ist nicht da. Und bei mir kommt niemand mit dreckigen Klamotten und ungewaschenen Händen in die Küche. Ende der Diskussion."
"Och Oma, können wir nicht mal eine Ausnahme machen? Meggie ist immer so hungrig, wenn sie vom Reiten heimkommt. Da muss doch das Essen fertig sein."

"Keine Ausnahme." Manne hoffte inständig, dass Gwen ihrer Stimme das Grinsen nicht anhören konnte.

"Aber ich will nicht ..."

"Deine Entscheidung."

"Aber ..."

"Deine Entscheidung."

"Du bist gemein."

"Ja."

Diese Strategie hatte ihre Wirkung bei Schülern, die auf Krawall gebürstet waren, nur selten verfehlt, und bei ihrer impulsgestörten Enkelin schien sie auch zu wirken. Jedenfalls hörte Manne keinen Protest, sondern das Flappen von Kleidungsstücken und das Rauschen von Wasser in der Gästetoilette.

"Fertig." In einem viel zu weiten, knielangen T-Shirt stand Gwen in der Küchentür und streckte ihr die frisch gewaschenen Hände entgegen.

"Das hat Papa an der Garderobe hängen lassen", erläuterte sie, als sie den skeptischen Blick ihrer Großmutter bemerkte. "Und Mama wirft es morgen früh sowieso in die Wäsche. Da kann ich es doch vorher noch mal anziehen."

"Meinetwegen. Weißt du, wie man Zwiebeln schneidet?"

"Na klar. Zuerst schälen."

"Genau." Während Manne Salz und Pfeffer aus dem Gewürzregal suchte, hörte sie Gwen auf der Arbeitsfläche herumkramen.

"Wo ist denn das Messer?"

"Ich habe es vorhin aufs Schneidebrett gelegt. Ist es nicht mehr da?"

"Da ist nur so ein winziges Ding, so ein ..."

"Küchenmesser oder ein Kneipchen, so hat es meine Großmutter genannt."

"Damit kann man doch keine Zwiebeln schneiden."

"Meine Großmutter konnte es, ich kann es auch, und du kannst es lernen, wenn du magst."

"Ich will ein richtiges Messer."

"Das ist ein richtiges Messer."

"Ich will aber ..."

"Nein!"

"Mit diesem winzigen Drecksding mache ich gar nichts."

"Deine Entscheidung."

"Naaa guuut." Mit einem abgrundtiefen Seufzen gab Gwen sich geschlagen ...

Manne goss zum dritten Mal Gemüsebrühe auf, und Gwen rührte mit Feuereifer, weil sie beschlossen hatte, das cremigste Risotto aller Zeiten zu kochen, als vom Hof das Knirschen von Autoreifen und das Brummen eines Motors ertönte.

"Das wird Meggie sein", stellte Manne fest.

Gwen schüttelte den Kopf. "Luisas Eltern fahren sie nie bis runter. Außerdem klingt das nicht nach Mercedes."

Manne warf einen verstohlenen Blick aus dem Fenster. "Es ist ein schwarzer Golf."

"Ah ja! Dann ist es Luisas Bruder. Wunder dich nicht, wenn Meggie gleich guckt wie eine bekiffte Disney-Prinzessin. Den findet sie nämlich gaaanz süüüß."

Gwen traf den affektierten Ton ihrer großen Schwester so perfekt, dass Manne schallend lachen musste, obwohl das natürlich völlig unpädagogisch war.

Draußen hörte sie eine Autotür klappen und gleich darauf tönte Meggies Disney-Prinzessinnen-Stimme durch das halb geöffnete Fenster: "Tschüüü-hüss, und danke fürs Mitnehmen."

Sie spitzte die Lippen und schmatzte einen Kuss in die Luft.

"Küsschen!", flötete Gwen im selben Augenblick.

Den Fahrgeräuschen nach setzte der Wagen gerade zum Wenden an, als Meggie noch etwas einfiel: "Warte. Warte noch. Das Geld hätte ich fast vergessen. Ich gehe es schnell holen."

Manne hörte die harten Tritte der Reitstiefel auf der Treppe, dann läutete die Türglocke Sturm.

"Rühren oder aufmachen?" Im letzten Moment hatte sich Manne daran erinnert, dass sie Gwen auf keinen Fall allein in der Küche lassen sollte, aber die schüttelte den Kopf.

"Geh du aufmachen. Ich hab hier alles im Griff."

"Wenn die Brühe eingekocht ist, schaltest du die Platte aus und ziehst den Topf herunter."

"Ja." Gwen rollte mit den Augen. "Das weiß ich doch."

Bevor Manne das Handtuch und den Messbecher, den sie gerade abgetrocknet hatte, aus der Hand legen konnte, klingelte es noch einmal und Meggie patschte dazu mit der flachen Hand gegen die Scheibe.

"Och Mensch, beeilt euch doch mal!" Jetzt klang ihre Stimme nicht mehr wie das Jubilieren eines Vögelchens, sondern wie das Keifen einer Marktfrau.

Gwen verzog das Gesicht, als hätte sie Zahnschmerzen, und Manne eilte zur Tür.

"Das hat ja ewig gedauert", fauchte Meggie, kaum dass Manne die Klinke heruntergedrückt hatte. Als sie sah, dass nicht die kleine Schwester, sondern ihre Großmutter an der Tür war, schaltete sie im Bruchteil einer Sekunde von gekränkter Majestät zurück auf Disney-Prinzessin.

"Kannst du mir mal zwanzig Euro geben", flötete sie. "Luisa hat mir das Geld vorhin geliehen, und wenn ich es ihr nicht zurückgeben kann, obwohl mich ihr Bruder extra deswegen hier runtergefahren hat, ist das richtig peinlich. Bitte, Oma."

"Wozu brauchst..."

"Das erklär ich dir gleich. Jetzt muss ich schnell wieder raus, Luisa das Geld geben. Es ist oberpeinlich, wenn ich sie stundenlang warten lasse."

"Na gut. Geh du schon mal raus und sag deiner Freundin Bescheid. Ich bring dir das Geld sofort."

"Ich warte lieber hier auf dich."

"Warum denn? Ich dachte, es sollte schnell gehen?"

"Weil, ähm ..."

"Weil eine alte Frau in Jogginghosen und Schlabbershirt mindestens genauso peinlich ist", rief Gwen aus der Küche.

Meggies Augen funkelten gefährlich. "Gwen, du ..."

"Schluss jetzt!" Manne musste ihre Stimme nicht erheben, um Gwens Kichern ebenso zu stoppen wie Meggies Fauchen. Die Lehrerin in ihr hatte offenbar beschlossen, wenigstens kurz aus den Ferien zurückzukommen. "Ich gehe runter und hol das Geld, derweil zieht Meggie ihre dreckigen Stiefel aus, und Gwen rührt das Risotto um. Alles klar?"

Ohne eine Antwort abzuwarten, stapfte Manne die Treppe hinunter und sperrte ihre Tür mit dem Ersatzschlüssel auf, der außerhalb von Gwens Blick- und Reichweite auf dem Türrahmen lag. Sie fischte die Brieftasche aus ihrer Motorradjacke, zog zwei Zehner heraus und steckte sie zurück in die Innentasche, als sie das Patschen von Meggies nackten Füßen auf der Kellertreppe hörte.

"Danke Oma." Das Luftküsschen, mit dem sie den Empfang der beiden Scheine quittierte, wirkte fast echt. Bevor Manne etwas antworten konnte, schlüpfte sie an ihr vorbei aus der Tür und rannte zum Auto.

Manne kam nicht umhin, ihrer Enkelin ein paar Schritte zu folgen, wenn die Tür nicht offen bleiben sollte. Da der matt schwarze Golf mitten im Hof stand, konnte sie auch nicht übersehen, dass Meggie nicht nur die Hand mit dem Geld, sondern den ganzen Oberkörper durch die offene Scheibe streckte. Was im Wagen damit geschah, konnte sie durch die schwarz getönten Scheiben natürlich nicht erkennen, aber sie hörte Meggie aufkreischen. Dann ruderten ihre Beine haltlos in der Luft, der Motor heulte auf, und der Wagen rollte ein paar Meter in Richtung Ausfahrt, als sollte die Disney-Prinzessin entführt werden. Schmunzelnd schüttelte Manne den Kopf, während sie ihre Tür ins Schloss zog und durch den Keller in Julias Küche zurückkehrte.

Bereits auf der Treppe schlug ihr ein brandiger Geruch entgegen.

"Das Essen!" Manne rannte los, doch für den Reis kam jede Hilfe zu spät. Während Gwen am halb offenen Küchenfenster stand, um zuzusehen, wie ihre große Schwester mit dem Bruder ihrer Freundin flirtete, war das Risotto zu einem stinkenden schwarzen Klumpen zusammengekocht.

Gwen starrte auf die kläglichen Reste im Topf, den Manne bei Seite gezogen hatte. "Kann man das wieder in Ordnung bringen?"

Manne schüttelte den Kopf. Hier war nichts mehr zu retten.

Gwen war offenbar noch nicht bereit, ihren Risotto-Abend aufzugeben. "Wir fangen einfach noch mal von vorne an", schlug sie vor. "Du spülst den Topf und ich schneide die Zwiebel."

"Es ist kein Reis mehr da."

"Und wenn du schnell noch mal einkaufen gehst? Dann kannst du gleich noch Tiefkühlerbsen mitbringen."

"Wenn ich jetzt erst noch mal wegfahre, wird es zu spät. Soll ich Nudeln kochen? Nudeln gehen immer."

"Ich will aber Risotto!" Zornig stampfte Gwen mit dem Fuß auf den Boden. "Warum ist dieser blöde Reis angebrannt?"

Manne verzichtete darauf, der Nachwuchsköchin zu erklären, dass er nicht angebrannt wäre, wenn diese ausnahmsweise getan hätte, was sie ihr aufgetragen hatte. Stattdessen schüttelte sie bedauernd den Kopf.

"So was passiert halt manchmal. Haken dran und weiterleben."

"Ich will aber Risotto." Eine dicke Träne kullerte über ihre Wange, aber Gwen wischte sie mit einem zornigen Knurren weg. "Mama hat mir versprochen, dass du Risi-Bisi für uns kochst."

Manne hätte dem zornigen Bündel Unglück gerne dabei geholfen, aus der selbst geschaufelten Elendsgrube herauszuklettern, doch während sie noch darüber nachdachte, ob sie pädagogisch wertvoll handeln oder lieber in den nächstgelegenen Supermarkt fahren sollte, ging die Haustür auf. Offenbar war es der Disney-Prinzessin gelungen, sich aus den Fängen ihrer Entführer zu befreien.

"Meine Güte, was stinkt denn hier so erbärmlich?" Meggie riss die Küchentür auf und streckte den Kopf herein.

Manne bedeutete ihr, still zu sein, um die angespannte Situation nicht noch weiter aufzuheizen, aber Feinfühligkeit und Diskretion schienen nicht zu den Tugenden einer Prinzessin zu gehören.

"Soll das unser Abendessen sein?" Sie hielt sich die Nase zu, kam näher, beugte sich über den Topf und wollte sich beim Anblick der verbrannten Reispampe ausschütten vor Lachen. "Das war's dann wohl mit Risi-Bisi. Was für ein Glück, dass Jessy ihren Geburtstag nachgefeiert und einen Kuchen mitgebracht hat." Sie machte auf dem Absatz kehrt und schlenderte mit wiegenden Hüften zur Tür. Dort drehte sie sich noch einmal um. "Ich habe gehört, dass Oma zum Abendessen am liebsten Knäckebrot mit Käse und Tomaten isst. Du kannst es ja damit probieren."

Manne setzte zu einer passenden Antwort an, aber ein Schnauben und Stampfen wie von einem gereizten Stier, ließ alle Alarmglocken schrillen.

"Du mieses Dreckstück!"

Gwen riss das nasse Handtuch von der Spüle, doch bevor sie sich damit auf ihre Schwester stürzen konnte, vertrat Manne ihr den Weg. "Lass das ge..."

Der erste Hieb traf sie mitten ins Gesicht. Aber sie sah trotzdem, dass Gwen unter ihrem Arm durchtauchen wollte. Sie bekam gerade noch den Zipfel von Eberhards T-Shirt zu fassen. Zum Glück war der Stoff haltbar genug, um dem ersten Ansturm standzuhalten. Als Manne ihn knirschen hörte, griff sie hastig nach und bekam Gwen um die Taille zu fassen. Die versuchte, sich aus dem Griff zu winden, aber Manne ließ nicht locker.

"Cool bleiben, Kurze", keuchte sie. "Es ist alles okay."

Einen Moment lang sah es so aus, als würde Gwen sich tatsächlich wieder beruhigen. Sie holte tief Luft und beim Ausatmen zitterte sie plötzlich am ganzen Körper.

"Ach Gottchen", gellte Meggies Stimme von der Treppe herunter. "Gleich fängt sie an zu heulen."

"Von wegen heulen." Gwen warf sich so energisch nach vorn, dass Manne sich kaum noch auf den Füßen halten konnte. "Wart nur, bis ich dich erwische. Ich schlag dir die Fresse ein."

"Meggie, geh bitte in dein Zimmer und mach die Tür zu." Manne versuchte, so zu klingen, als hätte sie alles unter Kontrolle.

"Ich soll in mein Zimmer gehen?", keifte Meggie. "Die miese, kleine Ratte benimmt sich wie Dreck und mich schickst du ins Zimmer?"

"Von wegen Ratte! Von wegen Dreck! Ich bring dich um! Ich mach dich platt! Ich ...!" Mit einem zornigen Schrei warf Gwen ihren Kopf in den Nacken, und hätte Manne ihren nicht im gleichen Moment weggedreht, hätte sie einen derben Nasenstüber erwischt.

"Ich finde, das reicht." Meggies Stimme triefte vor Verachtung. "Ich sag Mama Bescheid. Oma kriegt das sowieso nicht in den Griff."

"Sei einfach still", rief Manne die Treppe hoch, während sie gleichzeitig versuchte, Gwens Hände festzuhalten. "Und geh endlich."

"Lass mich los!" Gwen grub ihre Zähne so schmerzhaft ins Mannes Handgelenk, dass diese um ein Haar tatsächlich losgelassen hätte.

"Ich ruf lieber gleich die Polizei." Meggies Stimme klang seltsam unbeteiligt und beinahe amüsiert. "Dieses kleine Miststück ..."

"Du bist doch hier das Miststück", donnerte Manne. Was in ihrer Berufsgrundschuljahr-Klasse geklappt hatte, verfehlte auch jetzt nicht seine Wirkung. Von einer Sekunde auf die andere verstummten Gwens Kreischen und das höhnische Lachen von Meggie.

"Halt deine dreckige Klappe und verschwinde", setzte Manne nach, bevor Meggie den ersten Schock überwinden konnte. "Geh in dein Zimmer und lass dich heute Abend nicht mehr hier unten blicken."

Meggie trat tatsächlich den Rückzug an, und als oben eine Zimmertür ins Schloss fiel, atmete Manne erleichtert auf.

"Hast du dich wieder beruhigt?", piepste es schüchtern vor ihrem Bauch. "Meinst du, du kannst mich wieder loslassen?"

"Tut mir leid." Plötzlich war es Manne furchtbar peinlich, mit anzusehen, wie Gwen vergeblich versuchte, das T-Shirt ihres Vaters in Form zu zupfen und den halb abgerissenen Ärmel zu kaschieren.

"Kein Problem." Offenbar hatte Gwen das Gerangel nicht weiter übel genommen. Im Gegenteil, in ihrer Stimme klang fast so etwas wie Bewunderung mit. "Du traust dich ja echt was."

"Was meinst du?" Manne versuchte zu lachen, aber ihre Stimme war so rau wie nach einer Doppelstunde Mathe. "Das T-Shirt hatte doch von vornherein keine Chance."

"Ach das ..." Gwen winkte ab. "Das T-Shirt ist schon alt, das vermisst keiner. Nein, ich meine, dass du mit Meggie Klartext geredet hast."

Manne nickte, setzte aber das T-Shirt und den Topf auf die Liste der zu ersetzenden Dinge. "Wie machen wir jetzt weiter?"

Gwen zog die Schultern bis zu den Ohren hoch und breitete dabei beide Arme aus, als wolle sie andeuten, dass sie ausnahmsweise auch keine Patentlösung parat hatte. "Ich habe jedenfalls Hunger."

"Ich auch. Sollen wir uns Risotto beim Italiener bestellen?"

"Geht nicht. Mario liefert nicht und das Pizza-Taxi bringt nur Pizza, Nudeln und Salat. Schade, dass du kein Auto hast, sonst könnten wir zu Mario fahren und dort essen."

"Ich habe ein Motorrad. Wenn du willst, bestellen wir uns bei Mario Risotto. Wenn es fertig ist, fahre ich hin und hole es ab."

"Soll ich dir was verraten?" Gwen schnupperte vernehmlich und zog die Nase kraus. Der Gestank von verbranntem Reis lag noch immer in der Luft. "Ich hab gar keine Lust mehr auf Risotto."

"Ich kann dir auch was anderes mitbringen."

"Auch etwas ganz anderes?"

"Meinetwegen auch das. Du musst mir nur verraten, was du willst und wo ich es bekomme. Und du musst mir versprechen, dass du dich von Meggie fernhältst, bis ich wieder da bin."

Gwen winkte ab, als wäre ihre Schwester das kleinste Problem. "Und wenn ich Lust auf etwas ganz, ganz anderes habe?"

"Wenn ich es hier in Sisselsheim zu einem vernünftigen Preis bekomme, hole ich es dir. Worauf hast du denn Lust?"

"Ich hätte gern ausnahmsweise, also wirklich nur ganz ausnahmsweise, weil der Tag heute so stressig war und weil ich für meine Verhältnisse wirklich cool geblieben bin. Also ..." Sie holte noch einmal tief Luft. "Holst du mir auch was von McDonald?"

"McDonald?" Manne lachte. "Meinetwegen auch das. Burger und Pommes hatte ich schon lange nicht mehr. Was soll ich dir mitbringen?"

"Eine Juniortüte mit Dino. Und für dich musst du unbedingt ein Menü holen, weil ich so gern das bunte Cola-Glas hätte. Oder besser das schwarze? Was findest du cooler, schwarz oder bunt? Und wenn sie das nicht haben ..." Nachdenklich legte Gwen ihren Zeigefinger an die Nase. "Sag mal, Oma, kannst du mich nicht einfach mitnehmen?"

"Nein, das geht wirklich nicht. Deine Mutter reißt mir den Kopf ab, wenn sie ..."

"Hast du Angst? Vor deiner eigenen Tochter?"

"Nein."

Gwen legte den Kopf schief und blickte Manne durchdringend an. "Echt nicht?"

"Na ja, ein bisschen Angst habe ich schon. Schließlich ist sie nicht nur meine Tochter, sondern auch meine Vermieterin."

"Hm ..." Gwen schien angestrengt nachzudenken, dann nickte sie. "Sie wird es nicht erfahren. Großes Fußballnationalspielerinnen-Ehrenwort in spe."

"Was ist denn ein Fußballnationalspielerinnen-Ehrenwort in spe?"

"Weiß ich nicht. Aber Opa Gerhard hat immer gesagt, wenn ich ihm was bei meiner Ehre als Fußballnationalspielerin in spe verspreche, weiß er, dass es mir ernst ist."

"Und was ist mit Meggie? Hast du keine Angst, dass sie es eurer Mutter erzählt?"

"Vergiss es." Gwen fegte das Argument lässig beiseite. "Meggie schmollt. Die kriegt gar nicht mit, dass wir wegfahren."

"Es geht trotzdem nicht. Ohne einen Helm darf man nicht Motorrad fahren."

"Ich hab einen Helm."

"Der Helm, der in der Garage rumliegt, ist zu groß für dich, und dein Fahrradhelm gilt nicht."

"Es ist kein Fahrradhelm. Was hältst du davon: Wir ziehen uns um, und treffen uns bei deinem Motorrad. Wenn du dann immer noch sagst, dass du mich nicht mitnehmen darfst, weil ich nicht den richtigen Helm habe, bleibe ich freiwillig da."

"Ohne weitere Diskussionen und ohne Theater?"

"Großes Fußballnationalspielerinnen-Ehrenwort in spe."

"Aber glaub bloß nicht, dass ich leicht zu überzeugen bin."

"Danke, Oma." Mit einem Freudenhopser und einem halb unterdrückten Jauchzer flitzte Gwen los, aber nicht hoch in ihr Zimmer, sondern nach draußen.

Manne nutzte die Gelegenheit, und ging hinauf in den ersten Stock. "Meggie?" Leise klopfte sie an die Tür.

Keine Antwort.

"Wir gehen zu McDonald essen. Sollen wir dir etwas mitbringen?"

In Meggies Zimmer blieb es still. Manne überlegte, ob sie die Tür einfach öffnen sollte, entschied sich dann aber dagegen.

"Es tut mir leid, dass ich dich eben so zusammengestaucht habe. Aber ich wusste wirklich nicht, was ich sonst hätte tun können, damit du aufhörst, deine Schwester zu provozieren. Ich hätte sie nicht mehr lange halten können."

Leise Schritte näherten sich der Tür, die im nächsten Moment so heftig aufgerissen wurde, dass Manne erschrocken zurückwich.

"Sei still und verpiss dich einfach!" Eiskalte Wut blitzte in Meggies Augen. "Ich werde dir nie verzeihen, was du zu mir gesagt hast, und ich schwöre dir, dass ich dafür sorge, dass du hier verschwindest." Mit diesen Worten knallte sie die Tür wieder zu.

"Blöde Zicke", zischte Manne, machte auf dem Absatz kehrt und ging in ihre Wohnung hinunter. Ihre Knie zitterten, aber das lag vermutlich am Hunger.

Als Manne in die Garage kam, staunte sie nicht schlecht. Gestiefelt und gespornt stand Gwen neben der BMW. Sie trug eine blau-weiße Lederkombi, die ihr mindestens vier Nummern zu groß war, und passende Motorradstiefel, in denen sie vermutlich auch noch jede Menge Luft hatte. Selbst der Helm, den sie in der Hand hielt, war in den passenden Farben lackiert.

"Papa ist früher Cross-Rennen gefahren", berichtete sie voller Stolz. "Und Opa Gerhard hat seine allererste Kombi für mich aufgehoben. Er hat gesagt, dass er mit mir in Papas alten Verein fährt, wenn ich hineinpasse, damit ich das auch mal probieren kann."

"Sieht gut aus. Zieh mal den Helm auf."

Gwen stülpte den Integralhelm über ihre Locken und verschnallte ihn so fachmännisch, dass er sogar die Wackelprobe bestand.

"Alles klar." Manne zog ebenfalls ihren Helm auf, klappte das Visier hoch und schwang ihr Bein über die Sitzbank der BMW. "Spring auf, Cowboy."

Acht

"Flieger, grüß mir die Sonne ...", sangen Gwen und Manne gemeinsam, als sie kurz nach acht von ihrem kulinarischen Ausflug zum anderen Ende der Stadt zurückkamen. Während sie darauf warteten, dass der ächzende Motor das Garagentor aufrollte, plapperte Gwen ohne Punkt und Komma.

"Das war toll, das war fast wie fliegen. Können wir das nicht jeden Tag machen? Oder einmal pro Woche? Oder als Verstärker! Wenn in der Schule alles geklappt hat, ruft meine Lehrerin an, und dann holst du mich mit deinem Moped ab, und manchmal ..." Mitten im Satz schnappte sie plötzlich nach Luft. "Uih! Das gibt Ärger." Sie deutete auf den silberfarbenen Z1 ihrer Mutter, der an seinem Platz in der Garage stand, als wäre er nie fort gewesen.

"Ja." Manne schob ihre BMW an Julias Auto vorbei an ihren Platz im vorderen Teil der Garage, hob sie auf den Ständer, nahm den Helm ab und hängte ihn an den Rückspiegel. "Das fürchte ich auch."

"Weißt du was?" Selbst in brenzligen Situationen war Gwen offenbar nie um eine Idee verlegen. "Wir sagen, dass ich Meggie umbringen wollte, und du mich auf dem Motorrad mitgenommen hast, um mich auf andere Gedanken zu bringen. Mich schimpft Mama immer nur ein bisschen, weil sie Angst hat, dass ich einen Wutanfall kriege."

Dem Ernst der Lage zum Trotz musste Manne lachen. "Ich schlage vor, wir warten einfach ab, wie schlimm das Donnerwetter wird, und entscheiden dann, was wir sagen."

"Lass mich mit ihr reden." Gwen knuffte Manne freundschaftlich in die Seite. "Ich weiß, wie man mit ihr umgehen muss."

Doch weder Gwen noch Manne kamen dazu, viel zu sagen. Mit eisiger Miene und verschränkten Armen stand Julia an der Haustür. Manne war sicher, dass jedes Argument an ihr abprallen würde, aber Gwen versuchte es trotzdem.

"Guck mal, was ich gekriegt habe." Sie setzte ein tapferes Lächeln auf und streckte ihrer Mutter das Glas entgegen, das sie gegen den Dino aus der Juniortüte getauscht hatte. "Oma Manne hat auch eins."

"Ja schön." Julias Miene sah aus wie versteinert. Nicht einmal ihre Lippen schienen sich beim Sprechen zu bewegen. "Stell sie in die Spülmaschine und geh rauf." Hilfesuchend blickte sich Gwen nach Manne um, doch die kämpfte vergebens gegen das Gefühl, in einer Eiswand gefangen zu sein. Nur mit Mühe konnte sie ihr Gesicht zu einem Lächeln zwingen und Gwen aufmunternd zunicken. Die nickte zurück und verschwand wortlos ins Haus.

Als Julia sich abwandte, um ihr zu folgen, zerbröckelte die Eiswand.

"Julia, warte!"

Manne sah, dass ihre Tochter sich lieber taub stellen würde, aber sie blieb stehen und wandte sich noch einmal um. "Was denn?"

"Ich kann dir alles erklären." Mannes Stimme klang heiser wie das Krächzen eines Raben.

"Du musst mir nichts erklären." Reglos wie ein tönerner Wächter aus dem chinesischen Kaisergrab stand Julia vor ihrer Haustür. "Meggie hat mir alles erzählt. Sie hat gesagt, dass Gwen sauer war, weil dir der Reis angebrannt ist, und als sie dir helfen wollte, ihre Schwester zu beruhigen, hast du sie beschimpft."

"Aber so..."

"Mama!" Unwillig schüttelte Julia den Kopf. "Ich muss mich um meine Kinder kümmern. Wenn du willst, reden wir morgen." Bevor Manne etwas erwidern konnte, wandte sie sich ab und zog die Tür hinter sich ins Schloss.

Fluchend machte Manne kehrt und wäre fast mit Eberhard zusammen gestoßen, der sein Auto offenbar oben geparkt hatte.

"Na, wie war dein erster Abend mit unseren Kindern", fragte er. "Ist schon alles im Bett, was ins Bett gehört?" Er lachte, als hätte er einen Witz gemacht, und Manne roch Alkohol in seinem Atem. "Da unser Haus noch steht, nehme ich an, dass es nicht so schlecht gelaufen ist, wie unsere Gluckenmama befürchtet hat."

"Wenn du wissen willst, wie schlecht es gelaufen ist, musst du die Gluckenmama fragen, oder frag Meggie. Die kann dir haarklein berichten, dass die unfähige Rabenoma noch viel Schlimmeres angerichtet hat, als das Haus in Schutt und Asche zu legen."

"Sei doch nicht so böse, Schwiegermama. Komm rein. Wir trinken noch einen Kurzen, dann sieht die Welt gleich wieder schöner aus." Er wollte seinen Arm um ihre Schultern zu legen, aber sie drehte sich weg und stapfte zu ihrer Eingangstür.

Ich hab's vergeigt, tippte Manne in die winzige Tastatur auf ihrem Handydisplay. *Morgen früh werden sie mir die Wohnung kündigen und dann kann ich sehen, wo ich bleibe.*
Als sie die Nachricht ihrer Freundin Anja geschickt hatte, ging sie ins Bad. Sie rechnete nicht damit, noch eine Antwort zu bekommen. Nach einem langen, turbulenten Tag mit ihrer Familie war Anja oft so müde, dass sie selbst einschlief, wenn sie die Zwillinge ins Bett brachte. Diesmal ertönte jedoch ihre Melodie aus dem Handy, kaum dass sie die Zähne geputzt und ihre Katzenwäsche beendet hatte.
"Mensch Manne, was ist denn passiert?" Anjas Stimme klang so mitfühlend, dass Manne mit den Tränen kämpfen musste.
"Julia hat mich abserviert, als wäre ich eine Referendarin, die den Kopf voller Flausen, aber von Pädagogik keine Ahnung hat."
"Hm." Offenbar wusste Anja, dass Manne erst einmal Dampf ablassen musste.
"Ich hab es heute Abend geschafft, endlich einen Draht zu Gwen zu kriegen. Sie hatte Frust und Stress und ihre große Schwester hat ordentlich reingeheizt, obwohl ich sie gebeten hatte, sich rauszuhalten und zu gehen. Irgendwann bin ich grob geworden. Vielleicht war ich wirklich etwas zu grob, aber selbst Frau Gänswein hätte verstanden, dass ich die Notbremse ziehen musste, um Schlimmeres zu verhindern. Aber meine Tochter ..." Manne beendete den Satz mit einem abgrundtiefen Seufzen.
"Das klingt so, als hättet ihr einen harten Tag gehabt", nahm Anja den Faden auf. "Magst du meine Idee dazu hören?"
"Wenn nicht, würden wir gar nicht telefonieren", knurrte Manne.
"Das ist keine Antwort." Jetzt klang Anja nicht mehr mitfühlend, sondern streng.
"Sei doch nicht päpstlicher als der Papst. Du weißt genau, was ich damit sagen wollte."

"Ja, das weiß ich. Aber wenn du in dem Ton mit mir redest, weiß ich auch, dass ich es mit der motzigen Teenager-Manne zu tun habe, die sich gerade mit einer ebenso motzigen Teenager-Julia gezofft hat. Wenn wir die Kuh vom Eis holen wollen, brauche ich die erwachsene Manne. Verstehst du, was ich meine?"
"Ja." Manne nickte mit einem abgrundtiefen Seufzen.
"Darf ich dir einen Vorschlag machen?"
"Ja."
"Koch dir eine Tasse Tee oder meinetwegen auch einen Kaffee und such dir einen gemütlichen Platz, wo wir in Ruhe miteinander reden können. In zehn Minuten rufe ich dich wieder an."
"Ja", antwortete Manne zum dritten Mal, und um Anja zu verstehen zu geben, dass sie es nicht länger mit einem motzigen Teenager zu tun hatte, fügte sie noch ein "Okay!" an.

Als sich das Telefon wieder meldete, hatte Manne ihre Jogginghose und eine Strickjacke übergezogen, eine Tasse Salbeitee überbrüht, die Kerze angezündet und einen alten Briefumschlag samt Kugelschreiber für ihre Telefonkritzeleien bereit gelegt.
"Sollinger."
"Kann ich mal eben die erwachsene Manne Sollinger sprechen?"
"Ist am Apparat."
"Prima. Darf ich als Freundin einfach Klartext reden oder wollen wir es therapeutisch korrekt angehen?"
"Therapeutisch korrekt? Was muss ich mir darunter vorstellen?" Ihre Hand begann wie von selbst, waagrechte parallele Linien auf den Briefumschlag zu zeichnen.
"Als Familienberaterin muss ich dir im Wesentlichen dabei zuhören, wie du selbst herausfindest, was schiefgegangen ist. Unter Freunden kann ich dir sagen, wo du den Bock geschossen hast."
"Mach's gnädig." Manne rollte mit den Augen, aber das konnte Anja zum Glück nicht sehen. "Sag mir, was ich falsch gemacht habe und wie ich es wieder ausbügeln kann. Schließlich bist du die Familienversteherin." Neun senkrechte Linien machten aus den Linien ein Schachbrett. Oder ein vergittertes Fenster

"Also gut." Anja holte tief Luft, als würde sie sich auf einen längeren Vortrag vorbereiten. "Es fängt damit an, dass du ins Revier deiner Tochter eingedrungen bist."

"Hä?"

"Ihr Haus, ihre Küche, ihre Kinder. Du verstehst, was ich meine?"

"Ja. Aber ich bin doch gar nicht eingedrungen. Sie hat mich gebeten, ihre Kinder zu hüten und das Abendessen zu kochen."

"Energetisch kommt das aufs Gleiche heraus."

"Ach so?"

"Wenn du einfach nur gemacht hättest, was sie dir aufgetragen hat, hätte es trotzdem gut gehen können. Aber wie es gelaufen ist, war es die klassische Schneewittchen-Nummer: Die egostarke Mutter braucht immer wieder neue Beweise dafür, dass sie noch nicht zum alten Eisen gehört, sondern ihrer gerade erst erblühten Tochter den Rang ablaufen kann."

Während Anja sprach, setzte Manne das Gitter in einen Fensterrahmen. "Ist das nicht ein bisschen zu weit hergeholt? Ich bin nicht die böse Stiefmutter und meine Tochter ist auch nicht gerade erst gestern zur Frau erblüht."

"Trotzdem befindet ihr euch im morphogenetischen Feld dieses Märchens in einer Verstrickung, die erst mit dem Tod der Stiefmutter endet. Damit ist natürlich ein symbolischer Tod gemeint. In Wirklichkeit ..."

"Okay, ich kann mir jetzt vorstellen, was du meinst." Das war zwar glatt gelogen, aber Manne hatte nicht vor, dieses Thema zu vertiefen. "Und was soll ich jetzt tun?"

"Nichts."

"Wie: Nichts!" Manne schüttelte ungläubig den Kopf. "Man muss diesen morphogordischen Knoten doch lösen können, ohne alles kurz und klein zu schlagen." Links neben das vergitterte Fenster hängte sie ein Schwert an die Wand, aber es war zu kurz, um ein passendes Ausbruchswerkzeug abzugeben.

"Ich muss dich enttäuschen, du kannst gar nichts tun. Soweit die schlechte Nachricht, aber es gibt auch eine gute. Du musst überhaupt nichts tun. Sobald du dir der Rolle bewusst wirst, die du in

diesem Familiendrama einnimmst, kannst du sie einfach abgeben. Bevor du ins Bett gehst, stellst du dir vor, dass du das Kostüm ausziehst, das du in der Rolle der bösen Stiefmutter trägst. Sieh dir jedes Kleidungsstück und alle Requisiten noch einmal genau an, dann bringst du alles in den Fundus zurück, und gehst schlafen. Du wirst sehen, morgen früh sieht die Welt ganz anders aus, und die Lösung wird sich wie von selbst finden."
"Vielleicht hast du recht. Ich probier's. Und wenn es wider Erwarten schwieriger wird, ruf ich dich noch mal an." Erstaunt stellte sie fest, dass rechts neben dem Fenster wie von selbst eine Tür entstanden war, die ins Freie hinausführte.

Selbst in ihrem unterirdischen Zimmer war es schon hell, als Manne am nächsten Morgen aus einem Traum erwachte, in dem sie vergeblich versucht hatte, einen Specht einzufangen. Das flinke Tier war ihr immer wieder durch die Finger geschlüpft und hatte sich auch durch ihr Gewedel mit einem Handtuch nicht daran hindern lassen, hinter der Wandtäfelung nach seinem Frühstück zu suchen. Selbst als sie wach genug war, um sich darüber zu wundern, dass ihr der Specht aus dem Traum gefolgt war und immer noch an den hölzernen Paneelen herumpickte, brauchte sie einen Moment, ehe sie begriff, dass ihr Traum-Specht in Wirklichkeit hinter ihrer Wohnungstür im Keller der Achmänner stand und Einlass begehrte.
"Moment." Eilig rappelte sie sich hoch und zog eine Jogginghose an, um ihr Pyjama-T-Shirt ein bisschen salonfähiger zu machen.
"Lass mich bitte kurz rein", flüsterte Julia auf der anderen Seite der Tür. "Ich muss dir zu gestern Abend noch was sagen, aber ich hab nicht viel Zeit."
"Ja klar." Manne sperrte die Tür auf. "Soll ich uns einen Ka..."
"Psst!" Julia legte den Zeigefinger an die Lippen und warf einen Blick über ihre Schulter, als hätte sie Angst vor einem Verfolger. Auf Zehenspitzen huschte sie herein und zog hastig die Tür hinter sich ins Schloss. "Du musst deinen Schlüssel abziehen", stellte sie kopfschüttelnd fest. "Wenn du ihn stecken lässt, komme ich doch nicht rein. Aber egal! Ich wollte dir nur sagen, dass Meggie völlig

durch den Wind ist. Sie sagt, dass sie die ganze Nacht wach gelegen und geweint hat, und so sieht sie auch aus. Ich habe ihr erlaubt, zuhause zu bleiben und bis eben an ihrem Bett gesessen. Sie hat mir erzählt, wie schlimm das gestern Abend für sie war. Jetzt ist sie endlich eingeschlafen. Ich fürchte, wenn sie aufwacht und merkt, dass ich bei dir bin, fangen wir noch mal bei Null an."

Manne wusste nicht, was sie dazu sagen sollte, und nickte nur.

"Meggie ist ein sehr sensibles Mädchen, und es tut ihr weh, wenn ihre kleine Schwester dauernd irgendwelche Gemeinheiten zu ihr sagt. Weil sie so tapfer ist und immer den Mund hält, könnte man glauben, es macht ihr nichts aus. Dabei leidet sie schrecklich unter Gwens Impulsdurchbrüchen. Du kannst dir nicht vorstellen, wie sehr es sie belastet, dass sie sich auch noch von ihrer Großmutter beschimpfen und beleidigen lassen musste."

"Aber ..." Gerade noch rechtzeitig erinnerte sie sich an Anjas Rat und verzichtete im Interesse des morphogenetischen Schneewittchen-Feldes auf Erklärungen und Rechtfertigungen. "Im Flur ist es nicht sehr gemütlich", fuhr sie stattdessen fort. "Wollen wir nicht lieber auf die Terrasse gehen?"

"Meinetwegen." Julia warf einen Blick auf ihre Armbanduhr. "Aber ich muss aufpassen, dass wir uns nicht festquatschen. Spätestens in zwanzig Minuten will ich wieder oben sein." Zielstrebig steuerte sie den Sessel an, der schon in der Morgensonne stand.

"Kaffee?", fragte Manne noch einmal. Sie beschloss, die feindliche Übernahme des besseren Platzes zu ignorieren. Schneewittchen hatte sich offensichtlich zur Königin hochgearbeitet.

"So viel Zeit habe ich nicht. Ich will nicht, dass Meggie denkt, ich hätte sie allein gelassen, wenn sie aufwacht."

"Das kann ich verstehen." *Vor allem nicht, um mit der bösen Stiefgroßmutter Kaffee zu trinken*, setzte sie in Gedanken hinzu, und bemühte sich um einen angemessen besorgten Gesichtsausdruck.

"Ich hoffe, dass sich alles von selbst wieder einrenkt." Julia seufzte. "Wenn sie nächste Woche immer noch daran herumbrütet, machen wir einen Termin bei Doktor Brandauer. Das ist der Psychologe, zu dem ich mit Gwen immer gehe."

"Das solltest du auf jeden Fall tun." Im Geist setzte Manne die Psychologen-Stunde auf die Liste, auf der bereits der verbrannte Topf und das zerrissene T-Shirt standen. "Ich vermute, du wolltest mir noch etwas anderes sagen, und wenn du nicht viel Zeit hast ..."
"Eigentlich passt das ganz gut zum Thema." Julia warf einen Blick auf ihre Armbanduhr. "Ich weiß, dass du es nicht böse gemeint hast, Mama. Aber du kannst nicht nach über dreißig Jahren in unser Leben platzen und mit deiner Hauruck-Pädagogik alles durcheinanderwerfen, was wir uns mühsam erarbeitet haben."
Manne schwieg, obwohl alles in ihr danach schrie, Julia zu unterbrechen, um endlich ihre Version der Geschichte zu erzählen.
"Gwen war schon als Baby ein schwieriges Kind. Sie will immer alles Mögliche und ist frustriert, wenn es nicht klappt. Sie braucht einen klaren Rahmen und jemanden, der ihr hilft, ihre seelische Balance wiederzufinden, wenn sie mal wieder mit sich und der Welt überquer ist. Im Gegensatz zu ihr ist Meggie ein zartes, sensibles Mädchen. Sie leidet darunter, dass Gwen so impulsiv und dominant ist. Meggie braucht Freiräume innerhalb und außerhalb der Familie, damit sie sich entfalten kann, ohne ständig auf ihre Schwester oder mich Rücksicht zu nehmen. Verstehst du das, Mama?"
Manne nickte gehorsam.
"Ich weiß, dass meine Mädchen nicht einfach sind, und dass Konflikte schnell eskalieren. Aber wenn du getan hättest, was ich dir gesagt habe, hätte es überhaupt keinen Konflikt gegeben."
Manne nickte auch dazu, obwohl etwas in ihr schreien wollte.

"Sie verlangt von mir, dass ich mich bei Meggie entschuldige", berichtete Manne später ihrer Freundin und Familienexpertin. "Die Mistbiene lässt ihre Schwester hochgehen wie eine Feuerwerksrakete und ich soll mich dafür entschuldigen!" Zum Glück lagen der Umschlag und der Kugelschreiber von gestern noch auf dem Tisch, sonst hätte vielleicht noch ein T-Shirt daran glauben müssen.
Anja Seufzen klang nicht besonders mitfühlend. "Es ist dein verletzter Stolz, der da spricht. Weißt du noch, was uns Frau Gänswein zu diesem Thema immer gesagt hat?"

Wenn es pädagogisch sinnvoll ist, schlucken Sie Ihren Stolz hinunter. Als ob sie je vergessen könnte, was die Schulleiterin ihr vermutlich öfter als allen anderen Kollegen zusammen gepredigt hatte. *Und wenn es sehr bitter schmeckt, spülen Sie mit einem Gläschen Likör nach.* Sie zeichnete die Flasche und zwei Gläser auf die Fensterbank.

"Ich bin nicht sicher, ob es pädagogisch sinnvoll ist, bei Meggie Mistbiene um Verzeihung zu bitten." Manne konnte selbst hören, dass das eher nach einem eingeschnappten Teenager als nach einer gestandenen Pädagogin klang.

"Du sollst nicht Julias Tochter erziehen, sondern deine eigene." Vor ihrem geistigen Auge konnte Manne die Freundin zwinkern sehen. "Hast du eine Idee, wie du dich mit Meggie aussöhnen kannst?"

"Julia hat vorgeschlagen, dass wir uns heute Nachmittag auf ihrer Terrasse zusammensetzen und in Ruhe über alles reden."

"Tolle Idee. Die hätte glatt von dir stammen können. Wenn du noch einen Versöhnungskuchen backen willst, musst du dich allerdings ranhalten. Es ist schon nach zehn, und bis er ausgekühlt ist ..."

"Machst du Witze?", grollte Manne. "Du weißt doch genau, dass ich nicht backen kann. Ich habe nicht mal einen Backofen. Julia hat gesagt, dass sie einen Blitzkuchen zusammenrührt."

"Ich bin sicher, dass du ohne große Probleme noch eine Idee aus dem Ärmel schüttelst. Mal sehen, was du morgen von deinem Ausflug nach Canossa erzählst, Königin Henrike."

Sie verabschiedeten sich voneinander, Manne warf den Umschlag mit dem vergitterten Fenster, der offenen Tür, dem nutzlosen Schwert, der Flasche und den beiden Gläsern in den Papiermüll.

Sie kam nicht mit leeren Händen zu dem Versöhnungstreffen. Sie hatte sich daran erinnert, wie Julia am letzten Sonntag mit ihrem Streuobstwiesen-Apfelkuchen abgeblitzt war. Meggie hätte lieber Nussecken gegessen, Gwen hatte sich Granatsplitter gewünscht und Eberhard sogar eine Schwarzwälder Kirschtorte. In Mannes Lieblingsbäckerei konnten die Wünsche der Mädchen erfüllt werden. In der Konditorei neben dem Marktplatz hatte sie ein Stück

Torte für Eberhard und Johannisbeer-Baiser für sich gekauft. Nach einer Odyssee durch die halbe Stadt hatte sie anschließend in einer kleinen, altmodischen Bäckerei einen ungefüllten Windbeutel für Julia gefunden. Die hatte sich zwar nicht über den Apfelkuchen beschwert, aber Manne hatte nicht vergessen, wie gerne ihre Tochter als Kind Windbeutel mit Mandarinen-Sahne gegessen hatte. Da es in der Küche von Opa Gerhard kein Rührgerät gab, hatte sie die Sahne mit einem Schneebesen und viel Geduld steif geschlagen, die Mandarinen abgegossen und klein gezupft, Julias Kinderliebe gerade noch rechtzeitig vor der verabredeten Zeit gefüllt, alle Köstlichkeiten auf eine Glasplatte gesetzt und zu der Terrasse der Achmänner balanciert.

Julia schob hastig die Blumenvase und das Milchkännchen bei Seite, um Platz für Mannes Kuchenteller zu machen.

"Du hättest dich doch nicht in Unkosten stürzen müssen, Mama." Mit einem bühnenreifen Seufzen schüttelte sie den Kopf. "Ich hab doch gesagt, dass ich einen Kuchen backe."

"Ach, ich dachte, es wäre vielleicht ganz nett, wenn ich zur Versöhnung für jeden ein Stück Wunschkuchen besorge. Eine Nussecke für Meggie, ein Granatsplitter für Gwen, Kirschtorte für deinen Mann und für dich einen Mandarinensahne-Windbeutel aus längst vergangenen Kindertagen."

Julia lächelte dünn. "Das ist wirklich lieb von dir, Mama, aber ich esse schon seit Jahren keine Sahne mehr. Du weißt schon, die Speckröllchen ..." Sie zwickte sich in die Taille, wo Manne nicht einmal den Ansatz eines Speckröllchens erkennen konnte. "Außerdem ist ein Blitzkuchen unglaublich praktisch. Ich kann für jeden eine Ecke nach Wahl belegen. Für Meggie gibt es Nuss-Nugat-Creme, für Gwen Schokolade, für Eberhard Kirschen und für uns habe ich einfach die Marmeladenreste zusammengerührt. Setz dich doch. Eberhard hat angerufen und gesagt, dass es noch dauert und die Mädchen kommen gleich. Was für Kaffee soll ich dir machen?"

"Milchkaffee, bitte."

"Latte macchiato oder Caffe latte? Die Maschine kann beides."

"Einfach nur einen großen Milchkaffee."

Um an der langen Tischseite Platz für zwei Personen zu schaffen, hatte Julia einen Terrassensessel gegen zwei Stühle aus dem Esszimmer ausgetauscht. Vermutlich sollte Gwen wieder neben ihr sitzen und Prinzessin Meggie würde auf dem gepolsterten Sessel gegenüber thronen. Egal! Auf der Sitzbank ihres Mopeds war es enger gewesen.

Manne dachte noch darüber nach, was sie sagen könnte oder eventuell besser nicht sagen würde, wenn sie sich wirklich mit Meggie versöhnen wollte, als Eberhard mit zwei Kaffeebechern auf die Terrasse kam. Einen stellte er neben Mannes Teller ab, den anderen nahm er mit zu seinem Platz am Ende des Tisches. Offenbar hatte er sich doch schon etwas früher loseisen können.
"Julia sagt, wir sollen schon mal anfangen. Ich muss gleich wieder rüber, und bei ihr dauert es noch einen Moment."
In Vertretung der Hausherrin griff Manne zum Kuchenmesser. "Willst du Blitzkuchen? Julia hat gesagt, dass sie die Ecke mit den Kirschen für dich gemacht hat. Oder willst du lieber ..." doch weiter kam sie nicht.
"Hm, das gab es bei uns schon ewig nicht mehr.." Ohne den Tortenheber oder wenigstens die Gabel zu Hilfe zu nehmen, schob er das Johannisbeer-Baiser auf seinen Teller. "Danke, Schwiegermama. Ich wette, das hast du besorgt. Ich kann mich nicht daran erinnern, dass Julia jemals Kuchen gekauft hätte. Selbst zu Meggies Konfirmation hat sie alles selbst gebacken."
"Ich bin keine gute Hausfrau", gab Manne achselzuckend zu. "Aber es freut mich, wenn es dir schmeckt." Das entsprach allerdings nicht ganz der Wahrheit. Manne hätte sich den Johannisbeerkuchen mit der zartbraunen Eischneekruste lieber selbst schmecken lassen.
Sie dachte noch darüber nach, ob sie sich des verschmähten Windbeutels oder der Kirschtorte annehmen sollte, als Julia mit ihrem Kaffee aus dem Esszimmer kam
"Gut, dass ihr schon angefangen habt." Sie griff nach dem Messer und zerteilte ihren Kuchen. "Ich habe Meggie noch mal gut zureden müssen, damit sie auch wirklich kommt. Bitte, sei ein bisschen ..."

Julia verstummte, als die Terrassentür klapperte und wechselte ansatzlos das Thema. "Was magst du, Mama? Die Ecke mit den Kirschen oder lieber ein Stück mit Marmelade?"

"Ich weiß noch nicht. Frag erst mal die Mädchen, was sie wollen."

Mit Leichenbittermiene kam Meggie an den Tisch geschlichen und sank seufzend in den Sessel.

"Weißt du schon, was du essen magst, Liebes", wandte Julia sich an ihre Tochter. "Schau mal, hier ist ein Stück Blitzkuchen mit Nuss-Nugat-Creme für dich und Oma hat auch Kuchen mitgebracht. Die Nussecke könnte doch etwas für dich sein."

"Ich mag diese Dinger nicht, wenn sie vom Bäcker sind", erklärte Meggie mit matter Stimme. "Eigentlich mag ich gar nichts."

"Du hast heute den ganzen Tag noch nichts gegessen. Wenn du keinen Kuchen magst, kann ich dir auch etwas anderes machen." Julia war schon dabei, aufzustehen, aber Meggie winkte ab.

"Wenn es unbedingt sein muss, esse ich Kuchen. Aber bitte nur ein halbes Stück."

"Dann will ich die andere Hälfte. Darf ich, Meggie?" Entgegen ihrer sonstigen Gewohnheit war Gwen so leise an den Tisch gekommen, dass Manne jetzt erst merkte, dass sie überhaupt da war. Ihr Gesicht sah heute überhaupt nicht nach Kobold aus und sie hob den Blick selbst dann nicht vom Teller, als sie mit ihrer Mutter und ihrer Schwester sprach.

"Schau mal", forderte Manne sie auf. "Ich war beim Bäcker und hab dir einen Granatsplitter mitgebracht." Im nächsten Moment war es um Gwens Zurückhaltung geschehen.

"Mensch, Oma. Du bist die Wucht in Dosen." Mit beiden Händen griff sie nach der gläsernen Platte, um sie näher zu ihrem Teller zu ziehen. "Ich liebe Granatsplitter. Ich glaube, ich mag sie sogar noch lieber als Maulwurfstorte." Der Kobold war wieder da, die grünen Augen blitzten vor Begeisterung, als sie die ganze Spitze auf einmal abbiss.

Meggie schnaubte verächtlich. "Das ist doch gar kein richtiger Kuchen. Das sind nur Tortenreste, die mit Buttercreme auf eine billige Waffel geklatscht und mit Fettglasur überpinselt werden."

"Echt jetzt?" Skeptisch betrachtete Gwen den Granatsplitter in ihrer Hand, bevor sie ihrer Mutter einen hilfesuchenden Blick zuwarf.

"Na ja." Julia zog die Schultern hoch. "Es sind aber keine Tortenreste, sondern die Abschnitte von Biskuitböden."

Mit spitzen Fingern stellte Gwen den Granatsplitter auf den Teller. "Mama, muss ich das fertig essen?"

"Wenn es dir nicht schmeckt, musst du es nicht essen. Schau mal, ich hab extra für dich ein Stück Kuchen mit Schokolade gebacken. Magst du das haben?"

"Gwen kann auch die Hälfte von meinem Stück haben." Mit einem bemühten Lächeln nickte Meggie ihrer Schwester zu.

"Danke. Mama, darf ich?"

"Wenn Meggie das sagt ..." Julia teilte das Kuchenstück mit den Nutella-Klecksen, legte eins davon auf Meggies Teller und wollte das andere auf Gwens Teller ablegen, doch die wedelte abwehrend mit den Händen.

"Nicht zu diesem ... - zu dem Granatsplitter. Darf ich den ..." Sie blickte sich suchend auf dem Tisch um, schien aber keinen geeigneten Platz dafür zu finden.

"Bring ihn in die Küche und hol dir einen frischen Teller", half Julia.

"Oder tausch den Teller mit mir", mischte sich Manne ein. "Ich mag Tortenreste mit Buttercreme und Fettglasur."

Gwen zögerte. "Obwohl ich ihn angebissen habe?"

"Du bist hoffentlich nicht giftig." Manne zog den Teller mit dem Granatsplitter zu sich herüber und stellte dafür ihren leeren auf Gwens Platz. *Wenigstens nicht so giftig wie deine große Schwester*, setzte sie in Gedanken hinzu.

"Danke, Oma." Gwen lächelte sparsam an ihr vorbei.

Einen Moment lang herrschte Schweigen am Tisch. Gwen verputzte ihren Kuchen, Eberhard sammelte die letzten Krümel von seinem Teller, Meggie pickte an ihrem Stück herum, und Julia schenkte ihren Töchtern Eistee ein, bevor sie einen schmalen Streifen Blitzkuchen für sich abschnitt.

"Wir sind ja nicht nur hier, um es uns mitten in der Woche mit Kaffee und Kuchen gut gehen zu lassen", sagte sie, während sie ein

Häppchen auf ihre Gabel spießte. "Gestern Abend gab es Ärger, und den wollen wir ausräumen. Gwen, was hast du dazu zu sagen?"
Bevor Gwen überhaupt etwas sagen konnte, winkte Meggie ab. "Mit Gwen bin ich doch längst wieder klar. Sie hat sich entschuldigt, und ich weiß ja, wie sie ist. Aber ..." Mit einer Geste, als würde sie ein lästiges Insekt verscheuchen, wedelte sie in Mannes Richtung.
"Es tut mir leid, wenn ich dich gekränkt habe", sagte diese, bevor Julia sie dazu auffordern konnte. "Es lag nicht in meiner Absicht, aber ich bin halt auch, wie ich bin."
"Das ist doch ..." Meggie sprang so hastig auf, dass der Sessel bedenklich zu schwanken anfing. "Das ist keine Entschuldigung. Das ist ..." Offenbar fand sie in der Erregung nicht die passenden Worte, stattdessen schnaubte sie, pfefferte ihre Kuchengabel auf den Tisch, und rannte ins Haus.
"Ach Mama." Julia bedachte ihre Mutter noch mit einem langen Kannst-du-eigentlich-gar-nichts-richtig-machen-Blick, bevor sie ihre Serviette zusammenfaltete und ihrer Tochter ins Haus folgte.
"Darf ich auch?" Ratlos blickte Gwen zwischen ihrem Vater und ihrer Großmutter hin und her, kam wohl zu dem Schluss, dass gerade keiner zuständig war, schnappte sich noch Meggies zerkrümelten Kuchen und verschwand ebenfalls ins Haus.

Einen Moment lang starrte Manne ihr fassungslos hinterher, dann wandte sie sich mit einem Ruck zu Eberhard um. "Habt ihr noch die Zeitung vom letzten Wochenende?"
"Vermutlich ist sie im Altpapier." Er zog die Schultern bis zu den Ohren hoch und ließ sie wieder fallen. "Aber da kann ich sie dir raussuchen. Was willst du denn damit?"
"Im Immobilienteil nach einem Makler suchen."
"Du willst doch das Rennen nicht aufgeben, bevor die erste Runde gefahren ist?"
"Es war eine dumme Idee, zu euch zu ziehen. Ich habe viel zu lange allein gelebt, um mich noch mal an eine Familie zu gewöhnen."
"Im Ernst, ich find's gut, dass du hier eingezogen bist. Der Laden hier ist ..." Er zog noch einmal die Schultern hoch und schüttelte den

Kopf. "Na ja, jedenfalls finde ich es gut, dass du hier frischen Wind reinbringst. Gwen hast du jedenfalls im Sturm erobert, und unser Prinzesschen wird sich auch noch an dich gewöhnen."

"Im Sturm erobert?" Manne schnaubte und biss ein Stück von dem Granatsplitter ab. Er war süß und pappig, aber sie würde niemandem die Genugtuung geben, etwas von ihrem Kuchenteller für ungenießbar zu erklären.

Schmunzelnd schüttelte Eberhard den Kopf. "Du hast sie genau an dem Punkt erwischt, an dem man sie greifen kann. Jetzt muss sie gutes Wetter bei den anderen beiden Damen machen, aber du wirst sehen, spätestens übermorgen wird sie wieder um dein Motorrad schleichen und fragen, wann sie mitfahren darf."

"Und Julia wird es ihr verbieten."

"Du musst dich halt durchsetzen. Es ist doch deine Tochter."

"Kannst du mir bitte trotzdem den Immobilienteil aus dem Altpapier suchen?"

"Ich glaub, ich hab was Besseres für dich. Gestern hat ein Kunde die Neuauflage des Freizeitführers aus der Region dagelassen. Darin sind alle Ausflugsziele rund um den Dunnberg beschrieben, aber es gibt auch eine Liste mit Gaststätten, Hotels und Pensionen. Was hältst du davon, wenn du dich einfach auf dein Moped schwingst und ein paar Tage Urlaub machst? Du könntest ein bisschen ausspannen, die Gegend besser kennenlernen, Burgruinen besichtigen oder einfach nur dein Ding machen. Wenn du wieder zurückkommst, hat sich der Sturm im Wasserglas gelegt. Dann schauen wir uns mal deine Wohnung an und entscheiden gemeinsam, was raus muss, was drinbleiben kann, was du sonst noch brauchst und wo mal wieder ein paar Eimer Farbe fällig sind."

Manne nickte, wenn auch etwas widerwillig. "Dann bring mir diesen Freizeitführer heute Abend mal mit."

"Nein, das machen wir anders. Du kommst mit rüber, ich drück ihn dir in die Hand, du pikst mit dem Finger irgendwo rein, und dann fährst du da einfach hin."

Neun

Ächzend ließ sich Manne auf die Bank vor der verwitterten Schutzhütte fallen und streckte ihre Beine aus. Obwohl es vom Parkplatz bis zu dem Aussichtspunkt nur zwei Kilometer waren, taten ihr die Füße weh. Motorradstiefel waren für Waldspaziergänge ungeeignet. Als sie sich mit einem wohligen Seufzen gegen die sonnenwarme Wand aus grob behauenen Steinen lehnen wollte, spürte sie, dass ihre Schultern ebenso sehr schmerzten. Es war, als hätte sie ihr Moped um die vielen Kurven zwischen Sisselsheim und dem Dunnberg geschoben.

"Kurven fährt man mit dem Hintern, nicht mit dem Lenker." Offenbar war sie wirklich außer Übung.

Träge blinzelte sie in die Sonne, die schwer und rot über den fernen Höhenzügen des Odenwalds hing. Die Ebene mit ihren Dörfern, Städten, Windrädern und Autobahnen versank bereits im Abenddunst, während hier oben noch das Licht des Sommernachmittags auf den Felsen lag. Der Lärm und das geschäftige Treiben der Zivilisation waren nur ein fernes Brausen.

PING! Der Ruf der Zivilisation erreichte Manne selbst an diesem einsamen Ort. Sie spielte mit dem Gedanken, einfach so zu tun, als hätte sie nichts gehört, aber schließlich siegte ihre Neugier und sie kramte das Handy aus der Innentasche ihrer Motorradjacke.

Und?, hatte Anja geschrieben. *Wie ist es gelaufen?*

Anstatt einer Antwort, schickte Manne ihr ein Bild von der dunstverhangenen Ebene in der Abendsonne.

Es dauerte keine Minute, bis zur nächste Nachricht: *Wo bist du?*

Im Urlaub, schrieb Manne zurück. Dann steckte sie das Handy ein und beschloss, alle weiteren Pings konsequent zu überhören. Doch jetzt zirpte es Anjas Klingelmelodie. Nach der dritten Wiederholung zog sie es wieder aus der Tasche.

"Hallo Lieblings-Ex-Kollegin", sprudelte ihr Anjas gut gelaunte Neugier entgegen. "Wie war das Versöhnungskaffeekränzchen?"

"Für mich ist es gut gelaufen. Ich habe zuerst Gwens Granatsplitter aufgegessen, weil ihr plötzlich eingefallen ist, dass sie doch keine

Tortenreste mit Buttercreme und Fettglasur mag, danach Julias Windbeutel, weil sie schon seit Jahren keine Sahne mehr isst und kurz vor der Abfahrt noch Eberhards Schwarzwälder Kirschtorte, weil er mir mein Johannisbeer-Baiser weggefuttert hat. Meggies Nussecke habe ich beim besten Willen nicht mehr geschafft, aber die hält sich ein paar Tage."

"Und das Gespräch?"

"Welches Gespräch?" Manne schnaubte verächtlich. "Meggie hat die beleidigte Leberwurst gespielt, Julia hat sie bedauert, Gwen hat sich verdrückt und Eberhard hat mich in Urlaub geschickt. Er meint, dass wir einfach nur noch ein bisschen Zeit brauchen, um uns aneinander zu gewöhnen."

"Das klingt vernünftig, und ich finde es klug, dass du das Feld geräumt hast. Wenn man das systemisch betrachtet ..."

"Könnte die angehende Familientherapeutin meiner Freundin ausrichten, dass ich heute lieber mit ihr sprechen würde."

"Moment bitte." Manne hörte Schritte, dann knarzte ein Korbsessel.

"Am Apparat", ertönte Anjas Stimme. "Wie geht's dir denn so? Ich habe gehört, dass du Urlaub machst, während sich deine ehemaligen Kollegen allmählich auf den Wiederaufschlag in der Realität vorbereiten?"

"Du kannst dir nicht vorstellen, wie sehr ich meine ehemaligen Kollegen darum beneide", entgegnete Manne mit einem grimmigen Lachen. "Die können spätestens am Montag anfangen, sich auf die Herbstferien zu freuen, während sich bei mir hier kein bisschen Feriengefühl einstellen will."

"Hm ...", brummte Anja. "Wie läuft es denn mit deiner Familie?"

Manne seufzte. "Beschissen wäre geprahlt. Meggie zickt mich an, Julia steht ihrem Sensibelchen treu zur Seite, Gwen spielt das Fähnchen im Wind und Eberhard will mich davon überzeugen, dass ich das Beste bin, was diesem Irrenhaus je passieren konnte." In Ermangelung von Papier und Kugelschreiber spielten Mannes Finger mit dem Reißverschluss ihrer Jacke: auf, zu, auf ...

"Das klingt nach einem guten Ansatz. Offenbar hast du in dem Irrenhaus einen Verbündeten."

"Bedauerlicherweise hat dieser Verbündete genauso wenig zu sagen wie ich."

"Trotzdem könnt ihr zu zweit einiges wuppen. Eine mir persönlich bekannte Familientherapeutin würde vermutlich sagen ..."

"Das will ich gar nicht hören", unterbrach Manne ihre Rede. "Ich will von meiner Freundin hören, dass ich eine arme Socke bin, die auf der Stelle nach Köln zurückkommen soll." Mit einem energischen Ruck zog sie den Reißverschluss zu, obwohl ihr gar nicht kalt war.

"Alles klar." Anja holte tief Luft. "Du arme, alte, tapfere Socke", sagte sie im Tonfall einer Büttenrednerin. "Du musst sofort aus diesem Irrenhaus ausziehen. Hörst du? Komm zurück nach Kölle, wo du hingehörst. Wenn sie im Savoy kein Zimmer haben, kannste bei uns wohnen. Ich stell dir einfach noch ein Bett ins Kinderzimmer."

"Mensch Anja!" Manne wollte über die Parodie einer Fastnachtsrede schallend lachen, dabei merkte sie, dass ihre Stimme ganz zerquetscht klang, und Tränen über ihr Gesicht rannen.

"Puh!" Sie holte tief Luft. "Jetzt hast du mich voll erwischt."

"Tut mir leid. Mit der Nummer wollte ich dich zum Lachen bringen."

"Schon okay!" Manne öffnete den Reißverschluss ihrer Jacke und holte noch einmal tief Luft.

"Willst du jetzt doch noch mal mit der angehenden Familientherapeutin sprechen?"

"Nee, lass mal. Sag ihr viele Grüße und danke für die Mühe, aber ich fürchte ..." Sie ließ den Satz unvollendet.

"Sag mal, warum packst du deine Sachen nicht noch einmal zusammen und machst dich auf deine große Tour, wenn es mit deiner Familie so schwierig ist?"

"Weil ..." Manne kämpfte schon wieder mit den Tränen. "Ich hab halt nur diese Familie, und ich will die Chance nutzen, die Julia mir geboten hat. Noch eine krieg ich vermutlich nicht."

"Und was machst du heute Abend noch?"

"Heute fahre ich nur noch bis Dunnfels." Der Themenwechsel kam ihr gerade recht. "Der Touri-Führer behauptet, dass es dort einen erstklassigen Landgasthof gibt. Einen altmodischen mit gutem Essen, Biergarten, rustikaler Atmosphäre, bezahlbaren Zimmern

und einer freundlichen Wirtin. Da übernachte ich, und morgen entscheide ich, ob ich noch einen Tag dortbleibe oder weiterfahre."
"Das klingt wieder nach der Manne, die ich kenne. Ich drück dir die Daumen, dass es von nun an nur besser wird."

Nachdem sie das Gespräch beendet und ihr Handy sicher verstaut hatte, humpelte Manne zurück zu dem Parkplatz, auf dem außer ihrem Moped nur noch ein rostiger Kombi mit zwei leeren Hundetransportboxen stand. Mit einiger Mühe schwang sie ihr Bein über die Sitzbank und betätigte den Anlasser. Die BMW sprang anstandslos an, und Manne schämte sich fast für ihre Erleichterung. Aber den Kickstarter hätte sie mit ihren schmerzenden Füßen vermutlich nicht mehr bedienen können.

Von ihrem Etappenziel trennten sie zwar nur zwei Kilometer, aber gefühlte hundert Kurven. Sie atmete erleichtert auf, als am Ende einer pittoresken Straße mit Kopfsteinpflaster endlich das Wirtshausschild in Sicht kam. Leider entpuppte sich der erstklassige Landgasthof als eine Dorfkneipe, die sowohl von außen als auch von innen einen neuen Anstrich nötig gehabt hätte. Die rustikale Atmosphäre erschöpfte sich darin, dass die drei alten Männer an der Theke in grau-blauen Tabakdunst gehüllt waren. Die freundliche Wirtin hatte vielleicht gerade ihren freien Tag, und ihr Vertreter musterte Manne skeptisch, als diese die Rauchschwaden bei Seite wedelte.
"Ich kann Ihnen das Nebenzimmer aufschließen, wenn Sie das stört", brummte er.
"Nicht nötig, ich wollte mich sowieso in den Biergarten setzen."
"Draußen ist Selbstbedienung."
"Kein Problem." Manne studierte die Speisekarte auf der Tafel über dem Tresen. "Ich hätte gerne die Schlachtplatte."
"Gibt's nicht. Warmes Essen haben wir nur am Samstagabend und am Sonntagmittag."
Sie überflog die Speisekarte noch einmal. "Dann den Schinkenteller. Und ein Zimmer für eine Übernachtung."

"Geht nicht." Der Mann kaute den Zigarettenstummel vom rechten in den linken Mundwinkel. "Der Pensionsbetrieb hat geschlossen."

"Dann hätte ich gern ein alkoholfreies Radler ohne Schinkenteller."

Im sogenannten Biergarten, einem Hinterhof mit altersschwachen Balkontischen und halb vertrockneten Blumenkübeln zog Manne den Touristenführer aus ihrem Rucksack. Außerhalb von Dunnfels war ein Hotel, das zwar gut aussah, aber vermutlich viel zu teuer war. Sie rief noch in einer nahe gelegenen Pension an, aber dort gab es keine freien Zimmer mehr. Eigentlich war sie zu müde, um weiterzufahren, aber sie wollte auch nicht nach Sisselsheim zurück. Ratlos durchblätterte sie das Buch, als ihr Blick auf eine Anzeige fiel: *Bed & Breakfast in Krähenstein.*

Auf dem Bild war ein kleines Bruchsteinhaus mit Sprossenfenstern und hölzernen Fensterläden zu sehen. Die Giebelwand war mit Knöterich überwachsen und im Garten vor dem Haus blühten Rosen. Eine Frau, mit weißen Haaren, die zu einem straffen Knoten zusammengesteckt waren, lächelte freundlich in die Kamera. In der nächsten Anzeige warb die Krähensteiner Burgschänke mit Pfälzer Spezialitäten und frischen Wildgerichten. Ein Wink des Schicksals!

Obwohl es von Dunnfels bis Krähenstein nur siebzehn Kilometer waren, brauchte Manne fast eine halbe Stunde, bis hinter einer der vielen Kurven plötzlich das Ortsschild von Krähenstein auftauchte. Das Dorf war mit einer einzigen Straße, ungefähr sechzig Häusern, einer winzigen Kirche und einer Burgruine sehr übersichtlich. Trotzdem erkannte sie das schmucke Häuschen aus dem Prospekt erst, als sie zum zweiten Mal daran vorbeifuhr. Die Fensterläden waren geschlossen, und die Rosenbüsche waren von Knöterich überwuchert. Nur am Rand ragten ein paar Blüten aus dem Gestrüpp hervor. Vor dem Haus standen statt der alten Frau zwei Männer, ein jüngerer und einer, der mit seinen weißen Haaren so aussah, als könne er der Mann der Hauswirtin sein.

Manne lenkte ihr Motorrad von der Straße in die Einfahrt. Wie auf ein Kommando wandten sich die Köpfe der beiden Männer zu ihr um, und als sie den Motor ausschaltete, kamen sie ihr entgegen.

"Kann ich Ihnen helfen?" Mit Storchenschritten stakte der jüngere durch eine Brennnessel-Plantage. "Haben Sie sich verfahren?"

"Nein." Sie klappte ihren Helm hoch und ließ den Kehlriemen aufschnappen. "Eigentlich wollte ich hier übernachten. Sind sie der Vermieter des B&B-Quartiers?"

"Das war meine Oma. Sie hat das Zimmer vermietet, aber sie ist letzten Winter gestorben."

"Oh, das tut mir leid. Dann, ähm ..."

"Das muss Ihnen nicht leidtun", entgegnete der ältere Mann. Mit seinem speckigen Strohhut und der grünen Gärtnerschürze sah er so aus, als käme er aus einer anderen Zeit.

"Luise ist zweiundneunzig Jahre alt geworden. Sie war eine rüstige alte Dame, die sich bis zuletzt in allen Dingen noch selbst vorstehen konnte. Sie war nicht einen Tag krank, sondern ist im letzten Januar einfach beim Fernsehen eingeschlafen." Es klang so sachlich, als würde er den Wetterbericht vorlesen.

Manne zog die Schultern hoch. Sie wusste beim besten Willen nicht, was sie dazu sagen sollte.

Der jüngere Mann nutzte den Moment des Schweigens. "Mir tut es leid, dass sie nach so einer langen Tour noch ein Quartier suchen müssen. Ich weiß wirklich nicht, wohin ich Sie schicken könnte."

"Lange Tour?" Manne runzelte irritiert die Stirn.

Er deutete auf ihr Kölner Kennzeichen. "Bis hierher sind es schon ein paar Kilometer."

Sie tätschelte den Tank ihrer BMW. "Inzwischen wohnen wir in Sisselsheim, wir sind nur noch nicht umgemeldet. Wenn es heut mit dem Quartier partout nicht klappt, fahre ich einfach zurück in meine Hobbithöhle."

"Das klingt interessant", stellte der ältere Mann fest. "Sag mal Stefan, willst du der Dame das Gastzimmer nicht doch noch mal vermieten? Ich übernehme den Frühstücksservice und lasse mir erzählen, was eine Hobbithöhle ist, und wie man dazu kommt, von Köln nach Sisselsheim zu ziehen."

"Für zweihundert Euro kann ich Ihnen das ganze Haus vermieten, darüber haben wir gerade gesprochen, aber das Ferienquartier ist abgemeldet." Entschieden schüttelte der junge Mann den Kopf. "Ich komme in Teufels Küche, wenn ich es trotzdem vermiete."

"Wir verraten keinem, dass jemand da war." Der andere zwinkerte Manne verschwörerisch zu. "Und wenn trotzdem einer dahinterkommt, sagen wir einfach, die Dame wäre kein offizieller Übernachtungsgast, sondern bei mir zu Besuch gewesen."

"Dann kannst du ihr doch dein Gästezimmer anbieten", konterte der Jüngere.

Der andere stemmte die Hände in die Hüften. "Wie stellst du dir das vor? Ich kann doch keine Frau fragen, ob sie bei mir übernachtet, ohne dass wir einander wenigstens vorgestellt wurden! Apropos vorstellen ..." Mit einer angedeuteten Verbeugung streckte er ihr die Hand entgegen. "Jakob Steiner. Und der junge Mann mit der unangemeldeten Herberge heißt Stefan Maurer."

"Manne Sollinger." Sein Händedruck war fest, aber nicht unangenehm. "Bitte machen Sie sich meinetwegen keine Umstände", fuhr sie zu Stefan Maurer gewandt fort. Obwohl sie nur ungern noch einmal auf ihr Moped steigen und weiterfahren wollte, winkte sie ab. "So was passiert schon mal, wenn man aufs Geratewohl losfährt. Bis nach Sisselsheim ist es ja nicht weit."

"Trotzdem fände ich es unhöflich, eine Dame in die Nacht hinauszuschicken, obwohl es hier ein freies Zimmer gibt." Herrn Steiner war offenbar daran gelegen, dass sie blieb.

"Bevor hier jemand übernachten kann, muss das Zimmer gründlich durchgeputzt werden." Der jüngere Mann schüttelte immer noch den Kopf. "Und frisches Bettzeug ist auch keins da."

"Papperlapapp!" Der Ältere winkte ab. "Du brauchst keine halbe Stunde, um da unten klar Schiff zu machen, und frisches Bettzeug bekommt die Dame von mir."

Seufzend winkte der jüngere Mann ab. "Überredet. Kommen Sie, ich zeige Ihnen alles. Wenn es Ihnen nicht zu schäbig ist, können Sie hier übernachten."

"Ich will Ihnen aber wirklich keine Umstände machen."

"Nein, nein. Jetzt müssen Sie mitkommen, sonst erzählt mir Onkel Jakob mindestens ein halbes Jahr lang, dass ich ein ungehobelter

Klotz bin, der eine fremde Frau in die dunkle Nacht hinausschickt, obwohl er sogar mehr als ein Zimmer übrig hat. Wollen Sie nicht doch das ganze Haus mieten?"

Während Manne dem jungen Mann über einen schmalen Weg zwischen dem Vorgarten und einem Schuppen folgte, ging Onkel Jakob, nach nebenan, um Bettwäsche und Handtücher zu holen.
"Das Zimmer ist da hinten." Herr Maurer deutete auf einen Anbau im hinteren Teil des Gartens, steuerte dabei aber den Vordereingang des alten Häuschens an. Hinter der Haustür ging es rechts in eine Küche, die altmodisch eingerichtet, aber blitzblank und so ordentlich aufgeräumt war, dass sie auf den ersten Blick aussah, als wäre sie noch nie benutzt worden. Am Haken neben dem Herd hingen weder Topflappen noch eine Schürze, an der Stange neben der Spüle keine Handtücher. Nicht einmal ein Schwamm oder eine Spülbürste lagen herum.
"Meine Freundin und ich haben schon ausgeräumt", erläuterte Herr Maurer, als könne er Mannes Gedanken lesen. "In den Schränken steht noch das Geschirr, das die Leute vom Sozialkaufhaus wollten, aber die sind bis jetzt nicht gekommen. Eigentlich sollte das Haus schon verkauft sein, aber ein altes Gemäuer am Ende der Welt will keiner haben." Er steuerte eine Schiebetür gegenüber von der Eingangstür an. Ächzend glitt sie beiseite und gab den Blick auf die oberste Stufe einer Treppe frei, die ins Nichts zu führen schien.
"Bitte warten Sie, bis ich Licht angemacht habe." Mit diesen Worten verschwand ihr Gastgeber in das düstere Loch hinter der Küchentür. Sie hörte seine tastenden Schritte, die sich langsam entfernten und dann ein Knacken. Über ihr erglomm ein blau-weißer Leuchtpunkt, der rasch heller wurde.
"In der Küche gibt es auch einen Schalter, aber der ist kaputt." Der junge Mann lächelte entschuldigend. "Deswegen geht das Licht nur noch hier unten an." Er deutete auf einen antiquarischen Drehschalter neben einer Tür. "Da geht's raus in den Garten."
Am Fuß der steilen Treppe gab es auf der linken Seite ein Stück den Gang entlang dicht nebeneinander zwei Türen.

"Der vordere Raum ist die Vorratskammer, der andere das Bad. Da hinten", er deutete auf eine vierte Tür am Ende des Flurs, "geht es zu Omas Gästezimmer. Schauen Sie sich alles in Ruhe an, bevor Sie entscheiden, ob Sie wirklich hierbleiben wollen."

Er stieß die Tür zu einem Zimmer auf, das mit zwei Betten, zwei Nachttischen, einem Schrank, einem Tisch und zwei Stühlen einfach aber zweckmäßig eingerichtet war. Auch hier war alles sauber, und die Betten waren frisch bezogen. Dass die Bettwäsche sicher nicht gestern erst gewaschen worden war, störte Manne ebenso wenig wie das bisschen Staub auf den Möbeln.

"Ist es Ihnen überhaupt recht, wenn ich bleibe?", fragte sie. "Bitte, sagen Sie mir ganz ehrlich, ob es Ihnen lieber wäre, wenn ich das Zimmer schrecklich fände. Jetzt, wo ihr gastfreundlicher Onkel Jakob nicht mehr dabei ist, müssen Sie nicht so tun, als würden Sie sich über die Einquartierung freuen."

Mit einem schallenden Lachen schüttelte der junge Mann den Kopf. "Von mir aus können Sie gerne bleiben, aber ich kann mich halt um nichts kümmern. Ich muss das ganze Wochenende arbeiten. Dafür müssen Sie auch nichts bezahlen. Ich hab Ihnen ja schon gesagt, dass ich das Fremdenzimmer abgemeldet habe."

"Ich bin eine erprobte Selbstversorgerin. In die Packtaschen passt alles, was ich für ein Wochenende brauche: Kekse, Salzstangen, Tütensuppen, Instantkaffee und Milchpulver. Ich habe sogar einen kleinen Wasserkocher dabei. Nur meine Tasse habe ich vergessen. Wenn Sie mir eine leihen können ...?"

"Kein Problem, Tassen sind oben im Küchenschrank. Wenn Ihnen das Zimmer gefällt und wenn Sie allein zurechtkommen, können Sie gerne bleiben."

"Die Dame muss nicht allein zurechtkommen", ertönte die Stimme von Onkel Jakob vom oberen Treppenabsatz. "Ich kümmere mich um alles. Ich habe sowieso viel zu selten Besuch."

Zehn

Als Manne am nächsten Morgen aufwachte, wusste sie nicht gleich, wo sie war. Das Bett, das unter ihrem Hintern eine Kuhle bildete, weckte Erinnerungen an eine Tour mit Jugendherbergsübernachtungen. Aber für eine Jugendherberge war es hier zu ruhig. Sonnenstrahlen blitzten durch die Schlitze des Rollladens und malten ein Sommermuster auf den grünen Linoleum-Boden und den bunten Häkelteppich vor dem zweiten Bett. Allmählich erinnerte sie sich daran, dass sie bei ihrer Dunnberg-Rundfahrt eine B&B-Pension gefunden hatte, die es eigentlich gar nicht mehr gab. Ihr fiel der junge Stefan Maurer ein, der den Pensionsbetrieb seiner Großmutter abgemeldet hatte und der freundliche Jakob Steiner, der dafür gesorgt hatte, dass sie trotzdem hier übernachten konnte. Sie erinnerte sich auch an das köstliche Abendessen, das er aus einer Handvoll Kartoffeln, einer Dose Hausmacher Wurst und den ersten Äpfeln des Jahres gezaubert hatte, an das Bier, das sie dazu getrunken hatten, und an das Du, das er ihr auf seine herrlich altmodische Art angeboten hatte.

Um zehn hatten sie sich auf seiner Terrasse zum Frühstück verabredet. Mit einem Blick auf ihren Reisewecker vergewisserte sich Manne, dass es bis dahin noch fast zwei Stunden waren, Zeit genug für eine Tasse Kaffee und eine ausgiebige Dusche.
Sie kramte die Proviant-Tüte aus der Packtasche. In dem kleinen Reise-Wasserkocher steckten immer ein Glas Instantkaffee und Tütchen mit Zucker und Kaffeeweißer, aus irgendwelchen Hotels und Raststätten. Zuerst füllte sie den Kocher mit Wasser und stellte ihn auf die Waschmaschine. Während das Wasser langsam heiß wurde, fiel ihr auf, dass ihr junger Gastgeber die Tasse, die er ihr leihen wollte, offenbar vergessen hatte. Jedenfalls fand sie weder in ihrem Zimmer noch im Bad eine.
Nachdenklich betrachtete sie die Treppe am Ende des Flurs, hinter der die Küche lag. Wenn er ihr eine Tasse angeboten hatte, war er bestimmt nicht böse, wenn sie sich selbst eine holen ging.

Die Tür öffnete sich mit einem ohrenbetäubenden Kreischen. Jeder im Dorf musste gehört haben, dass sich Unbefugte Zutritt zu Oma Luises Küche verschafft hatten. Atemlos lauschte sie, doch selbst als sie sicher war, dass sich keine eiligen Schritte dem verwaisten Haus näherten, spürte sie ihr Herz im Hals schlagen, als sie über die Schwelle trat.

Der uralte Küchenherd neben der Tür zum Hausflur war das erste, was ihr ins Auge fiel. Auf dem eisernen Kochfeld war keine Spur von Rost und die emaillierten Türchen und Klappen an der Vorderseite waren blitzblank.

"Ob der wohl noch funktioniert?", fragte sie sich.

In die Küchenzeile mit Spüle und Kühlschrank war ein Elektroherd eingebaut, der Manne vermuten ließ, dass der alte Herd wohl doch nur ein Deko-Stück war. Das Porzellan befand sich in den kleinen Schränken über der Arbeitsplatte. Hinter der mittleren Tür entdeckte sie zwischen den Gedecken eines blau geblümten Kaffeegeschirrs einen Becher, der für Kaffee und Tütensuppen gleichermaßen geeignet war. Er war fast so groß wie ein Bierglas und mit grünen, gelben und roten Punkten verziert. Gegenüber vom Henkel prangte ein blau umrandetes Herz, in den mit fetten Lettern das Wort *Lieblingsoma* gedruckt war. Vielleicht war es vor vielen Jahren ein Geschenk des jungen Herrn Maurer gewesen.

Mit ihrem Fundstück kehrte Manne zu dem summenden Wasserkocher auf der Waschmaschine zurück. Der Kaffee, den sie in den Becher schaufelte, roch nicht mehr sehr aromatisch. Kein Wunder, sie hatte schon seit Jahren nicht mehr auf ihren Reiseproviant zurückgreifen müssen. Selbst die Karamell-Kekse waren längst abgelaufen.

"Egal", erklärte sie ihrem Spiegelbild über dem Waschbecken. "Trockene Kekse werden nicht schlecht, die werden höchstens noch trockener." Sie wartete nicht, bis das Wasser zu kochen anfing, sondern rührte es in das Kaffee-Milchpulver-Gemisch, als sich das Summen in ein asthmatisches Pfeifen verwandelte. Leider roch der Instant-Kaffee auch im aufgelösten Zustand nicht besser.

"Hauptsache, er ist warm und macht wach", redete sie sich gut zu.

Sie schob den Kocher und den Kaffeebecher zur Seite, um auf der Waschmaschine Platz für ihre Kleider zu schaffen, und drehte den Wasserhahn der Dusche auf. Es dauerte einen Moment, bis das Wasser warm genug war, um wohltuend auf ihre schmerzenden Schultern herabzuprasseln.

"So was nennt man Muskelkater", spottete Manne. "Der kommt davon, dass du dein Moped in den letzten Jahren schmählich vernachlässigt hast." Die Wärme und das sanfte Prickeln der Brause taten so gut, dass sie mindestens zehn Minuten unter der Dusche stehen blieb, bis sie sich endlich dazu entscheiden konnte, das Wasser abzuschalten. Sie wickelte sich in das Handtuch, das genauso frisch roch wie die Bettwäsche, die Jakob ihr gestern Abend gebracht hatte, rieb und rubbelte, bis ihre Haut krebsrot war, schlüpfte rasch wieder in ihre Kleider und riss die Gartentür auf, damit die Nebelschwaden abziehen konnten.

Dabei wäre sie fast gegen eine Stofftasche gelaufen, die außen an ihrer Türklinke hing. Darin fand sie einen weiteren Kaffeebecher, eine Thermoskanne und eine sorgfältig glatt gestrichene Bäckertüte, aus der es verlockend duftete. Außen an der Tasche war mit einer Sicherheitsnadel ein Notizzettel befestigt.

Guten Morgen, stand darauf in einer schön geschwungenen Handschrift. *Leider ist es nur gewöhnlicher Milchkaffee mit einheimischem Buttergebäck. Ich hoffe, es schmeckt dir trotzdem.*

Unterschrieben war die Nachricht mit einem unleserlichen Schnörkel, aber eigentlich konnte sie nur von Jakob sein. Gestern Abend hatte Manne ihm von ihrer Vorliebe für einen Tagesbeginn mit italienischem Kaffee Latte und schottischem Shortbread erzählt, und heute morgen hatte er diese Köstlichkeiten für sie herbeigezaubert. Mit Schwung kippte sie die flockig braune Notverpflegungs-Brühe in ein Beet mit Ringelblumen und wuchernden Zaunwicken. Auf einem zierlichen Klappstuhl, von dem bereits die weiße Farbe abblätterte, arrangierte sie ein Stillleben mit Thermoskanne, Kaffeebecher und Butterplätzchen. Doch als sie es fotografieren wollte, um es Anja zu schicken, musste sie feststellen, dass der Akku ihres Handys leer war, und dass sie ihr Ladekabel vergessen hatte.

"Auch egal!" Sie steckte das Handy zurück in die Jackentasche, rückte den Stuhl in die Sonne, trank einen Schluck Kaffee und knabberte dazu einen Keks.

"Wenn das kein Luxusurlaub ist ..." Mit einem zufriedenen Seufzen streckte sie die Beine aus, schloss die Augen und genoss die Wärme der Sonne auf ihrem Gesicht.

Als Manne den Kaffee getrunken und die Plätzchen gegessen hatte, war es immer noch nicht zehn. Sie ging ins Haus, spülte den Lieblingsoma-Becher, trocknete ihn mit ihrem Duschhandtuch ab und brachte ihn zurück in die Küche. Da die Tür auf der gegenüberliegenden Küchenseite nur angelehnt war, riskierte sie einen Blick in den Hausflur. Durch das Küchenfenster und den schmalen Glaseinsatz in der Haustür fiel genug Licht, um zu erkennen, dass gegenüber eine weitere Zimmertür und rechts eine Treppe war. In den ersten Stock würde sie natürlich nicht hinaufsteigen, aber sie wollte wenigstens einen Blick in das zweite Zimmer werfen.

Hinter der Tür roch es nach Staub und getrocknetem Bohnerwachs. Es war so dunkel, dass sie rings herum nur Schatten erkennen konnte, von denen einige bis zur Decke emporragten. Als sich ihre Augen an das Dämmerlicht gewöhnt hatten, verwandelten sich die Schatten in Möbel, die so eng beieinanderstanden, dass man sich dazwischen kaum bewegen konnte. Vor einem ausladenden Buffet aus dunklem Holz stand ein Esstisch mit sechs Stühlen. Die Rückenlehnen der Stühle und der kronenartige Aufsatz des Buffets waren mit Schnitzereien verziert, aber es war nicht hell genug, um zu erkennen, was sie darstellten. Das Sofa an der gegenüberliegenden Wand gehörte wohl auch zu dem Ensemble. Es war das merkwürdigste Möbel, das sie je gesehen hatte. Es wurde von zwei schmalen Schränken flankiert, über die sich ein Vitrinen-Aufsatz spannte. Der Aufsatz trug denselben Schmuck wie das Buffet. Im Halbdunkel sah es so aus, als würde er sich neugierig nach vorn beugen, um den Eindringling genau zu betrachten. Ein Couchtisch und ein Sessel, der Manne an das Scheusal von Opa Gerhard erinnerte, nahmen den letzten freien Platz in Anspruch.

Vielleicht lag es an der Enge oder an der abgestandenen Luft, dass Manne plötzlich das Gefühl hatte, sie würde ersticken. Fluchtartig suchte sie das Weite. Erst als sie die Küchentür hinter sich zugeschoben hatte, atmete sie erleichtert auf.

Mit einem Blick auf ihren Reisewecker stellte sie fest, dass es inzwischen Zeit fürs Frühstück war, und sie machte sich auf den Weg durch den Garten und das Loch im Zaun, das Jakob ihr gestern noch gezeigt hatte, zu der benachbarten Terrasse, wo der Tisch bereits gedeckt war.

Jakob hatte sich wahrhaftig nicht lumpen lassen, er hatte Honig ("von einem Imker vor Ort"), drei verschiedene Sorten Marmelade ("alle selbst gekocht!"), Schinken, Käse, frische Butter und Eier ("von einem Ökoprojekt zwei Dörfer weiter") aufgetischt. Die Brötchen hatte er selbst gebacken, und aus der Blümchenkanne mit der orange-grünen Häkelmütze duftete der Kaffee. Selbst ein Holzfäller hätte nicht alles aufessen können, was er aufgetischt hatte.

"Magst du noch ein Brötchen?" Jakob reichte ihr den Korb über den Tisch, aber Manne winkte ab.

"Wenn ich noch einen Krümel mehr esse, platze ich."

"Dann vielleicht noch eine Tasse Kaffee?"

"Ja bitte." Sie streckte ihm ihre Tasse entgegen. "Der ist fantastisch. Genau wie alles andere, was du aufgefahren hast. Du solltest eine Frühstückspension aufmachen."

Jakob lachte geschmeichelt und schüttelte den Kopf. "Dann müsste ich immer und zu jedem freundlich sein." Er schüttelte sich wie ein nasser Hund. "Da bleibe ich lieber bei meinem Hausmeister-Job in der Schule. An grummeligen Tagen schnauze ich die Kinder an, die ihre Frühstückstüten neben den Mülleimer werfen, und an freundlichen Tagen tue ich so, als hätte ich nichts gesehen und räume hinter ihnen her, wenn sie wieder im Unterricht sind."

"Du arbeitest noch?", entfuhr es Manne, doch bevor sie den Satz beendet hatte, wurde ihr bewusst, dass sie wieder einmal in einem Fettnapf gelandet war. "Ich meine, weil du ..." Doch alles, was sie jetzt noch sagen könnte, würde es nur schlimmer machen.

"Wegen meiner weißen Haare?" Obwohl er sich rasch abwandte, um die Deckel auf seine Marmeladengläser zu schrauben, sah sie ihn grinsen. "Die sind ein Familienerbstück."

"Ach so." Erleichtert atmete Manne auf. Er schien ihr den Fehltritt nicht übel genommen zu haben. "Es, ähm, steht dir gut."

"Danke." Sein Grinsen wurde noch eine Spur breiter.

"Wie lange musst du denn noch arbeiten?", erkundigte sich Manne. Doch kaum, dass sie die Frage gestellt hatte, tat es ihr schon wieder leid. "Entschuldige bitte, ich wollte nicht ..."

"Kein Problem." Großzügig winkte er ab. "Vor zwei Monaten bin ich vierundsechzig geworden. Ein Jahr muss ich noch, aber ich hoffe, dass ich noch ein bisschen länger durchhalte, sonst reicht die Rente hinten und vorne nicht. Und wie sieht es bei dir aus?"

"Ich werde Ende November dreiundsechzig und bin auch an einer Schule. Als Lehrerin. Ich habe ein Sabbatjahr genommen. Je nachdem wie das läuft, gehe ich danach zurück in den Schuldienst oder in den vorgezogenen Ruhestand."

"Und wie muss es laufen, damit du dich nächstens zur Ruhe setzen kannst?"

"Ach ..." Manne seufzte. "Als ich angefangen habe, mein Sabbatjahr zu planen, dachte ich, dass ich erst mal kreuz und quer durch die Republik fahre, um den Platz zu finden, an dem ich alt werden mag. Letzten Monat kam meine Tochter mit der Idee um die Ecke, dass ich in die Einliegerwohnung in ihrem Haus ziehen könnte, und da dachte ich, ich hätte meinen Platz schon gefunden. Aber inzwischen denke ich ..." Sie schüttelte den Kopf und zog die Schultern hoch. Nein, sie wusste nicht, was sie dachte.

Manne rührte eifrig in ihrer Kaffeetasse, aber das Geklapper konnte die Stille, die über dem Tisch hing, nicht übertönen.

Bevor das Schweigen bedrückend wurde, sprang Jakob auf.

"Meine Güte!" Er klatschte mit der flachen Hand gegen die Stirn. "Jetzt hätte ich das Beste fast vergessen.'

Bevor sie etwas erwidern konnte, war er ins Haus verschwunden. Als er zurück kam, brachte er ein Tablett mit einer Schüssel Obstsalat, einer Schüssel Sahne und zwei Dessertschälchen zurück.

"Das geht bestimmt noch." Ohne das Tablett abzusetzen, schob er den Brotkorb und den Teller mit Schinken und Käse beiseite, um für den Nachtisch Platz zu machen. "Ich bin offenbar alt geworden oder nicht mehr in Übung."

Lachend schüttelte Manne den Kopf. "Ich war schon viel unterwegs, aber ich bin noch nirgends besser bekocht und aufmerksamer bewirtet worden als bei dir."

"Danke schön." Jakob legte die Hände an die Seitennähte seiner Hosen und machte das, was man früher einen artigen Diener genannt hätte. "Und wenn wir schon beim Thema sind: Ich hoffe du magst Dampfnudeln. Die habe ich nämlich zum Mittagessen vorbereitet."

"Ich liebe Dampfnudeln, aber ich kann mich doch nicht bei dir durchfuttern." Inzwischen war es ihr schon fast unangenehm, dass er sich mit der Bewirtung so viel Arbeit machte.

"Was hindert dich daran?"

"Meine guten Manieren und die Vermutung, dass du mich weder beim Kochen helfen noch die Einkäufe bezahlen lässt."

"Stimmt." Er grinste von einem Ohr zum anderen. "Ich wäre ein schlechter Gastgeber, wenn ich es anders machen würde."

Manne seufzte abgrundtief. "Kann ich dich dann wenigstens zum Abendessen einladen?"

"Bitte nicht. Was in den umliegenden Gastwirtschaften angeboten wird, ist entweder Touristen-Nepp oder ungenießbar. Ich würde uns beides lieber ersparen. Kann ich davon ausgehen, dass die Dampfnudeln genehmigt sind?"

Manne nickte, obwohl sie sich nach dem ausgiebigen Frühstück fühlte, als würde sie nie wieder etwas essen wollen.

"Zum Abendessen grille ich uns ein paar Würstchen."

Manne nickte auch dazu, obwohl ihr Magen nicht einmal bis zu den Dampfnudeln denken konnte.

"Weißt du schon, was du mit deinem Urlaubstag in Krähenstein anfangen willst?", erkundigte sich Jakob, nachdem er Manne und sich noch eine allerletzte Tasse Kaffee eingeschenkt hatte.

Manne zog die Schultern hoch. "Im Reiseführer steht, dass die Burgruine sehenswert ist. Die will ich mir anschauen."

"Wenn das noch Zeit hat bis heute Nachmittag, begleite ich dich gerne. Ich kenne einen schönen Rundweg und ich wette, ich weiß eine Menge über das Dorf und die Burg, was nicht in deinem Reiseführer steht."

"Einverstanden." Dieses Angebot nahm sie gerne an.

"Und was hältst du davon, wenn ich dich vor dem Mittagessen zu einem Ausflug in die Vergangenheit einlade? Ich spiele auch den Fremdenführer."

"Was gibt es denn hier noch zu besichtigen?" Sie rechnete mit, einem kleinen verschrobenen Heimatmuseum, zu dem Jakob einen Schlüssel hatte oder einer Kapelle, die der Aufmerksamkeit des Fremdenverkehrsamts bisher entgangen war.

"Wenn du magst, zeige ich dir das Haus von Luise. Du wirst staunen, was es dort alles zu entdecken gibt."

"Dürfen wir das?" Sie erinnerte sich an das mulmige Gefühl im Wohnzimmer. Vielleicht wollte das Haus nicht besichtigt werden.

"Warum nicht? Stefan hat es dir doch zur Miete angeboten. Sicher hat er nichts dagegen, dass du es dir dann wenigstens einmal anschaust."

"Wenn du meinst ..."

"Gib mir zwanzig Minuten. Ich hol dich ab." Bevor sie etwas entgegnen konnte, war er verschwunden.

Elf

Bereits nach fünf Minuten rutschte Manne ungeduldig auf dem Stuhl hin und her. Um sich abzulenken, räumte sie die beiden Tassen, die Zuckerdose, das Milchkännchen und die Kaffeekanne, die noch auf dem Tisch standen, auf das Tablett und brachte es nach drinnen. Wie sie vermutet hatte, ging es von der Terrasse direkt in Jakobs Küche, aber dass sie dort ein modernes Kochparadies mit matten Edelstahlschränken und überbreiten Arbeitsflächen aus schwarzem Marmor finden würde, konnte sie kaum glauben. Sie wusste nicht, wohin sie das altersfleckige Tablett mit dem buntgeblümten Geschirr stellen sollte, es sah überall gleichermaßen deplatziert aus.
"Jetzt können wir."
Sie erschrak derart, als Jakob plötzlich in der Küchentür stand, dass ihr das Tablett beinahe aus den Händen gerutscht wäre. Hastig stellte sie es neben das Spülbecken, dessen Wasserhahn wie ein Duschkopf aussah und schickte sich wortlos an, ihm zu folgen. Er ging nicht, wie sie es erwartet hätte, durch den verwilderten Garten zur Haustür, sondern führte sie an seinem Haus vorbei zur Straße und von dort zur benachbarten Einfahrt. Vielleicht hatte er ihr Zögern bemerkt, jedenfalls wandte er sich um und zwinkerte ihr zu.
"Mit Häusern ist es wie mit Frauen. Wenn man sie von ihrer besten Seite kennenlernen will, muss man sich ihnen mit dem gebührenden Respekt nähern."
Erstaunt stellte Manne fest, dass Jakob in weniger als zwanzig Minuten die Fensterläden freigeschnitten, alle Fenster geöffnet und den Vorgarten von dem größten Teil der Knöterich-Ranken befreit hatte. Jetzt sahen die Rosen ziemlich zerrupft aus, aber zwischen den zerzausten Blättern entdeckte Manne einige Blütenknospen, die sich hoffnungsvoll der Sonne entgegenreckten.
"Hier gibt es noch viel zu tun und der Garten hinter dem Haus muss ganz neu angelegt werden, aber die Mühe würde sich lohnen."
Manne nickte, obwohl sie nur mit halbem Ohr zugehört hatte. Sie war fasziniert, wie viel freundlicher das alte Häuschen aussah, wenn die Fensterläden und die Fenster weit offen standen.

"So haben die Hexenhäuschen ausgesehen, die mir meine Großmutter zu Weihnachten gebacken hat", erinnerte sie sich. "Mit einem hohen spitzen Giebel und einem runden Fensterloch."
"Komm, wir schauen uns das Hexenhäuschen von innen an." Jakob
öffnete die Tür und ließ ihr den Vortritt. "Wo willst du anfangen? In
der Küche oder in der guten Stube?"
"Die gute Stube klingt spannender." Sie konnte ihm schlecht sagen,
dass sie sich die Küche heute morgen bereits angesehen hatte.
"Dann bitte nach links."

Die Tür stand offen und der Luftzug hatte den muffigen Geruch fort-
geweht. Die Sonne malte honiggelbe Flecken auf die Dielen, und
die Möbel waren im hellen Tageslicht keine Ungeheuer, sondern
Kunstwerke aus einer anderen Zeit. Die kronenartigen Aufsätze auf
dem Buffet und über dem Sofa waren mit kunstvoll geschnitzten
Jagdszenen geschmückt, und die Rückenlehnen der Stühle zierten
hölzerne Medaillons mit den Halbreliefs unterschiedlicher Wald-
tiere. Das einzige Möbel, das sie auch auf den zweiten Blick nicht
anders als scheußlich finden konnte, war der Fernsehsessel, der
sich zwischen das altehrwürdige Sofa und einen halbhohen Tisch
mit gedrechselten Beinen gezwängt hatte.
"Ich weiß, das ganze Zeug ist unmöglich", seufzte Jakob. "Der Sessel
ist relativ neu und gut in Schuss, aber der Rest ..."
"Der Sessel ist unmöglich", widersprach Manne. "Der Rest passt
zwar nicht in dieses Häuschen, aber das sind Kostbarkeiten, die
vermutlich in einem Museum stehen sollten. Ich würde wetten, dass
ein Sammler ein Vermögen dafür zahlen würde."
"In Köln vielleicht." Jakob zog die Schultern hoch. "Hier findest du
nicht mal jemanden, der den Kram geschenkt nimmt. Stefan hat versucht, das alte Esszimmer zu verkaufen, aber alle Antiquitätenhändler, die hier waren, haben abgewinkt - zu groß, zu klobig, zu
dunkel, und völlig unpraktisch. Den Küchenofen hätten sie gern
mitgenommen, aber zum Glück war Stefan schlau genug, den nicht
zu verkaufen. So ein Prachtstück ist heute weder für Geld noch für
gute Worte zu bekommen. Komm, lass uns in die Küche gehen."

Manne folgte ihm schweigend.

"Die Küchenmöbel und die Geräte hat Luise vor fünfzehn oder sechzehn Jahren gekauft, aber es sieht noch immer aus wie neu", erläuterte Jakob. "Die würden die Leute vom Sozialkaufhaus gerne mitnehmen, aber wenn ich an Stefans Stelle wäre, würde ich sie drin lassen. Vielleicht findet er Mieter, die froh sind, wenn sie sich darum nicht kümmern müssen."

"Stefan Maurer hat gesagt, dass er zweihundert Euro dafür haben will", wunderte sich Manne. "Zweihundert für alles?" Aus Köln war sie andere Preise gewohnt. Selbst die Einliegerwohnung im Keller der Achmänner kostete mehr als dreimal so viel.

"Ich habe ihm gesagt, dass das zu viel ist." Jakob zog die Schultern hoch. "Aber vielleicht findet er trotzdem jemanden, der es ihm zahlt. Lass uns nachschauen, wie es im ersten Stock aussieht. Da war ich schon ewig nicht mehr."

Als sie auf die Treppe zugingen, fiel Manne die schmale Tür am Ende des Hausflurs auf. Von innen steckte ein großer Schlüssel mit einem altmodischen Griff im Schlüsselloch.

"Wo geht es denn da hin?"

Jakob schmunzelte. "Schau nach."

Der Schlüssel ließ sich nur mühsam bewegen, aber als das Schloss aufschnappte, stand Manne im Eingang eines Kämmerchens, das nicht größer als zwei Quadratmeter und knapp zwei Meter hoch war. Hinter der Tür standen zwei Drahtkörbe mit Holzscheiten, dahinter erhob sich ein etwa kniehoher Vorbau, aus dessen Deckel ein ovales Loch herausgesägt war.

"Vor dem Umbau war das die Toilette", erklärte Jakob. "Danach hat Luise nur noch Brennholz hier gelagert."

Lachend schüttelte Manne den Kopf. "Ich dachte, es wäre der Notausgang. Kann man in dem alten Herd denn noch Feuer machen?"

"Man muss, wenn man im Winter nicht frieren will. In der Küche wird mit dem Herd geheizt, in der guten Stube mit einem Kachelofen. Der wird vom Flur aus befeuert und hat sogar eine Ofenbank, aber zwischen dem alten Plunder kann man das glatt übersehen."

"Und oben?"

"Oben sind nur die Schlafzimmer. Wenn unten geheizt wird, sind die Kamine warm genug, um die Schlafzimmer wenigstens anzuwärmen. Das Haus stammt halt noch aus einer Zeit, in der man sich einfach eine Nachtmütze aufgesetzt und eine zusätzliche Decke aufs Bett gepackt hat, wenn man vor lauter Eisblumen nicht mehr aus dem Schlafzimmerfenster schauen konnte."

"Brr!" Allein der Gedanke ließ Manne frösteln. "Gibt es da keine bessere Lösung?"

"Luise hat irgendwann einen Ölradiator ins Schlafzimmer gestellt. Wenn es mein Haus wäre, hätte ich schon längst Isolierglasfenster und eine Gasheizung eingebaut. Gasthermen sind heute nicht mehr besonders groß, und hinter dem Haus ist Platz genug für einen Gastank. Aber Luise hat den Aufwand immer gescheut, den so ein Umbau mit sich bringt. Sie sagte immer, ihr altes Haus mag diese neumodischen Sachen nicht."

"Hm ..." Manne war sicher, dass sie nicht unter einem Berg Decken schlafen und Eisblumen von den Fensterscheiben kratzen wollte.

"Komm." Jakob winkt sie zur Treppe. "Ich zeig dir noch , wie es oben weiter geht. Dann muss ich mich um unser Mittagessen kümmern."

Neugierig folgte Manne ihm über die schmale Holztreppe in den ersten Stock.

Neben der obersten Stufe blieb er stehen, damit Manne vorausgehen konnte.

"Das da", er deutete auf die beiden Türen links von der Treppe, "sind die Wäschekammer und das ehemalige Kinderzimmer. Auf der anderen Seite ist das Schlafzimmer."

Leise, als hätte sie Angst, jemanden zu stören, öffnete Manne die Schlafzimmertür. Der Raum war genauso groß wie die gute Stube darunter, aber durch die Dachschräge wirkte er wesentlich kleiner. Auch hier waren die Möbel zu wuchtig für das Zimmer. Damit das Doppelbett mit den hohen Kopfteilen unter die schräge Wand passte, stand es mindestens einen halben Meter von der Wand entfernt, genau wie die Nachtschränkchen und der Waschtisch auf der gegenüberliegenden Seite des Zimmers. Rechts und links vom Waschtisch standen zwei Stühle und vor der Wand zum Flur ein Kleiderschrank aus demselben dunklen Holz.

"Echte Mooreiche", sagte Jakob. "Soweit ich weiß, bekamen Luise und ihr Mann das Schlafzimmer zur Hochzeit von seinen Eltern geschenkt, die sich ein neues gekauft hatten."

"Wie sind diese Monstermöbel überhaupt hier heraufgekommen? Über die Treppe passen doch nicht mal die Nachttische."

"Den Schrank und das Bett kann man zerlegen, dann geht es vermutlich. Außerdem gibt es im Flur und auf dem Dachboden lose verlegte Dielen. Wenn man die aufdeckt, kann man die größeren Teile mit einem Flaschenzug heraufziehen."

"Wie praktisch."

"Luises Großvater war Zimmermann. Sie hat immer erzählt, dass er das Haus zum größten Teil selbst gebaut hat."

Im Kinderzimmer, einem kleinen Raum mit einer schrägen Wand und einem winzigen Dachfenster auf der anderen Seite des Flurs hatte zweifellos ein Junge gewohnt. Weder die Bücher auf dem Regal noch die Kisten mit den Bauteilen einer Modelleisenbahn hätte Manne im Zimmer eines Mädchens vermutet. Alles war so eingerichtet, als könne der Bewohner jederzeit zurückkommen. Selbst das Bett war frisch bezogen.

"Hat der junge Herr Maurer früher hier gewohnt?", wollte Manne wissen.

"Nein, das war Erwins Zimmer."

Jetzt interessierte es sie natürlich brennend, wer Erwin war, aber Jakobs Gesicht wirkte plötzlich so abweisend, dass sie es nicht wagte, ihn zu fragen. Beinahe fluchtartig verließ er den Raum wieder und öffnete die Tür nebenan.

"Da ist nur noch die Wäschekammer."

Hier war nur knapp genug Platz für einen Kleiderschrank, einen Wäscheschrank, dessen gläserne Türfüllungen mit einem verblichenen Blümchenstoff bespannt waren, einem kleinen Küchentisch, drei Wäschekörbe, die ordentlich ineinander gestapelt an der Wand standen, und einem Bügelbrett.

"Wohin geht es da?" Sie deutete auf eine Treppe, die mehr Ähnlichkeit mit einer Leiter hatte und unter der Decke endete.

"Da oben ist nur noch der Speicher. Wenn es dich interessiert ..." Er stieg zwei Stufen hoch, griff nach dem Seil, das von der Decke hing, und zog daran. Mit einem leisen Ächzen öffnete sich die Decke, ein halbmeterbreites Stück klappte nach oben, Jakob verschwand durch das Loch in der Decke wie ein Zirkuszauberer in seinem magischen Kasten. Manne folgte ihm zögerlich. Die Treppe war so steil, dass sie sich an den höher gelegenen Stufen festhalten musste, und als dort keine Stufen mehr waren, streckte Jakob ihr die Hand entgegen.

"Da lang." Sicher gelangte sie über die letzten drei Stufen auf einen etwas breiteren Tritt mit einem eisernen Handgriff und von dort auf den Dachboden.

Auf den ersten Blick erinnerte er sie an ein überdimensionales Zelt. Sie konnte nur unter dem Giebel aufrecht stehen. Das Dach fiel nach beiden Seiten steil bis zum Boden ab. Als ihre Augen sich an das Dämmerlicht gewöhnt hatten, erkannte sie, dass die beiden Mauern, die rechts und links von der Bodentreppe standen, keine Hauswände, sondern die Kamine waren, die den Speicher genau wie das übrige Haus in eine hintere und eine vordere Hälfte mit einem schmalen Flur dazwischen teilten. Soweit sie erkennen konnte, war die vordere Hälfte leer, und in der hinteren standen ein paar Kisten, von denen eine mit verblasstem Weihnachtspapier beklebt war.

"Du kannst dich gerne in Ruhe umschauen. Ich muss rüber, damit unsere Dampfnudeln in die Pfanne kommen. Spätestens in einer Stunde können wir essen."

"Und was muss ich tun, um die Bodenklappe zuzumachen, wenn ich runtergehe?"

"Du musst nur aufpassen, dass du nicht runterfällst. Die Klappe und die Fensterläden mache ich später zu."

Als Jakobs Schritte auf der Treppe verklungen waren, ging sie zuerst einmal rund herum. Trotz der vielen kleinen Gauben mit den dreieckigen Fensterchen, war der Raum so dunkel, dass sie die hölzerne Tür am hinteren Ende des Dachbodens erst sah, als sie direkt davorstand. Die Tür hatte weder einen Griff noch ein Schloss, nur einen eisernen Stift, der aus einem Schlitz in den Brettern ragte. Sie rüttelte daran. Er knarzte erbärmlich, bewegte sich aber kein bisschen. Da Manne nicht riskieren wollte, etwas kaputtzumachen, stellte sie ihre Bemühungen ein und ging weiter. Jakob konnte ihr bestimmt sagen, wohin diese Tür führte.

Je weiter sie in den vorderen Bereich des Dachbodens kam, desto heller wurde es. Obwohl das runde Giebelfenster mindestens genauso schmutzig war wie die Fensterchen in den Dachgauben, war es immerhin groß genug, um etwas mehr Licht hereinzulassen. Als sie es genauer inspizierte, erkannte sie, dass die schwarzen Linien, die sie für schlecht geflickte Risse im Glas gehalten hatte, Bleibänder waren, die die verschiedenen Teile der Scheibe zusammenhielten. Durch die dicke Schicht aus Staub und Spinnweben glaubte sie, ein Gesicht zu erkennen. Nein, zwei Gesichter, aber das zweite hatte Hörner und war länger als das Gesicht eines Menschen.

"Jetzt will ich es genau wissen." Sie eilte hinunter ins Badezimmer, nahm einen Putzlappen und ein zerschlissenes Handtuch von einem Stapel neben der Waschmaschine, füllte einen Putzeimer zur Hälfte mit heißem Wasser und gab etwas Seife hinein. Dann balancierte sie alles auf den Dachboden und machte sich daran, den Schmutz von Jahren, vielleicht von Jahrzehnten, von der runden Scheibe zu waschen. Schon nach wenigen Minuten tauchten aus dem düsteren Grau tatsächlich zwei Gesichter auf. Das einer Kuh und das eines kahlköpfigen Mannes mit Heiligenschein. Keine Kuh, ein Stier! Und wenn die Kuh ein Stier war, muss der Mann der Heilige Lukas sein.

"Das ist ein Kirchenfenster", stellte sie verwundert fest. "Aber wie kommt ein Kirchenfenster in den Dachgiebel dieses alten Häuschens?" Die Frage konnte vermutlich nur Jakob beantworten. Sie putzte auch die anderen Fenster, wobei es auf dem Dachboden zusehends heller wurde. Zweimal musste sie noch frisches Wasser holen, bevor die Scheiben blitzten und der Heiligenschein des Evangelisten in einem sanften Goldton schimmerte. Sie trat einen

Schritt zurück, um ihr Werk zu begutachten. Es kam ihr so vor, als würde der Heilige Lukas von seinem Schreibpult aufblicken und ihr freundlich zulächeln.

Als Manne aus der Haustür trat, stieg ihr ein köstlicher Duft in die Nase. Sie hörte ein Zischen, grauweißer Dampf waberte aus Jakobs Küchentür. Genauso hatte es gerochen, wenn ihre Großmutter für die ganze Familie Dampfnudeln gebacken hatte. Manne schlüpfte durch die Lücke im Zaun und erreichte die Terrasse, als Jakob mit Tellern, Bestecken und Servietten aus der Küche kam.
"Magst du einen Kaffee oder magst ein Glas Wein zum Essen?"
"Wenn ich jetzt Wein trinke, schlafe ich bestimmt noch am Esstisch ein. Und mit dem Kaffee warte ich bis nach dem Essen." Sie setzte sich auf einen der Stühle und schloss mit einem wohligen Seufzen die Augen. "Hast du vielleicht ein Glas Wasser für mich?"
"Mit Kohlensäure oder Leitungswasser? Mit Eis und Zitrone? Oder soll ich dir ein paar Pfefferminzblätter holen?"
"Einfaches Wasser aus dem Wasserhahn reicht. Du verwöhnst mich viel zu sehr."
"Ich habe nur selten die Gelegenheit, jemanden zu verwöhnen. Meinen Sohn und meine Enkel sehe ich höchstens zweimal im Jahr, und seit Luise nicht mehr lebt ..." Er beendete den Satz nicht, sondern wandte sich ab und verschwand ins Haus. Sie hörte Wasser rauschen, und einen Moment später kam er mit ihrem Glas zurück.
"Wollen wir?"
"Und ob ich will." Obwohl seit dem Frühstück noch keine drei Stunden vergangen waren, lief ihr bei den Gedanken an frische Dampfnudeln mit Vanillesoße das Wasser im Mund zusammen.
"Vorsicht, heiß", warnte Jakob, als Manne sich über den Tisch beugte, um das köstliche Aroma frischer Vanilleschoten einzuatmen. "Die Dampfnudeln habe ich etwas kleiner gemacht, dass es mehr Kruste gibt. Greif zu. Solange sie warm sind, schmecken sie am besten."

"Was hältst du von einem Verdauungsspaziergang", schlug er vor, als die Soßenschüssel immerhin zur Hälfte geleert und der

Dampfnudelberg merklich kleiner geworden war. "Um diese Zeit ist das Licht auf der Burg am schönsten."

Sie stimmte zu, obwohl sie lieber ein Verdauungsschläfchen gehalten hätte. "Ich hoffe nur, dass wir unter einem Spaziergang ungefähr dasselbe verstehen. Ich bin nämlich nicht die ausdauerndste Fußgängerin."

"Versprochen." Er zwinkerte ihr zu, seine Augen funkelten amüsiert. "Wir nehmen nur Wege, die man zur Not auch in Motorradstiefeln schaffen kann."

Manne fühlte, wie ihr das Blut in die Wangen schoss. Hatte er sie möglicherweise auf dem Dunnberg gesehen? Vermutlich war sie wie eine fußkranke Ente über den Parkplatz gewatschelt. Aber in seiner Einfahrt stand ein blauer Corsa, kein rostiger Kombi, und Hunde hatte er auch nicht. Also lachte sie einfach mit.

"Soll ich dir vorher noch beim Abwasch helfen?"

"Lieber nicht", entgegnete er mit einem verlegenen Lächeln. "Ich bin ein schlechter Teamspieler, und in der Küche ist es am schlimmsten."

Zwölf

Als sie sich eine halbe Stunde später vor Jakobs Haus trafen, hatte er offenbar nicht nur seine Küche, sondern auch sich selbst auf Vordermann gebracht. Die verwaschenen Jeans hatte er gegen eine helle Stoffhose mit messerscharfen Bügelfalten getauscht, dazu trug er ein kakifarbenes Hemd mit kurzen Ärmeln und darüber eine helle, ärmellose Weste. Der einzige Stilbruch waren die Wanderstiefel, die unter den Umschlägen der Hosen hervor schauten und Manne daran zweifeln ließen, ob er sein Versprechen halten würde.

"Die einzige offizielle Sehenswürdigkeit ist unsere Burgruine", erklärte er im Ton eines Touristenführers. "Es gibt auch einige Häuser, die einen Blick wert sind, und die Landschaft ist sowieso das Beste, was Krähenstein zu bieten hat. Ich schlage vor, dass wir durchs Dorf hochgehen und durch die alten Gärten wieder zurück."

Ohne ihre Zustimmung abzuwarten, marschierte er los, und Manne musste sich sputen, dass sie hinter ihm herkam.

Da die Dorfstraße steil bergauf führte, war sie schon bald außer Puste. Zum Glück blieb er alle paar Meter stehen, um ihr anhand der Häuser und ihrer baulichen Besonderheiten die Dorfgeschichte zu erläutern. Auf der Burgruine berichtete er von den Besiedelungswellen in vorrömischer Zeit, der turbulenten Geschichte der Region im Mittelalter und der Bedeutung dieses Standortes in der frühen Neuzeit. Leider waren von der ehemaligen Trutzburg außer kniehohen Mauerresten nur noch ein paar Tafeln mit Bildern und dürftigen Erläuterungen zu sehen.

"Geht das auf das Konto von Napoleons Soldaten?", fragte Manne, um zu beweisen, dass sie aufgepasst hatte.

"Nein, das geht auf das Konto der Bauern aus der Umgebung."

"Die Burg wurde in den Bauernkriegen geschleift?", wunderte sie sich. "Du hast doch gerade erzählt, dass sie den französischen Truppen als Pferdestall und Munitionslager gedient hat."

"Die Burg wurde nie geschleift", entgegnete Jakob nicht ohne Stolz. "Nach den napoleonischen Kriegen wurde sie aufgegeben, und von den Anwohnern als Steinbruch genutzt."

Sie schlenderten über das weitläufige Gelände und Jakob erklärte Manne, wo der ursprüngliche Eingang gelegen hatte und wieso das ehemalige Backhaus aus anderen Steinen erbaut worden war als der Rest der Burg.

Schweigend standen sie hinter der Brüstung eines Fensterbogens und blickten hinab auf das Dorf mit seiner gewundenen Straße und den ordentlich aufgereihten Häusern. Von hier oben sah es wie die Kulisse einer Modelleisenbahn aus.

"Woran denkst du gerade?"

"Ich ..." Sie lachte verlegen. "Ich habe gerade darüber nachgedacht, wie es wohl wäre, in so einem Dorf zu wohnen."

"Und?"

"Kann man hier leben, wenn man nicht hier geboren ist?"

"Schau mal da drüben." Jakob deutete auf ein Haus an der gegenüberliegenden Seite des Hangs. Es stand nicht wie seine Nachbarn direkt an der Straße, sondern etwas zurück gesetzt am Ende einer schmalen, steilen Zufahrt mitten in einem üppig blühenden Garten. Mit seinem quadratischen Grundriss, den strahlend weißen Wänden und dem flachen, ziegelroten Zeltdach sah es so aus, als wäre es aus der Toscana hierher versetzt worden.

"Das ist Richards Haus. Er kam vor sieben Jahren mit einem selbst gebauten Wohnmobil hierher, um sich eine Auszeit von seinem Leben als Bankangestellter zu nehmen. Als es Ärger gab, weil er sein Auto auf dem Wandererparkplatz abgestellt hatte, hat er das Grundstück samt Haus für einem Apfel und ein Ei gekauft und seinen Wagen in die Einfahrt gestellt. Mir hat er einmal erzählt, dass er das Gelände eigentlich nur gekauft hat, um denen, die ihn wegjagen wollten, eine lange Nase zu drehen. Aber dann hat er sich in den Platz verliebt und angefangen, das Haus zu renovieren. Zuerst hat er containerweise Dreck von den Vorbesitzern abfahren lassen, dann hat er das Haus entkernen, den morschen Dachstuhl abreißen und ein neues Dach bauen lassen. Beim Innenausbau hat er das meiste selbst gemacht. Ich habe ihm nur bei der Elektrik geholfen, Heinz hat die Wasserleitungen neu verlegt, und ein Ofenbauer war da, um einen Kachelofen einzubauen. Am Anfang hat Richard sich nicht besonders geschickt angestellt, aber er hat schnell dazugelernt, und von innen sieht sein Haus inzwischen genauso proper aus wie von außen. Vor zwei Jahren hat er seinen Beruf an den Nagel gehängt und ist ganz hier herausgezogen. Er sagt, dass er hier viel glücklicher ist als in Frankfurt."

"Und was macht er, seit sein Haus fertig renoviert ist?"

"Er schnitzt ulkige Figuren, er sagt, es sind Trolle. Im Sommer ist er viel im Wald unterwegs. Sobald er ein Stück Holz findet, in dem ein Troll steckt, nimmt er es mit nach Hause. Im Winter sitzt er auf seiner Ofenbank und schnitzt den Troll heraus."

"Oje!" Lachend schüttelte Manne den Kopf. "Das wäre nichts für mich. Ich habe zwei linke Hände. Wenn ich damit schnitzen wollte, würde ich mir vermutlich eher ein paar Finger abschneiden."

"Vielleicht würdest du etwas anderes entdecken."

"Ich weiß nicht. Ich habe bis jetzt immer in einer Stadt gewohnt. Eigentlich ist mir Sisselsheim schon zu klein, aber da wohnen halt meine Tochter und meine beiden Enkelinnen. In einem Zweihundert-Seelen-Dorf ..."

"Einhundertdreiundsiebzig", entgegnete er. "Mit Richard wohnen genau einhundertdreiundsiebzig Leute in Krähenstein."

"Du hast nie irgendwo anders als in diesem Dorf gewohnt?"

"Bis auf die zwei Jahre beim Bund und die vier im Internat."

"Du warst in einem Internat?", wunderte sich Manne. "Wolltest du oder musstest du?"

"Meine Lehrer waren der Meinung, dass ich auf eine höhere Schule gehen sollte. Damals gab es in Steinweiler nur die Hauptschule, das nächste Gymnasium war in Sisselsheim und die Verkehrsanbindung war sehr schlecht. Deshalb haben mich meine Eltern auf ein Internat in Kaiserbach geschickt."

"Lass mich raten: Es hat dir dort nicht besonders gut gefallen?"

"Kaiserbach ist nicht gerade die große Welt, aber für einen Jungen aus Krähenstein ist es riesig. Am ersten Heimfahrtwochenende bin ich auf dem Weg zum Bahnhof in den falschen Bus gestiegen und habe mich hoffnungslos verfahren." Mit einer ungeduldigen Handbewegung wischte er die Erinnerungen beiseite.

Manne war ebenfalls zwei Jahre lang in diese Internatsschule gegangen. Vermutlich hatten sie sich damals knapp verpasst. Da ihre Eltern in der Stadt gewohnt hatten, war sie extern gewesen. In ihrer Klasse hatte es überhaupt keine Internen gegeben, aber sie musste plötzlich an den Jungen mit den karierten Hemden und den gebügelten Hosen denken, der in der Latein-AG hinter ihr gesessen hatte. Er hatte sie zu seiner Geburtstagsfeier in die Wohngruppe eingeladen, aber ihre Mutter hatte ihr nicht erlaubt, hinzugehen. Damals war sie darüber sehr traurig gewesen. Sie hatte den Jungen nett gefunden, aber heute erinnerte sie sich nicht einmal mehr an seinen Namen. Jakob hatte er ganz sicher nicht geheißen.

Der Weg zurück führte durch die alten Obstgärten am Hang des Burgfelsens hinunter ins Tal. Die meisten Gärten wurden vermutlich schon lange nicht mehr bewirtschaftet, Bäume, Sträucher und Brombeeren überwucherten rostige Maschendrahtzäune und eingefallene Mauern.
"Früher hatte jede Familie hier draußen ihren Garten", sagte Jakob. "Zwischen den Häusern innerhalb der ehemaligen Wehrmauer war zu wenig Platz, um Kartoffeln, Rüben oder Bohnen zu pflanzen."
"Welches ist dein Garten?", wollte Manne wissen.
"Zu meinem Haus gehört keins von diesen Gartenstücken. Als mein Haus und das von Luise gebaut wurden, hatten die Burgmauern keine Bedeutung mehr. Unsere Häuser stehen ja auch weiter unten im Tal, wo der Grund ebener war, und die Grundstücke großzügiger bemessen werden konnten."
Vom gegenüberliegenden Hang tönte eine Kirchenglocke zu ihnen herüber. Jakob zählte die Schläge mit: "fünf, sechs - schon so spät? Ich habe mal wieder viel zu viel geredet. Ich hoffe, ich bin dir mit meinen Vorträgen nicht auf die Nerven gegangen."
Sie schüttelte den Kopf. "Du weißt unglaublich viel über dieses Dorf und so, wie du es erzählst, ist es spannend wie ein Krimi."
"Wirklich?" Mit einem unsicheren Lächeln bedankte er sich für das Kompliment. "Wenn es dich wirklich interessiert, erzähle ich dir beim Abendessen gerne noch ein bisschen mehr über unser Dorf.

Aber jetzt müssen wir uns trennen. Keine Sorge, du kannst den Weg nicht verfehlen. Wenn du hier weiter gehst, kommst du kurz hinter dem Ortsschild auf die Straße."

"Und du?" Manne hörte selbst, dass ihre Stimme eingeschnappt klang. "Ich hoffe, ich habe dich nicht von etwas Wichtigem abgehalten", fügte sie rasch noch hinzu.

"Nein, nein. Keine Sorge. Es ist nur mein Sohn. Er ruft alle zwei Wochen samstagsabends um halb sieben bei mir an, und von hier aus ist es noch etwas mehr als eine halbe Stunde bis nach Hause. Ich nehme eine Abkürzung, die ein bisschen unwegsamer ist."

Darüber konnte Manne schon wieder lachen. "Darf ich trotzdem mitkommen. Wie du siehst, trage ich keine Mopedstiefel sondern Sportschuhe."

"Na dann ..." Jakob zwinkerte ihr zu. "Herzlich willkommen im Urwald von Krähenstein." Er zeigte auf den Pfad, der hinter einer gut erhaltenen Mauer steil bergab führte. "Das war der Garten, der früher zum Pfarrhaus gehörte." Jakob war schon wieder in die Rolle des Fremdenführers geschlüpft. "Als diese Parzellen eingemessen und im Grundbuch festgeschrieben wurden, war der Pfarrer der Einzige, der sich den Mörtel für eine solide Mauer leisten konnte. Das Gartentor stammt auch aus dieser Zeit. Ursprünglich gehörte es zum Friedhof. Soweit ich weiß, ist es beim Umbau der Leichenhalle übrig geblieben. Aber das war vor meiner Zeit."

"Stammen die Steine auch von der Burg?"

"Nein, die stammen aus den Beeten. Was man beim Umgraben gefunden hat, wurde an der Grundstücksgrenze aufgeschichtet."

"Wie in Irland."

"Mein Großvater hat gesagt, dass es auf einem Krähensteiner Acker mehr Steine als Kartoffeln zu ernten gibt. Irgendwie hat es trotzdem gereicht, um die Familie sattzukriegen. Meistens jedenfalls."

"Gut, dass man Kartoffeln heutzutage im Supermarkt kaufen kann. Wenn ich darauf angewiesen wäre, mein Essen selbst anzubauen, wäre ich schon längst verhungert."

"Ich glaube, du gehörst zu der Sorte Frau, die einen Spaten in die Hand nimmt und einen Kartoffelacker anlegt, bevor sie verhungert."

Sie lachten gemeinsam über diese Idee, und Manne wunderte sich, dass ihr die Vorstellung, mit Spaten und Hacke gegen Hunger und Unkraut ins Feld zu ziehen, sogar gefiel.

Ihr Gespräch verebbte, als der Weg steiler und steiniger wurde. Die Schwarzdornhecken rückten immer näher, und dazwischen war es so dunkel, dass Manne kaum noch den Boden vor ihren Füßen erkennen konnte. Sie hatte Jakob aus den Augen verloren und allmählich fragte sie sich, ob sie überhaupt noch richtig war. Doch plötzlich wurde es wieder ebener, zwischen den Steinen wuchs Gras, und sie hörte in der Nähe ein Plätschern. Als sie zwischen zwei gewaltigen Pappeln hindurchtrat, stand sie vor einem Bach. Von der Brücke, die irgendwann einmal zur anderen Seite geführt hatte, waren nur noch die steinerne Auflage und ein morsches Brett, das zur Hälfte im Wasser lag, übrig.

"Hier entlang", rief Jakob von der anderen Seite des Wasserlaufs. Dort, wo er stand, war das Bachbett breiter, und am Grund lagen große Steine, die er vermutlich als Trittsteine benutzt hatte.

"Meinst du, das schaffst du?", erkundigte er sich.

"Kein Problem", entgegnete Manne forscher, als sie sich fühlte. Warum sollte sie es nicht schaffen? Sie versuchte, sich den Weg über die Steine vorzustellen. Rechts, links, rechts, den kleinen Stein auslassen, ein großer Schritt und ein kleiner Hopser.

"Einfach nicht darüber nachdenken und nicht stehen bleiben." Aufmunternd lächelte er ihr zu.

Sie zögerte. Aus der Nähe betrachtet, sah die Oberfläche der Steine so uneben aus, als könne man unmöglich darauf stehen, auch die Abstände dazwischen waren größer als sie gedacht hatte.

Du schaffst das, sprach sie sich in Gedanken Mut zu. *Im schlimmsten Fall kriegst du halt nasse Füße.*

Entschlossen marschierte sie los: Schritt, Schritt, Schritt ... - Doch ausgerechnet der Stein vor dem großen Schritt wackelte so stark, dass sie es nicht wagte, ihm ihr Gewicht anzuvertrauen. Sie ruderte mit beiden Armen, um das Gleichgewicht nicht zu verlieren und stand wie festgeklebt zwischen dem zweiten und dem dritten Stein.

"Jakob ...?" Das klang sicher nicht nur in ihren Ohren kläglich.

"Warte, ich helfe dir." Er kletterte die Böschung herunter, suchte einen sicheren Stand für seinen linken Fuß, setzte den rechten auf einen kleineren Stein, den sie nicht gesehen hatte und streckte ihr die Hand entgegen.

"Komm, es ist nur ein großer Schritt."

Wenn es nicht geht, werden wirklich nur meine Füße nass. Piranhas gibt es hier nicht. Sie streckte ihm ihre Hand entgegen, holte tief Luft und wagte den Schritt ins Ungewisse. Er packte sie, gab ihr Halt und den nötigen Schwung für den letzten großen Schritt. Sicher und wohlbehalten landete sie auf seinem Fuß.

"Auweia!" Sie spürte, wie ihr das Blut in die Wangen schoss. "Jetzt rettest du mich vor den ortsansässigen Krokodilen, und zum Dank trete ich dir auf den Fuß. Ich will gar nicht wissen, was du denkst."

"Ich denke, dass ich schon lange nicht mehr so viel Spaß hatte."

Im Gänsemarsch stapften sie quer über die Wiese, die an die Gärten der Häuser außerhalb der früheren Burgmauern grenzte.

"Früher war das eine der beiden Dorfweiden, die andere war dort, wo heute der Friedhof ist", fuhr Jakob mit den dorfgeschichtlichen Erläuterungen fort. "In den Siebzigerjahren hat die Gemeinde hier eine Streuobstwiese angelegt, die dreimal im Jahr von einem Wanderschäfer abgeweidet wurde. Leider hat der Schäfer vor zwei Jahren aufgehört, und für das Obst interessieren sich außer mir nur noch die Wespen."

"Was ist das denn für Obst?"

"Kirschen, Mirabellen, Äpfel, Birnen, Zwetschgen ... - Die sind gerade reif geworden. Magst du sie probieren?"

"Haben wir noch so viel Zeit? Ich dachte, du willst telefonieren."

"Für einen Abstecher zu meinem Lieblingszwetschgenbaum reicht es immer. Schade, dass sie sich so schlecht backen lassen, sonst würde ich noch einen Zwetschgenkuchen für uns machen."

"Bitte nicht. Du kochst so gut, dass ich garantiert schon zwei Kilo zugelegt habe. Und wenn du noch Zwetschgenkuchen backst ..." Sie merkte, wie ihr das Wasser im Mund zusammenlief.

121

"Meine Großmutter hat immer gesagt, schlechtes Essen macht fett, gutes macht stark."

Inzwischen waren sie bei dem Zwetschgenbaum angekommen. Prall und dunkel leuchteten die Früchte aus dem Laub hervor, doch als Manne eine in den Mund steckte, verzog sie das Gesicht. "Bah, sind die sauer!"

"Die da unten sind noch nicht reif. Warte, ich pflück dir welche, die schon mehr Sonne abgekriegt haben." Er reckte sich, so hoch er konnte, um eine Handvoll reifer Früchte zu pflücken.

Manne rieb die pudrige Wachsschicht ab und knabberte vorsichtig an der Frucht, doch diesmal war ihre Skepsis völlig unbegründet. "Köstlich!"

Der Baum stand nur wenige Schritte von Jakobs Gartentürchen entfernt, doch ohne seine Hilfe hätte sie die Schneise in der Brombeerhecke am Rand der Wiese vermutlich nicht gefunden. Er hielt ihr die Tür auf und ließ sie vortreten.

"Würstchen oder Kotelett, was soll ich uns auftauen?", wollte Jakob wissen, als sie vor seiner Terrasse standen.

"Was dir lieber ist." Manne war von den Dampfnudeln immer noch satt. Sie konnte sich nicht vorstellen, jemals wieder hungrig zu sein.

Jakob zog die Stirn in Falten, als würde er angestrengt nachdenken. "Ich denke, die Würstchen passen besser zum Kartoffelsalat."

"Dann gibt es Würstchen."

"Und wann willst du essen?"

"Nicht vor acht", entschied sie. Nach dem Spaziergang wollte sie auf jeden Fall noch ein halbes Stündchen schlafen.

"Acht ist gut."

Sie standen voreinander, als gäbe es noch etwas zu sagen oder zu tun, aber offenbar hatten sie beide vergessen, was es war.

"Ich, ähm ..." Sie wollte ihm wenigstens sagen, wie sehr sie den Tag genossen hatte, doch in dem Moment klingelte bei ihm das Telefon. "Bis später, Manne. Komm einfach rüber, wenn du so weit bist." Mit langen Schritten eilte Jakob davon, unter der Tür drehte er sich noch einmal um und winkte ihr zu, bevor er ins Haus verschwand.

Dreizehn

Manne beschloss, die Zeit bis zum Abendessen für ein verspätetes Mittagsschläfchen zu nutzen. Sie zog die Schuhe aus und ließ sich mit einem wohligen Seufzen aufs Bett fallen. Schlafen würde sie vermutlich nicht, dafür schwirrten ihr viel zu viele Gedanken durch den Kopf. Eine Pause würde ihr trotzdem guttun. Während sie noch darüber nachdachte, ob sie sich ausziehen und unter die Decke schlüpfen oder sicherheitshalber den Wecker stellen sollte, war sie schon eingeschlafen.

Manne hat es eilig. Sie muss zum Bahnhof, aber sie kann ihn nicht finden. Dabei ist es ganz einfach. Sie muss einmal links abbiegen, etwa zwei Kilometer geradeaus fahren und dann in die Trankstraße einbiegen. Aber so oft sie es auch versucht, sie kann diese verflixte Straße nicht finden, stattdessen landet sie immer wieder in einer Baustelle. Vom Auto aus sieht sie manchmal den Bahnhof, aber sie kommt ihm einfach nicht näher.
Die Zeit wird knapp, Manne beschließt, das Auto stehen zu lassen. Parkplätze gibt es auch nicht, aber sie hat eine Idee. Sie kramt einen alten Werbe-Flyer aus dem Handschuhfach. Auf die Rückseite schreibt sie eine Notiz: *Wer die Sachen und das Auto haben will, kann alles mitnehmen. Ich fange ein neues Leben an und brauche den Kram nicht mehr.*
Sie klemmt den Zettel unter den Scheibenwischer und holt ihren gelben Sessel, aus dem Kofferraum.
Am Anfang kommt sie gut voran, aber die Gehsteige werden immer voller, dazu ist der Sessel schwer und sperrig. Sie fragt die zwei Studenten von oben, ob sie helfen können, doch die jungen Männer antworten ihr in einer Sprache, die sie nicht versteht. Achselzuckend gehen sie weiter.
Plötzlich steht Walli Waldemar Bauer vor ihr. "Komm, ich zeig dir eine Abkürzung."
"Mensch Walli, wo kommst du denn her?" Manne ist heilfroh, in dem Gewimmel endlich ein vertrautes Gesicht zu sehen.

"Tut nichts zur Sache. Ich bin nur hier, um dir die Abkürzung zu zeigen. Lass den Sessel stehen, sonst fährt der Zug ohne dich ab."
Manne schüttelt den Kopf. "Der Sessel muss mit."
Walli lacht. "Immer noch so stur wie ein Maulesel. Meinetwegen." Er greift nach der Rückenlehne und lässt sie nach hinten kippen. "Es ist dein Zug. Du entscheidest, ob du mitfährst oder nicht."
"Na los, gehen wir." Manne nimmt ihren Sessel bei den Füßen und schiebt Walli vor sich her. "Wo ist diese Abkürzung? Wo müssen wir hin?"
Er führt sie zu einer Unterführung. Wasser tropft von der Decke, es stinkt nach Urin. Das Echo der Züge, die über sie hinwegbrausen, lässt den Boden unter ihren Füßen beben.
"Das gefällt mir nicht", brüllt Manne, um den Lärm zu übertönen. "Bist du sicher, dass wir hier richtig sind?"
Walli zieht die Schultern hoch. "Du hast darauf bestanden, dieses Ungeheuer mitzunehmen."
"Das ist kein Ungeheuer. Das ist mein Lieblingssessel. Ohne den gehe ich nirgendwo hin."
Schweigend geht Walli weiter. Der Tunnel wird enger und dunkler. Ein Ende ist nicht in Sicht. Bei einer Rolltreppe bleibt Walli stehen.
"Du hast Glück. Sie haben deinen Zug hierher verlegt, weil er Verspätung hat."
"Kannst du mir noch helfen, meinen Sessel raufzubringen?"
"Geht nicht. Ich darf nicht da rauf. Ich habe keine Bahnsteigkarte."
"Wozu brauchst du denn eine Bahnsteigkarte? Ich hab doch auch keine."
"Och Manne, du Schaf. Es ist dein Zug, der da gerade einfährt. Für den brauchst du nur ein gültiges Ticket." Walli lacht sie aus und das Echo in dem unterirdischen Gang lacht mit. Lauter und lauter rollt das Lachen durch die enge Röhre, bis es sogar das Rattern der eisernen Räder übertönt.
"Na los, mach schon", brüllt Walli, um das Echo seines eigenen Gelächters zu übertönen. "Sonst fährt der Zug ohne dich ab."
Manne will den Sessel auf die Rolltreppe wuchten, aber seine Füße sind im Schlamm versunken. Wie festgewachsen steht er da.

"Bitte hilf mir."

Er schüttelt den Kopf. "Der Sessel hat auch kein Ticket."

"Achtung, Achtung", ertönt eine scheppernde Lautsprecherstimme. "Bitte einsteigen und Türen schließen. Der Zug fährt ab." Mit einem Satz ist Manne auf der Rolltreppe.

"Jockel", hört sie Walli noch rufen. "Der Junge mit den Bügelfalten heißt Jockel."

Als Manne aufwachte, stellte sie erleichtert fest, dass sie nur geträumt hatte. In Wirklichkeit stand ihr Sessel nicht in einer Bahnhofsunterführung, sondern in einem Wohnzimmer, das mit dunklen Möbeln voll gestopft war, genau wie die gute Stube und das Schlafzimmer von Luise. Der Geruch nach dem Rauch eines Holzfeuers erinnerte sie daran, dass sie mit Jakob zum Grillen verabredet war.

Auf der anderen Seite des Gartenzauns waren die Grillvorbereitungen offenbar in vollem Gange. Jakob hatte das Feuer weiter hinten in seinem Garten angezündet, wo sie es zwar nicht sehen, aber riechen und sogar hören konnte. Das Prasseln der Flammen erinnerten sie an Klassenfahrten und Urlaube am Strand, an die Jahresabschlussfeiern in Wallis Garten und an längst vergessen geglaubte Freizeiten bei den Pfadfindern.

"Hallo Manne", begrüßte er sie gut gelaunt. "Schön, dass du schon da bist. Kannst du mir helfen, den Tisch zur Feuerstelle zu tragen."

"Kein Problem." Dass das Unterfangen doch etwas problematischer wurde, als Manne gedacht hatte, lag daran, dass der Tisch ein zweistöckiger Servierwagen war, den Jakob mit einer großen und einer kleineren Salatschüssel, einer Platte mit Würstchen, einer zweiten Platte mit kleinen Alu-Päckchen, Tellern, Gläsern und allerhand Kleinkram beladen hatte. Die Wege zwischen seinen Beeten waren so schmal, dass die Ketchup-Flasche und das Senfglas bedenklich ins Wanken gerieten, als sie versuchten, den Wagen an den Johannisbeersträuchern und den Buschbohnen vorbei zu manövrieren. Mit einigem Vor und Zurück und viel Gelächter kamen sie schließlich doch ans Ziel. Jakob parkte den Servierwagen auf einer kleinen Rasenfläche.

Das Feuer brannte in einer kreisrunden Grube, die mit kopfgroßen Steinen eingefasst war, Jakob schüttete Grillkohlen in die Flammen und fächelte ihnen mit einer alten Zeitung Luft zu.

"Setz dich doch." Mit seiner freien Hand deutete er auf einen Tisch mit zwei Stühlen. "Was magst du trinken? Bier? Wasser? Oder soll ich uns eine Flasche Wein aufmachen?"

"Für den Anfang ein Glas Wasser."

"Das steht im Korb unter dem Tisch."

Sie verteilte Teller, Gläser und Bestecke, holte den Wasserkrug aus dem Korb und stellte ihn dazu. Zwischen Eiswürfeln schwammen einige Zitronenscheiben und zwei Stängel Rosmarin. Das Wasser duftete nach Sommer und schmeckte herrlich erfrischend.

"Lecker!" Sie nickte anerkennend. "Das muss ich gelegentlich auch mal machen."

Jakob baute inzwischen ein übermannshohes dreibeiniges Gestell zusammen, und hängte den Grillrost an eine Kette, bevor er es über die Feuerstelle rückte. Mit einer Harke verteilte er die rot glühenden Kohlen unter dem Rost.

"Es kann losgehen."

"Sag mal, wie funktioniert das eigentlich mit deinem Sabbatjahr?", erkundigte sich Jakob, als sie nach dem zweiten Würstchen mit Kartoffelsalat und Grillgemüse eine Pause einlegten.

"Das ist nicht kompliziert. Ich habe drei Jahre lang auf einer ganzen Stelle gearbeitet und mir nur dreiviertel meines Gehalts auszahlen lassen. Also muss ich im vierten Jahr überhaupt nicht arbeiten und kriege immer noch mein Dreiviertelgehalt."

"Hm ..." Jakob nickte nachdenklich. "Und warum macht man so was?"

"Manche machen es, um in einem Entwicklungshilfeprojekt mitzuarbeiten oder in einem Kloster zu leben. Andere segeln rund um die Welt oder wandern quer durch Europa. Ich hab dir ja erzählt, dass ich eigentlich eine Mopedtour durch Deutschland machen wollte, aber ich fürchte, ich habe den richtigen Zeitpunkt für den Absprung verpasst."

Er sah sie fragend an.

"Ich hatte meine Ansparjahre vor fünf Jahren voll und wollte gerade mein Sabbatjahr einreichen, als meine Lieblingskollegin schwanger wurde. Also habe ich mein freies Jahr verschoben und die Vertretung übernommen. Als aus dem Babyjahr zwei Jahre wurden, habe ich es noch einmal verschoben und dann noch mal, weil eine andere Kollegin in den vorgezogenen Ruhestand gegangen ist. Erst als mir unsere Schulleiterin nahegelegt hat, das gesparte Jahr in eine Altersteilzeit umwandeln zu lassen, habe ich gemerkt, dass ich Nägel mit Köpfen machen muss, wenn der Zug meines Lebens nicht ohne mich abfahren soll." Sie versuchte, den letzten Satz wie einen Scherz klingen zu lassen, aber das Lachen kratzte in ihrer Kehle. Dass ihre Augen brannten, lag sicher nur am Rauch, der von der Feuerstelle herüberzog. Energisch schüttelte sie den Kopf. "Ich rede die ganze Zeit von mir, dabei weiß ich noch so wenig von dir."

"Von mir gibt es nicht viel zu erzählen, und das meiste weißt du schon: Jakob Steiner, vierundsechzig Jahre alt, hier geboren, hier aufgewachsen, wird vermutlich auch hier sterben und arbeitet als Hausmeister an der Selma-Lagerlöff-Grundschule in Steinweiler."

"Und was ist mit deiner Familie?"

Er zog die Schultern hoch. "Ein Sohn, zwei Enkel, eine Schwiegertochter. Sie leben in Hamburg und kommen an Weihnachten und mit etwas Glück auch an meinem Geburtstag zu Besuch."

"Und ..."

"Die Mutter meines Sohnes?" Plötzlich klang seine Stimme hart. "Geschieden, erfolgreich, glücklich. Das sagt wenigstens Richard, mein Sohn. Sie leitet in Hamburg ein Reisebüro und jettet ständig durch die Welt. Rein dienstlich natürlich. Richard sagt, dass das besser zu ihr passt als ein beschauliches Leben in einem kleinen Dorf am Ende der Welt. Leider kann er mir nicht sagen, warum ihr das erst eingefallen ist, als wir schon drei Jahre verheiratet waren."

Manne überlegte, ob sie ihm von dem verheirateten Mathelehrer erzählen sollte, der die unerfahrene Referendarin, die sie vor über vierzig Jahren gewesen war, mit schönen Versprechungen umgarnt und sitzen gelassen hatte, als sie schwanger wurde.

"Diese alten Kamellen schmecken nicht besser, wenn man immer wieder darauf herumkaut." Mit einer ungeduldigen Handbewegung scheuchte er die Erinnerungen fort. "Soll ich uns noch ein paar Würstchen machen, bevor die Glut ganz heruntergebrannt ist."

"Für mich nur noch eins bitte." Manne hatte verstanden, dass die Zeit für ihre Geschichte vorbei war. "Und noch eins von diesen göttlichen Gemüsepäckchen."

Jakob harkte die restliche Kohle zusammen, hängte den Rost tiefer, legte zwei Würstchen in die Mitte und die letzten beiden Gemüsepäckchen daneben. Der zuvorkommende Gastgeber war zurückgekehrt und hatte den verlassenen Ehemann zurück in die Höhle geschickt, in der er noch immer seine Wunden leckte.

Während sie darauf warteten, dass die Würstchen fertig wurden, starrten sie schweigend in die Glut, die mit vielen feurigen Augen zurückzustarren schien. Ihr Schweigen hatte diesmal nichts Einvernehmliches, es fühlte sich frostig und ungemütlich an. Manne ertappte sich bei dem Gedanken, dass sie offenbar wieder einmal etwas falsch gemacht hatte. Eine sensiblere Gesprächspartnerin hätte nicht nach der Frau ihres Gastgebers gefragt, sondern nach der Tür im hinteren Teil des Speichers oder dem Heiligenbild auf der Fensterscheibe. Aber dafür war es jetzt zu spät.

Als sie sich wenig später verabschiedete, machte Jakob nicht einmal den Versuch, sie zum Bleiben zu überreden.

"Soll ich dir helfen, die Sachen in die Küche zu bringen."

Kopfschüttelnd lehnte Jakob ihr Angebot ab. "Das mache ich lieber selbst."

"Und der Servierwagen?"

"Den räume ich nur noch ab, dann kann ich ihn morgen früh allein hochtragen. Weißt du schon, wann du morgen frühstücken willst?"

"Morgen mag ich kein großes Frühstück, sonst hänge ich wie ein Mehlsack auf meinem Moped."

"Gut. Dann gehe ich morgen wandern."

"Der junge Herr Maurer hat gesagt, dass ich den Schlüssel bei dir abgeben soll."

"Wirf ihn einfach in den Briefkasten. Bis du aufstehst, bin ich vermutlich schon unterwegs."

"Was soll ich mit der Bettwäsche und den Handtüchern machen?" Das beschämende Gefühl, etwas Falsches gesagt zu haben, verwandelte sich ohne Vorwarnung in einen harten, kalten Klumpen Ärger, den sie nur mit Mühe hinunterschlucken konnte.

"Lass alles liegen. Ich komme später zum Aufräumen rüber."

"Danke." Sie versuchte es mit einem freundlichen Lächeln, aber sie spürte, dass es ihr nicht recht gelang. "Danke für alles und ... - Gute Nacht."

"Manne?" Sie hatte die Lücke im Zaun schon fast erreicht, als er sie noch einmal zurückrief.

Langsam und beinahe widerwillig drehte sie sich um. "Ja?"

"Ich wünsche dir von ganzem Herzen, dass du es schaffst, dich mit deiner Tochter zusammenzuraufen. Nichts in der Welt ist so, wie die eigene Familie. Aber falls es nicht klappt, falls du jemals über eine Alternative nachdenkst, musst du mir versprechen, dass du dir Luises Häuschen noch einmal anschaust. Ich würde mich jedenfalls freuen, wenn du hier einziehst."

"Versprochen." Der Ärgerklumpen schmolz von einer Sekunde auf die andere, ihr Lächeln fühlte sich wieder echt an, obwohl sie erst etwas Schmelzwasser weg blinzeln musste. "Falls es mit Julia und mir nicht klappt, komme ich hierher. Dann musst du mir unbedingt erklären, wie das Heiligenbild auf das Giebelfenster gekommen ist, und wohin die Tür auf dem Dachboden führt."

Vierzehn

Als Manne am nächsten Morgen erwachte, fühlte sie sich verkatert, obwohl sie gestern nur eine Flasche Bier getrunken hatte. Ihr Kopf fühlte sich an, als wäre er mit Watte vollgestopft, und sie hatte einen gallenbitteren Geschmack im Mund. Vermutlich war es das Abendessen, das ihr noch immer wie ein Stein im Magen lag.
"Ein alter Esel wie du sollte sich abends nicht mit fettigem Essen vollstopfen!" Obwohl alles in ihr dagegen protestierte, nötigte sie sich dazu, aufzustehen, die Zähne zu putzen und zu duschen.
"Jetzt noch eine Tasse Kaffee und ein bisschen frische Luft", sagte sie zu ihrem Spiegelbild, das sie wegen der Dampfschwaden in der Dusche nur verschwommen erkennen konnte. "Danach ist die Welt wieder in Ordnung."
Sie stellte ihren Wasserkocher auf die Waschmaschine und ging in die Küche, um die Lieblingsoma-Tasse noch einmal auszuleihen. Schade, dass sie den jungen Herrn Maurer nicht fragen konnte, ob er ihr die Tasse verkaufen würde.
Frag ihn doch, wenn du das nächste Mal herkommst, flüsterte eine Stimme in ihrem Kopf, die offenbar noch nicht wusste, dass sie nie ein zweites Mal am selben Ort Urlaub machte.
"Beim zweiten Mal ist immer alles anders", erklärte sie der Stimme, während sie die Tür zum Garten öffnete, um die Nebelschwaden aus der Dusche ins Freie zu lassen. "Und anders ist in der Regel nicht besser."
Sie trat vor die Tür, holte tief Luft und verschluckte sich fast, als sie den Frühstückstisch sah, den sicher kein anderer als Jakob vor dem Fenster aufgebaut hatte. Er hatte zwei Geschirrtücher als Tischdecke über einen kleinen Tisch gebreitet und ein Gedeck neben die Thermoskanne gestellt. Auf einem Stuhl stand eine Plastikbox, in der er über einem Kühlakku zwei Marmeladengläser, ein Milchkännchen und einen kleinen Teller mit Butter, Käse und Schinken gestapelt hatte. An der Stuhllehne hing eine Tasche mit zwei frischen Brötchen und einer Dampfnudel von gestern. Gegen eine Vase mit den ersten Astern des Spätsommers hatte Jakob einen

Briefumschlag gelehnt, in dem ein eng beschriebener Briefbogen mit seiner Unterschrift steckte.

Liebe Manne, las sie, während sie sich eine Tasse Kaffee einschenkte, *weil ich so selten Gäste habe, die ich verwöhnen kann, habe ich dir doch noch mal ein Frühstück gemacht. Alles, was übrig bleibt, kannst du in den Vorratsraum neben deinem Bad stellen. Ich hole es später dort ab.*

Ich hoffe, du bist mir nicht böse, weil ich nicht gewartet habe, um dir wenigstens eine gute Reise zu wünschen. Abschiede liegen mir nicht, deshalb bin ich in aller Herrgottsfrühe losgegangen. Wenn ich zurück komme, bist du sicher schon unterwegs. Aber ich will dir trotzdem noch sagen, dass es mir leidtut, wenn ich mit meiner schlechten Laune unseren Grillabend verpatzt habe. So ein Abstecher in meine Vergangenheit tut mir nicht gut, aber das hat nichts mit dir zu tun.

Ich würde mich freuen, wenn du gelegentlich noch einmal zum Kaffee vorbeikommst. Wenn du vorher anrufst, backe ich uns einen Apfelstrudel oder einen Zwetschgenkuchen, wenn die Backzwetschgen bis dahin reif sind.

Viele Grüße, dein Jakob.

Darunter hatte er seine Adresse und die Telefonnummer geschrieben. Am unteren Rand des Briefbogens stand noch ein P. S. und ein Pfeil verwies auf die Rückseite.

Für den Fall, dass wir uns doch nicht mehr sehen, will ich dir noch verraten, dass die Tür auf dem Dachboden zum ehemaligen Heuspeicher über dem Gästezimmer führt. Das Heiligenbild hat der jüngere Bruder von Luises Großvater gemalt. Er war Glasmaler, und wenn ich es mir richtig gemerkt habe, war der Heilige Lukas sein Gesellenstück.

Sie hielt den Brief noch lange in der Hand und rührte gedankenverloren in ihrem Kaffee. Sie wollte nicht gehen, ohne wenigstens eine kurze Antwort zu schreiben. In einer Tasche am Ärmel ihrer Mopedjacke fand sie immerhin einen Bleistift, aber kein Papier. Nicht einmal der Block, auf den sie früher ihre Etappenziele notiert hatte, war noch in ihrer Packtasche. Sie fischte die Kekstüte von gestern aus dem Papierkorb und strich sie sorgfältig glatt.

Versprochen, ich melde mich, schrieb sie über das Bäckerlogo. *Vielen Dank für alles.* Mehr fiel ihr beim besten Willen nicht ein. Sie faltete die Tüte zusammen, bohrte mit der Gabel ein Loch hinein und hängte sie an den Schlüsselring, damit sie ja nicht vergaß, ihre Antwort bei der Abfahrt mit in Jakobs Briefkasten zu werfen.

Nachdem sie gefrühstückt, die Reste in die Vorratskammer geräumt, alles eingepackt, das Bett abgezogen, die Bettwäsche und die Handtücher neben die Badezimmertür gelegt hatte, schaute sie sich noch einmal um. Nein, sie hatte nichts vergessen. Selbst der Blumenstrauß hatte noch in ihre Tasche gepasst. Sie widerstand der Versuchung, einen kurzen Rundgang durch das Haus zu machen oder die Lieblingsoma-Tasse einzupacken, sondern schulterte die Packtaschen und beschloss, dass ihr Kurzurlaub am Dunnberg zu Ende war.

Für den Heimweg hatte sich Manne eine Strecke durch die winzigen Dörfer rund um den Dunnberg ausgesucht. Früher hatte sie diese schmalen, kurvenreichen Straßen geliebt. Es konnte doch nicht sein, dass sie inzwischen zu alt war, um ihr Moped mit dem Hintern durch die engen Kurven zu manövrieren.

"Ich bin nur außer Übung", sprach sie sich Mut zu. Doch das herrliche Kribbeln in der Magengegend, mit dem sie früher in die unübersichtliche Rechts-Links-Kombi am Ortsausgang getaucht wäre, wollte sich noch nicht wieder einstellen.

"Was nur eingerostet ist, kann man wieder flott machen!" Sie beschloss, mindestens einmal pro Woche eine kleine Tour zu machen. Außerdem würde sie ihre Ernährung umstellen. Weniger Fertigfutter und mehr frisches Obst oder Gemüse würden ihr guttun. Sie könnte sich auch zum Probetraining im Fitnessstudio zwei Straßen weiter anmelden. Es war höchste Zeit, dass sie sich etwas mehr um sich selbst kümmerte.

Als sie mit elegantem Schwung von der Straße in die Einfahrt der Achmänner abbog, fühlte sie sich schon wieder sattelfester. Langsam bog sie um die Hausecke. Das Tor der Doppelgarage stand offen, und Manne spürte fast so etwas wie Erleichterung, als sie sah, dass der Platz von Julias Auto leer war. Vielleicht war sie mit ihren Töchtern irgendwo hingefahren, weil Eberhard noch im Büro zu tun hatte.

"Gut!" Sie nickte zufrieden. Dann konnte sie wenigstens in aller Ruhe auspacken. Doch als sie aus der Garage kam, stand ihre Tochter bereits mit ernster Miene auf der Treppe.

"Hallo Mama."

"Hallo Julia." Manne versuchte es mit einem Lächeln, aber es schien auf ihren Lippen zu erfrieren.

"Ich versuche seit zwei Tagen, dich telefonisch zu erreichen." Wie eine Mauer stand der Vorwurf zwischen ihnen.

Manne zog die Schultern hoch. "Der Akku war leer, und ich hatte das Ladekabel vergessen."

"Kannst du dir nicht vorstellen, dass ich mir Sorgen gemacht habe? Spätestens heute Abend hätte ich die Polizei angerufen."

"Julia, ich bitte dich." Seufzend stellte Manne die Packtaschen ab. "Wir haben uns zwar vor meiner Abfahrt nicht mehr gesehen, aber Eberhard wusste, dass ich ein Wochenende am Dunnberg machen wollte. Schließlich hat er mich erst auf diese Idee gebracht."

"Ja, sicher." Julia nickte, der gereizte Unterton in ihrer Stimme machte die Zustimmung jedoch wieder zunichte. "Verstehst du nicht, dass ich mir Sorgen mache, wenn du einfach verschwindest und erst zwei Tage später wieder hier aufkreuzt?"

"Nein."

"Wie, nein?"

"Nein, ich verstehe nicht, dass du dir Sorgen machst."

"Mama!" Sie stemmte die Hände in die Hüften und sah dabei so entrüstet aus, dass Manne beinahe gelacht hätte. "Keiner wusste, wo du warst. Wir hatten keine Adresse und dein Handy war tot."

"Na und? Das ist dir früher regelmäßig passiert. Manchmal habe ich mich schon am ersten Ferientag auf mein Moped gesetzt, bin mit unbekanntem Ziel nach Süden gefahren und erst wieder zurückgekommen, wenn die Sommerferien zu Ende waren. Das einzige Lebenszeichen, was du in diesen sechs Wochen von mir erhalten hast, war eine Postkarte von einem italienischen oder französischen Campingplatz, und die kam oft genug erst nach mir zu Hause an. Hast du dir damals auch Sorgen um mich gemacht?"

"Das war doch etwas ganz anderes." Julia verdrehte die Augen. "Damals hattest du noch kein Handy und ..."

Obwohl sie den Satz nicht beendete, konnte Manne hören, was sie fast gesagt hätte: *Und du warst noch keine alte Frau, um die ich mich kümmern muss.*

"Julia, wir müssen reden. Aber nicht hier zwischen Tür und Angel. Passt es dir in einer halben Stunde? Ich will mich noch ein bisschen frisch machen und umziehen."

Julia zog die Schultern hoch. "Eberhard ist mit den Mädchen ins Schwimmbad gefahren. Wenn sie wiederkommen, grillen wir, und vorher muss ich noch zwei Salate fertig machen."

"Passt es dir in einer halben Stunde?" Manne ließ sich nicht abwimmeln. "Ich kann hochkommen und dir beim Schnippeln helfen."

"Meinetwegen." Julia pustete eine Haarsträhne aus dem Gesicht, eine Geste mit der sie schon als Kind ausgedrückt hatte, dass ihr etwas ganz und gar nicht passte. "Ich dachte nur, es wäre besser, wenn ..."

"Gut, dann komme ich hoch, sobald ich unten fertig bin." Ohne eine Antwort abzuwarten, nahm sie ihre Packtaschen auf und ging zum Eingang von Opa Gerhards Hobbithöhle.

Manne brauchte nur zwanzig Minuten, um zu duschen, bequemere Kleider anzuziehen, ihre Taschen auszupacken und eine Vase für die Astern zu suchen, die die Fahrt erstaunlich gut überstanden hatten. Sie steckte das Ladegerät ein, setzte sich in ihren Sessel und wartete, bis die halbe Stunde vorbei war.

Da sie keine Lust hatte, zu klingeln, nahm sie den Weg durch den Garten und über die Terrasse. Julia begrüßte sie mit einem schmalen Lächeln.

"Es tut mir leid, wenn du denkst, ich würde von dir erwarten, dass du über jeden Schritt Rechenschaft ablegst. Aber wenn wir schon so nah beieinander wohnen, müssen wir doch ungefähr wissen, wo die anderen sind und was sie gerade tun. Was soll ich denn sagen, wenn mich jemand nach dir fragt?"

"Du könntest ihm sagen, dass ich ein paar Tage weggefahren bin. Aber darum geht es mir nicht."

"Worum geht es dann?" Julia blickte von ihrer Schüssel hoch, in der der Hügel hauchdünn geschnittener Kartoffelscheiben zusehends höher wurde.

"Es geht darum, dass wir es völlig falsch angefangen haben, und dass ich mir einen Neustart wünsche. Diese Wohnung da unten ..."

"Ich weiß. Zu voll, zu dunkel, zu viel Eiche rustikal. Ich habe schon mit Eberhard besprochen, dass die Wände und Decken weiß gestrichen werden, und die Wohnung gründlich ausgemistet wird. Hat das noch bis zu den Herbstferien Zeit? Im Herbst wollen wir eine Woche wegfahren. Dann kannst du hier oben wohnen, während die Handwerker deine Wohnung auf Vordermann bringen."

Manne schüttelte den Kopf. "Nein ich ..."

"Wenn du es wirklich so schrecklich findest, frage ich die Malerfirma, ob sie nicht noch einen anderen Termin für uns haben."

"Ich habe darüber nachgedacht, ob es nicht besser wäre, wenn ich mir etwas Eigenes suche."

"Kann ich verstehen." Julia nickte geistesabwesend. "Ich habe mit Eberhard auch darüber gesprochen, dass wir eine neue Küche einbauen lassen, wenn du lieber selbst kochen willst. Ich dachte halt, dass es für den Anfang praktisch ist, das zu nutzen, was da ist."

"Herrje! Es geht doch nicht um die Küche oder um die Farbe der Wände." Manne fühlte sich plötzlich so müde, dass sie am liebsten schlafen gegangen wäre. Aber sie gab sich einen Ruck und sprach aus, was gesagt werden musste: "Ich will mir eine eigene Wohnung suchen und ausziehen, sobald ich etwas gefunden habe."

"Mama ...!" Julia blickte von der Salatschüssel auf und starrte sie ungläubig an.

"Ich passe nicht hierher." Es fiel ihr unsagbar schwer, diese vier Worte auszusprechen. Die bleierne Müdigkeit schien sogar ihre Zunge zu lähmen. "Ich passe nicht in diese Wohnung, und in deine Familie passe ich erst recht nicht."

"Willst du wieder zurück nach Köln?"

"Eigentlich wollte ich mir hier in der Gegend eine Wohnung suchen. Weit genug weg, dass wir uns nicht ständig auf der Pelle hocken, und nah genug, dass wir uns jederzeit besuchen können. Wir hatten so lange nichts miteinander zu tun, dass wir uns langsam aneinander gewöhnen müssen. Die Mädchen kennen mich doch gar nicht. Kein Wunder, dass sie nichts mit mir anfangen können."

Julia zog die Schultern hoch und blickte wieder auf ihre Hände, doch die nahmen ihre Arbeit noch nicht wieder auf. "Ich denke, wir sind auf dem richtigen Weg. Wir dürfen jetzt nur nicht aufgeben." Plötzlich ließ sie ihr Messer in die Schüssel fallen und legte ihre Hand auf die ihrer Mutter. "Willst du uns nicht noch eine Chance geben, Mama?"

Über die Salatschüssel hinweg sahen sie sich an. Manne erinnerte sich an die Traurigkeit in Jakobs Stimme, als er von seinem Sohn und seinen Enkeln im fernen Hamburg erzählt hatte.

"Ja." Entschieden nickte sie. "Aber diese Chance müssen wir uns gegenseitig geben."

"Ist es wegen Gwen und Meggie?" Julia zog die Schultern hoch. "Lass ihnen noch ein bisschen Zeit. Die beiden gewöhnen sich schon noch an dich. Vielleicht sollten wir zwei ihnen mit gutem Beispiel vorangehen. Was meinst du, Mama?"

"Lass es uns versuchen." Ohne weitere Umstände holte Manne ein weiteres Messer aus der Schublade, setzte sich mit an den Küchentisch und half Julia dabei, die Kartoffeln für ihren Salat zu schneiden.

Als Eberhard mit den Mädchen zurückkam, hatten Julia und Manne den Tisch schon gedeckt. Eberhard schaltete den Grill ein. Manne stellte eine Platte mit Würstchen, Steaks und Spießen daneben, Julia brachte die Salate nach draußen, Eberhard zog sich die schwarze Schürze mit den gekreuzten Fleischgabeln an und spielte den Grillmeister.

"Was für ein Tag", triumphierte er. "Bis eben habe ich mich in den neidischen Blicken sämtlicher männlicher Schwimmbadbesucher gesonnt, weil die hübschesten Mädchen weit und breit auf meiner Badedecke saßen, und jetzt warten gleich zwei Frauen darauf, dass sie dem großen Mammutjäger ein Bier bringen dürfen."

"Drei Frauen", kicherte Gwen. "Papa, darf ich dir das Bier holen?"

"Aber nur ausnahmsweise." Eberhard setzte eine grimmige Miene auf. "Und nur, wenn es dir meine Haupt- und Lieblingsfrau erlaubt."

Julia gab Gwen einen Wink. "Geh schon, und bring noch ein Bierglas mit." Lachend schüttelte sie den Kopf. "Deine Haupt- und Lieblingsfrau fragt sich gerade, ob der Mammutjäger unterwegs schon an einem Bier oder etwas Stärkerem genippt hat."

"Papa hat nur Cola getrunken." Obwohl Gwen im Esszimmer war, hatte sie den letzten Satz offenbar noch gehört. "Ich schwör's!"

Mit einem selbstzufriedenen Grinsen nickte Eberhard Julia zu. Die rollte nur mit den Augen, im nächsten Moment mussten alle beide lachen und Manne lachte erleichtert mit.

Es dauerte einen Moment, bis Gwen mit der Bierflasche und einem Zwei-Liter-Humpen wieder herausgeflitzt kam und ihre Beute so stolz präsentierte wie ein junger Hund seinen Knochen.

"Wo hast du denn das her?", wunderte sich Julia.

"Aus ihrer Opa-Gerhard-Gedächtnisecke", antwortete Eberhard anstelle seiner Tochter. "Den habe ich vor ungefähr hundert Jahren bei einem Cross-Rennen gewonnen. Mein Vater hat ihn aufgehoben und in Gwen offenbar eine würdige Erbin gefunden. Der ist bei der Siegesfeier einer Crossfahrer-Runde besser aufgehoben als bei einem Grillabend mit einem einsamen Biertrinker, mein Schatz."

"Außerdem ist er staubig", stellte Julia fest.

"Soll ich ihn spülen?" Gwen war heute außergewöhnlich hilfsbereit.

Mit einem dramatischen Seufzen schüttelte Eberhard den Kopf. "Hol mir lieber ein kleines Glas. Aus dem Pokal des Ruhms wird der alte Mammutjäger in diesem Leben vermutlich kein Bier mehr trinken."

Nachdenklich runzelte Gwen die Stirn, dann schien ihr plötzlich ein Licht aufzugehen. "Darf ich ihn dann behalten?" Erwartungsvoll strahlte sie ihren Vater an.

"Seid ihr denn schon beim Essen?" Als Meggie die Terrasse betrat, schien sich der Himmel über dem Garten zu verdüstern. "Warum ruft mich denn keiner? Und warum seid ihr so laut?", nörgelte sie. "Das ist ja voll peinlich."

"Wir amüsieren uns", entgegnete Eberhard mit einem schiefen Grinsen. "Und an die Peinlichkeit kannst du dich schon mal gewöhnen. Das wird mit zunehmendem Alter immer schlimmer."

Meggie bedachte ihn mit einem vorwurfsvollen Blick und schlenderte zu ihrem Platz. "Isst die auch mit uns?" Mit gerümpfter Nase deutete sie auf ihre Großmutter, und zum ersten Mal reagierte Julia wenigstens annähernd so, wie Manne es von der Mutter einer dreizehnjährigen Rotzgöre erwartete.

"Diesen Ton dulde ich nicht in unserem Haus." Julia musterte ihre Tochter mit einem kühlen Blick. "Bitte sprich anständig mit meiner Mutter."

Wenn Manne geglaubt hatte, dass es damit erledigt wäre, hatte sie sich geirrt.

"Ich soll anständig mit ihr reden?" Meggie gab einen Ton von sich, der fast wie das Schnauben eines Pferds klang. "Dann soll sie gefälligst auch anständig mit mir sprechen."

"Meine Mutter ist noch nicht dazu gekommen, mit dir zu sprechen." Offenbar wollte Julia ihr die Frechheiten diesmal nicht durchgehen lassen. "Und wenn du nicht sofort deinen Ton änderst, kannst du dir in der Küche ein Brot machen, bevor du in dein Zimmer gehst."

"Gut." Ganz gekränkte Majestät erhob sie sich von ihrem Sessel. "Ich habe sowieso keinen Hunger mehr. Gwen, kommst du?"

"Nein", entgegnete Julia, bevor diese etwas sagen konnte. "Gwen isst mit uns zu Abend und wenn sie mag, darf sie anschließend noch ein bisschen fernsehen. Sie muss nicht in ihrem Zimmer sitzen, nur weil du schlechte Laune hast."

"Bis eben war mit meiner Laune noch alles in Ordnung", schnappte Meggie, doch keiner tat ihr den Gefallen, darauf zu antworten, und so blieb ihr nichts anderes übrig, als mit einem letzten empörten Schnauben den Rückzug anzutreten.

"Wir sollten sie nach Hollywood schicken", flüsterte Eberhard so laut, dass Meggie es nicht überhören konnte. "Mit der Nummer könnte sie dort eine Menge Geld verdienen."

Obwohl Gwen ihre freie Hand auf den Mund presste, entschlüpfte ihr ein halb ersticktes Prusten.

Meggie wandte sich noch einmal um und bedachte alle mit einem vernichtenden Blick, bevor sie ins Haus verschwand.

Nach Meggies Abgang verzogen sich auch die düsteren Wolken. Während die Würstchen leise vor sich hin brutzelten und Eberhard sein Bier aus der Flasche trank, erzählte Gwen, wen sie alles im Schwimmbad getroffen hatte, und dass sie heute zum ersten Mal vom Dreimeterbrett gesprungen war. Julia sprang alle paar Minuten auf, um noch die Essiggurken, das Salz, den Eistee oder das scharfe Messer zu holen, das ihren Lieben fehlte.

Manne kam nicht umhin, das Geplapper und die Hektik am Tisch der Achmänner mit dem gemütlichen Grillabend in Jakobs Garten zu vergleichen. Seine ruhige, fürsorgliche Art hatte ihr gutgetan, aber das hier war nun mal ihre Familie.

Fünfzehn

Rums!
Ein Donnern ließ Mannes Traum zerbersten und holte sie mit einem Schlag in die Wirklichkeit ihrer Hobbithöhle zurück.
Klack-klack, klack-klack, klack, hopste Meggie die Treppenstufen hinunter. Gleich würde sie weg sein, dann konnte Manne in Ruhe ihrem Traum hinterher sinnieren.
"Ich, ah ..." Patsch.
Meggie kam noch einmal zurück.
Klack, klack, klack, klack, klack. Dingdong, dingdong, dingdong, dingdong ...
Oben klingelte es Sturm.
Manne zog die Bettdecke über ihren Kopf.
"Mensch, Meggie! Was ist denn?" Julias Stimme schallte so laut durchs Treppenhaus, als würde sie neben Mannes Bett stehen.
"Mach auf. Ich glaub, ich hab meine Buskarte vergessen", kreischte Meggie vor der Haustür.
"Bin schon unterwegs", antwortete Gwen so laut, als wolle sie nicht nur ihre Schwester vor der Tür und ihre Mutter im ersten Stock über den Stand der Dinge informieren, sondern auch noch die Nachbarn.
"Wo hast du sie denn?"
"Seid bitte ein bisschen leiser", ermahnte Julia ihre beiden Töchter. "Die Oma schläft bestimmt noch."
"Jetzt nicht mehr", brummte Manne. Sie zog ihre Decke beiseite, knuffte ihr Kopfkissen zurecht und ließ sich mit einem Seufzen der Resignation hineinsinken. Die Stimmen der Mädchen waren zu einem leisen Gemurmel abgeebbt. Manne versuchte, die Traumfetzen einzufangen, mit denen sie wach geworden war, doch ein spitzer Schrei verscheuchte alles, was davon noch übrig war.
"Da ist sie ja." Meggies Lachen ging Manne durch Mark und Bein. "Ich hatte sie doch eingesteckt. Nur ins falsche Fach. Tschüss Mama, tschüss Papa, tschüss Schwesterherz." Mit einem weiteren Rums fiel die Tür ins Schloss. Klack-klack, klack-klack, klack. Meggies Absätze tackerten noch über den Hof, dann war es still.

Doch die Ruhe währte keine fünf Minuten.

"Tschüss Mama! Tschüss Papa", krähte Gwen durchs Treppenhaus. Die Tür knallte ein weiteres Mal, Turnschuhe patschten die Treppe hinunter und gleich wieder hinauf.

"Mama!" Es klingelte ein zweites Mal Sturm. Als ob das noch nicht dringend genug geklungen hätte, klatschte Gwen mit den Händen gegen die Glaseinsätze in der Tür. "Mama! Ich hab mein Sportzeug stehen gelassen. Mamaaa!"

"Ja, ja, ja. Ich komm ja schon."

Nachdem Gwen sich wortreich für ihre Schusseligkeit entschuldigt, die Tür ein zweites Mal hinter sich zugeknallt und ein drittes Mal über die Treppe gestampft war, wusste Manne, dass sie es heute vergessen konnte, vor Beginn des allmorgendlichen Hausputzes noch ein Stündchen zu schlafen. Stattdessen stand sie auf und tappte in die Küche, um sich ihren Kaffee zu kochen.

Die Sonne hatte ihre Terrasse noch nicht erreicht, und es war noch zu kalt, um draußen zu sitzen. Sie stellte ihre Tasse auf die gläserne Platte des Couchtischs und ließ sich in die weichen Polster der Couch sinken. Wenn es nach ihr ginge, würde sie diese Couch genau wie den Tisch davor lieber heute als morgen durch zierlichere Möbel ersetzen. Dann hätte sie Platz für einen Esstisch mit zwei oder drei Stühlen. Doch als sie versuchte, die Hobbithöhle wenigstens in ihrer Fantasie mit einer kleinen Sitzecke und einem Esstisch einzurichten, schien ein düsterer Nebel der Mutlosigkeit aus allen Ritzen von Opa Gerhards Couch zu kriechen.

Mich kriegst du hier nicht raus, schien er ihr zuzuflüstern. *Ich gehöre nämlich hierher. Du nicht.*

"Steh auf!", ermahnte sie sich. "Steh auf und tu was. Spül dein Geschirr, putz das Klo oder mach es dir in dieser Höhle ein bisschen gemütlicher. Räum endlich deine Kartons aus, mach Platz für deine Bücher und deine Stereoanlage oder kauf dir ein Bettgestell für deinen Futon."

Da sie keine Lust auf Möbelhäuser hatte, fing sie an, Opa Gerhards Hinterlassenschaften in den Wohnzimmerschränken zu sichten und in drei Kategorien einzuteilen: Was sie brauchen konnte, durfte bleiben, wo es war. Was sie eventuell einmal brauchen könnte, räumte sie in den Schlafzimmerschrank. Alles andere wickelte sie in Zeitungen, die sie aus der Altpapiertonne gefischt hatte, packte es in ihre Umzugskartons und schob diese zur Tür, die in den Keller der Achmänner führte.

Als das Packpapier zur Neige ging, und der Platz in den Kisten knapp wurde, war die Melancholie einem zornigen Trotz gewichen. Sie beschloss, dass das genau die richtige Stimmung war, um ihrer Tochter mitzuteilen, was alles aus der Wohnung verschwinden musste, bevor sie auch nur einen Euro Miete zahlen würde.

"Was machst du eigentlich da unten?", erkundigte sich Julia. "Ich höre dich schon den ganzen Morgen herum kramen."

"Ich miste aus."

"Du wirfst Opa Gerhards Sachen weg?" Julia starrte ihre Mutter entsetzt an. "Von mir aus kann der Kram gerne raus, aber die Mädchen dürfen das nie erfahren. Die haben schon alles aufgeteilt und Listen geschrieben, was sie mitnehmen, wenn sie irgendwann einmal hier ausziehen."

Manne schnaubte. "Ich werfe nichts weg. Ich packe alles in Kisten und stelle sie in den leeren Raum neben den Heizungskeller."

"Das geht nicht. Das ist mein Wäschekeller."

"Ich dachte, du hast einen Trockner?"

"Ja, aber für alle Fälle. Hast du eigentlich schon entschieden, ob du fest bei uns einziehen willst?"

"Das kann ich nicht entscheiden, solange diese Wohnung wie eine Rumpelkammer aussieht."

"Jetzt übertreibst du aber." Der spitze Unterton verriet Manne, dass Julia eingeschnappt war, aber wenn es wirklich einen Neubeginn geben sollte, konnte sie nicht ständig auf die Befindlichkeiten ihrer Tochter Rücksicht nehmen.

"Hast du noch alte Zeitungen und Umzugskartons für mich?"

"Wir sind vor fünfzehn Jahren hier eingezogen. Glaubst du wirklich, dass ich Umzugskartons so lange aufhebe?"

"Kannst du mir dein Auto leihen?"

"Wozu brauchst du meinen Wagen?" Der Themenwechsel irritierte Julia sichtlich.

"Ich will zum Baumarkt fahren, um Umzugskartons zu kaufen."

Julia rollte mit den Augen. "Wenn ich Meggie zum Nachmittagsunterricht fahre, bringe ich dir welche mit. Ist das okay?"

"Für's Erste bitte zwölf Stück."

"Zwölf Kartons?" Julia starrte sie mit großen Augen an. "Zusätzlich zu den sieben, die du schon mitgebracht hast?"

"Stimmt, neunzehn ist eine komische Zahl", entgegnete Manne ungerührt. "Bring mir lieber dreizehn mit."

Julia stöhnte leise. "Was willst du denn da hineinpacken? Und wo sollen die Kartons hin?"

"Ich packe alles hinein, was so aussieht, als könne es mich daran hindern, mich hier heimisch zu fühlen. Und ich räume sie in deinen Wäschekeller. Genau wie diesen schrecklichen Fernsehsessel, das Bettgestell aus dem Dienstbotenzimmer, die Couch und den Couchtisch."

"Mama!" Julias Stimme überschlug sich vor Empörung. "Du kannst doch keine zwanzig Umzugskartons in meinen Wäschekeller stapeln. Und ein Möbellager will ich dort auch nicht."

"Und ich kann mich nicht entscheiden, ob ich in die Wohnung ziehen will, solange sie wie ein Möbellager aussieht. Ich brauche keinen monströsen Couchtisch, ich will einen kleinen Esstisch."

Julia seufzte ergeben. "Was hältst du davon, dass wir erst mal nur den Couchtisch und zwölf Kisten im Wäschekeller unterstellen. Den Fernsehsessel hast du ja schon im Schlafzimmer untergebracht und die Couch bleibt vorläufig noch dort, wo sie ist. Ich kann dir für's Erste einen Tisch und zwei Stühle anbieten. Die Stühle hatten wir auf dem Balkon und der Tisch stammt aus Opa Gerhards altem Wohnzimmer. Meggie wollte einen Schreibtisch daraus machen, aber es hat nicht so funktioniert, wie sie sich das vorgestellt hatte."

"Das ist schon mal ein Anfang."

Manne war mit ihrem Erfolg zunächst sehr zufrieden, doch wenig später musste sie feststellen, dass sich Opa Gerhards Hobbithöhle auch mit einem fleckig-rosa überpinselten Chippendale-Tisch und zwei ausrangierten Balkonstühlen nicht wohnlicher anfühlte.

"Egal!" Sie griff nach dem Telefon. Eigentlich wollte sie Anja anrufen, um von ihrem Kurzurlaub in Krähenstein zu erzählen, doch dann wählte sie kurz entschlossen Jakobs Nummer. Als sie das Telefon am anderen Ende der Leitung klingeln hörte, fiel ihr ein, dass sie gar nicht recht wusste, was sie ihm sagen wollte. Sie war beinahe erleichtert, als sich der Anrufbeantworter meldete.

"Hallo Jakob", improvisierte sie mit einer Munterkeit, die ganz und gar nicht echt war. "Wenn sich das gute Wetter so lange hält, will ich am kommenden Wochenende noch mal eine Tour rund um den Dunnberg machen. Soll ich auf einen Kaffee bei dir vorbeikommen oder hast du schon etwas anderes vor?"

Als Manne am nächsten Morgen aufwachte, war es still im Haus. Nachdem sie gestern den ganze Morgen Kisten gepackt und von ihrem Wohnzimmer in Julias Wäschekeller geschleppt hatte, fühlten sich ihr Rücken und ihre Schultern bretthart an. Obwohl es erst sechs Uhr war, quälte sie sich aus dem Bett. Wenn sie liegen bleiben und möglicherweise noch eine Stunde schlafen würde, würde sie sicher mit einem Brummschädel aufwachen. Eine heiße Dusche, eine Tasse Kaffee und etwas Bewegung an der frischen Luft bewirkten dagegen Wunder.

Nachdem das heiße Wasser den Muskelkater vertrieben hatte, ging sie mit ihrem Kaffeebecher in Julias Garten. Das taufeuchte Gras ließ ihre nackten Füße prickeln. Sie spazierte von der Kräuterspirale zum Rosenpavillon, umrundete ihn einmal und überquerte die Spielfläche mit dem Fußballtor und dem Trampolin. Erst als sich ihre Füße unangenehm kalt anfühlten, steuerte sie den schmalen Kiesweg an, der ums Haus herum in den Hof führte, um sie auf den glatten, runden Steinen wieder trocken und warm zu laufen. Unter den Rosenbüschen, die an der Mauer zwischen diesem und dem Nachbargrundstück emporrankten, fiel ihr zum ersten Mal eine hölzerne Bank auf. Mit einem Taschentuch wischte sie ein Stück davon trocken, setzte sich und streckte ihre Beine weit von sich.

Inzwischen waren offenbar auch die Achmänner auf den Beinen, aber das Klappern und Rumpeln im Treppenhaus, klang nur gedämpft zu ihr herüber, genau wie die Stimmen der Mädchen. Heute Morgen ging sie das alles nichts an.

"Tschüss Mama, tschüss Papa, tschüss Schwesterherz!" Die Tür wurde aufgerissen, Meggie polterte heraus und schlug sie mit Schwung wieder zu. Sie klapperte die Treppe herunter und blieb einen Moment stehen, bevor sie wieder hinaufrannte, um Sturm zu klingeln.

"Mama!", kreischte sie, "der Vokabeltest! Hast du meinen Vokabeltest unterschrieben?"

Im selben Moment riss Gwen die Tür auf. "Hast du was vergessen?"

"Meinen Vokabeltest. Weißt du, wo Mama ist?"

"Oben. Aber ich glaube, dein Test liegt auf dem Esstisch."

"Danke, Gwen, du bist ein Schatz", schallte es wenig später über den Hof. "Und unterschrieben ist er auch."

Weder Meggie noch Gwen hatten sich bei diesem Dialog von der Tür wegbewegt. Manne kam es so vor, als würden sie angestrengt lauschen, dann kicherten sie leise, Meggie reckte Gwen ihre Hand zum High Five entgegen und die schlug ein.

"Denk daran, dass du auch ordentlich Theater machst." Obwohl Meggie nur leise gesprochen hatte, verstand Manne jedes Wort.

"Wir kriegen die alte Kuh schon wach", pflichtete Gwen ihr bei.

Meggie kicherte und nickte dazu. "Nicht, dass sie denkt, sie wäre hier in einem Altersheim."

"Und wenn die alte Kuh zufällig schon wach ist?"

Wie vom Blitz getroffen fuhren die beiden Mädchen herum und starrten Manne fassungslos an.

"Du hast uns belauscht", fauchte Meggie.

Manne schüttelte den Kopf. "Ich musste nicht lauschen, ihr habt laut genug geredet."

"Na und?" Trotzig verschränkte Gwen die Arme vor der Brust. "Du kannst ruhig wissen, dass du eine alte Kuh bist. Außerdem ..." Sie schnappte nach Luft und funkelte Manne giftig an. "Du sitzt auf der Bank von Opa Gerhard, und da darf gar keiner sitzen." Sie gab sich keine Mühe mehr, leise zu sprechen. "Du am allerwenigsten!"

"Oh, oh!" Meggie rollte dramatisch mit den Augen. "Jetzt solltest du besser abhauen. Ich kann nicht garantieren ..."

"Aber ich kann garantieren, dass es Ärger gibt, wenn du nicht sofort zur Bushaltestelle gehst", tönte plötzlich Julias Stimme vom Balkon im ersten Stock. "Wir sprechen heute Abend über das, was hier vorgefallen ist." Ohne einen weiteren Kommentar griff Meggie nach ihrer Schultasche und eilte die Auffahrt hinauf.

"Und du kommst sofort wieder ins Haus, Gwen." Aber ihre jüngere Tochter war offenbar nicht so leicht zu überzeugen.

"Die sitzt auf Opa Gerhards Bank", protestierte sie mit schriller Stimme. "Die soll da runter, aber dalli!"

"DIE ist meine Mutter", konterte Julia. "Und meine Mutter darf auf dieser Bank sitzen, so lange sie will. Opa Gerhard wäre der Letzte, der es ihr verboten hätte."

"Aber ..." Gwens Erwiderung erstickte in einem Schluchzen. Manne konnte sehen, dass sie mit den Füßen scharrte wie ein gereizter Stier. Auch sehr kleine Stiere mit Impulskontrollstörungen konnten beachtlichen Schaden anrichten.

"Gwendolyn Achmann." Julia schien etwas Ähnliches zu befürchten, ihre Stimme klang jedenfalls sehr dringlich. "Du kommst jetzt sofort herein und machst die Tür von innen zu."

Mit blitzenden Augen starrte Gwen zu Manne herüber. Sie schnaubte noch einmal, dann machte sie auf dem Absatz kehrt und knallte die Tür so heftig ins Schloss, dass die Scheiben klirrten.

Julia hatte Manne gebeten, nach dem Abendessen hochzukommen. "Wenn alle satt und zufrieden sind, spricht es sich selbst über unerfreuliche Themen leichter", hatte sie ihr augenzwinkernd erklärt.

Offenbar war satt und zufrieden kein ausreichender Grund, um etwas mehr Freundlichkeit oder wenigstens Reue zu zeigen. Als Manne mit einem Klopfen gegen die angelehnte Terrassentür eintrat, verdrehte Meggie die Augen.

"Die schon wieder", zischte sie. "Ich geh dann mal hoch", fuhr sie etwas lauter fort. "Ich bin mit Justin und Leonie zu einer Runde Fortnite verabredet."

"Und ich gehe fernsehen", ergänzte Gwen, doch Julia schüttelte den Kopf.

"Ihr bleibt beide hier, es gibt noch etwas zu besprechen. Wollen wir uns lieber an den Esstisch oder auf die Couch setzen?", fuhr sie zu Manne gewandt fort.

"Esstisch ist okay", entschied Manne. Gwens Augen funkelten so unheilverkündend, dass sie sich sicherer fühlte, wenn wenigstens ein Tisch zwischen ihnen stand.

"Ich will aber nicht reden", fauchte Gwen. "Ich will die Simpsons gucken."

"Wenn wir alles Nötige besprochen haben, darfst du den Fernseher anmachen." Julia nickte ihrer Tochter beschwichtigend zu.

"Mit etwas Glück kriegst du immerhin noch den Abspann zu sehen", spottete Meggie.

Julia ignorierte die Stichelei von Meggie und die grimmige Miene von Gwen. Mit einem stummen Wink bat sie alle an den Tisch.

Ächzend ließ Gwen sich auf ihren Platz fallen und stieß den zweiten Stuhl neben ihr mit einem Tritt beiseite. "Ich will nicht, dass die neben mir sitzt."

Julia wandte sich mit einem entschuldigenden Lächeln ihrer Mutter zu. "Würdest du dich bitte auf Eberhards Platz setzen, Mama." Sie deutete auf den freien Platz am Kopfende des Tische. "Dann können wir uns alle gegenseitig ansehen."

Manne folgte ihrem Wink.

"Die Mädchen kennen die Übung, und für dich muss ich sie sicher nur kurz erklären. Es spricht immer nur eine von uns, die anderen unterbrechen sie nicht, sondern hören aufmerksam zu und lassen das, was gesagt wurde, kommentarlos stehen. Jede sagt zuerst, was ihr an den anderen gefällt und dann etwas, was sie sich von ihnen wünscht. Ich mache einfach den Anfang, dann siehst du, wie es geht." Julia hielt kurz in ihrer Rede inne und nickte dann ihrer jüngeren Tochter zu.

"Gwen, es gefällt mir, dass du es heute Morgen geschafft hast, deinen Zorn zu bändigen, und ich wünsche mir, dass du wieder ein bisschen freundlicher zu deiner Oma bist."

Diese kurze Rede kam Manne gestelzt und unecht vor, aber Gwen blickte tatsächlich kurz vom Tisch hoch und lächelte ihre Mutter dankbar an. Manne erwartete, dass Gwen etwas dazu sagen würde, aber es war Julia, die weitersprach.

"Meggie, es gefällt mir sehr, sehr gut, dass du dich im Moment so gut mit deiner Schwester verstehst. Ich weiß, dass du die Gabe hast, ganz genau hinzuschauen, und ich wünsche mir, dass du diese Fähigkeit nutzt, um auch das Gute an deiner Oma zu sehen."

Meggie nickte huldvoll, während sich Julia ihrer Mutter zuwandte. "Mama, es gefällt mir, dass du dich auf deine Familie einlässt. Ich weiß, dass du nur das Beste für uns willst, und ich wünsche mir, dass du mir und den Mädchen besser zuhörst."

Manne holte Luft, um etwas zu entgegnen, aber Julia schüttelte den Kopf und wandte sich wieder ihrer älteren Tochter zu. "Meggie, willst du weitermachen?"

"Mama, ich finde es toll, was du alles für uns machst, und ich wünsche mir, dass meine Freundin Laura am Wochenende bei uns übernachten darf."

"Wie ..." Als Julia merkte, dass sie beinahe selbst gegen die Regeln dieses Spiels verstoßen hätte, legte sie rasch ihre Hand auf den Mund und schüttelte den Kopf.

"Gwen, ich finde es obercool, dass wir jetzt so gut miteinander reden können", fuhr Meggie fort, "und ich wünsche mir, dass das für immer so bleibt. Oma, ich finde es gut, dass du ein ganzes Jahr lang Ferien machst, das würde ich auch gerne mal machen. Und ich wünsche mir von dir, dass du nicht immer ..."

"Achtung, Regelhüter." Julia hob die Hand und lächelte ihre Tochter verständnisheischend an. "Wir formulieren unsere Bitten positiv."

Meggie nickte. "Dann wünsche ich mir, dass du mich so akzeptierst, wie ich bin, anstatt an mir herumzuerziehen. Gwen, du bist dran."

Gwen nickte, aber das Gesicht unter den fuchsroten Locken sah immer noch so verkniffen aus wie das eines übellaunigen Kobolds. "Mama, ich finde es toll, dass du so gut kochen kannst, und ich wünsche mir, dass es morgen Spaghetti mit Tomatensoße gibt."

"Oh nein", protestierte Meggie. "Nicht schon wieder Nudeln."

"Achtung, Regelhüter", intervenierte Julia.

"Okidoki." Meggie winkte großspurig ab. "Keinem reinquatschen! 'Tschuldigung."

Gwen nahm den Faden wieder auf. "Meggie, ich finde es cool, dass du wieder mit mir spielst, und ich wünsche mir, dass ich morgen mit der Reiter-Barbie spielen darf. Kann ich jetzt Simpsons gucken?"

Julia schüttelte den Kopf. "Du musst erst noch etwas zu Oma sagen und dir anhören, was Oma uns zu sagen hat."

Gwens Gesicht verdüsterte sich zusehends. "Ich weiß aber nichts, was ich an Oma gut finde."

"Denk einfach ein bisschen nach", ermutigte Julia sie. "Vielleicht denkst du mal an ihr Motorrad."

"Oder an ihre Sammeltassen", ergänzte Meggie.

Vor allem an die Meißner Tasse aus Prag, dachte Manne, während sie sich krampfhaft um ein freundliches Lächeln bemühte.

Gwen starrte Manne an. "Oma, ich kann dich nicht leiden", platzte es schließlich aus ihr heraus. "Ich wünsche mir, dass du tot bist."

"Gwen!" Julia schnappte erschrocken nach Luft und Manne starrte ihre Enkelin fassungslos an.

"Du wirst dich gefälligst ..." Doch bevor Julia ihren Satz beenden konnte, war Gwen schon hinausgestürmt. Die Tür knallte hinter ihr ins Schloss.

Sechzehn

"Puh, das ist starker Tobak." Anjas Stimme klang mitfühlend. "Wie geht es dir heute Morgen damit?"

Manne blies die Backen auf und schnaubte. "Sie ist noch ein Kind. Ein zorniges oder trauriges, impulskontrollgestörtes Kind." Auf dem Rand der Zeitung, die vor ihr auf dem Tisch lag, entstand ein Kreis, dessen Rand immer dicker und breiter wurde.

"Das sagt der vernünftige Teil von dir. Die Lehrerin, die gelernt hat, dass Schüler nur selten die meinen, die sie gerade beschimpfen. Was sagt der Mensch? Was sagt die Oma, die sich anhören muss, dass ihre Enkelin ihr den Tod wünscht?"

Manne spürte, dass zwei Tränen über ihre Wangen rollten und noch mehr davon in ihrer Kehle brannten. "Scheiße!" Fluchen war immer noch besser als Heulen.

"Ja, das ist wahr." Offenbar hatte Anja ihr Fluchen falsch interpretiert. "Es ist scheiße, wenn du dir so etwas anhören musst. Und was hat Julia dazu gesagt?"

"Sie hat versprochen, die Angelegenheit zu klären, sobald Gwen wieder gesprächsbereit ist."

"Eine kluge Entscheidung."

"Vermutlich." Der Kreis war inzwischen zu einem Loch geworden, dass bis in den Lokalteil der Zeitung hinunter reichte.

"Und was hast du jetzt vor?"

Der Kugelschreiber hielt mitten in seinem Kreisen inne. "Ich lasse sie machen, was sie für richtig hält." Am äußersten Rand der dicken, blauen Linie entstanden winzige Kreise, einer neben dem anderen.

"Das ist auch eine kluge Entscheidung." In Anjas Stimme klang Anerkennung mit. "Überlass die Zwergin Schneewittchen und kümmere dich um deine Tochter. Wisst ihr schon, wie ihr weitermacht?"

"Das werden wir heute Nachmittag besprechen. Die Mädchen sind weg, und wir wollen zusammen Kaffee trinken."

"Super! Ich denke das wird. Ehrlich! Ich glaube ganz fest an euch beide. Und wenn ihr euch einig seid, bleibt den Mädchen nichts anderes übrig, als einzulenken."

"Wenn du meinst ..." Über den kleinen Kreisen wuchsen zierliche Bögen in die Höhe. Aus dem schwarzen Loch im allgemeinen Teil der Zeitung wurde allmählich eine Blume.

"Aber sicher doch! Vermutlich sind die beiden eifersüchtig, weil sie Angst haben, dass sie ihre Mutter mit dir teilen müssen. Wenn sie erst herausfinden, dass ihnen ihre Großmutter nichts wegnimmt, sondern das System bereichert, tut es ihnen bestimmt leid, dass sie so garstig zu dir waren."

Manne seufzte. "Ich hoffe, du hast recht."

"Hallo?" Jetzt klang Anja wie eine dieser Radio-Moderatorinnen, die schon am frühen Morgen ihre gute Laune in die Welt hinaus posaunten. "Wo ist denn dein Optimismus geblieben? Die Manne, die ich kenne, wäre selbst dem Funken eines Lichts am Ende des Tunnels gefolgt."

"Dann gehe ich mal nachschauen, ob ich einen Funken Licht finde", entgegnete Manne. Ihr war zwar nicht nach Scherzen zumute, aber auf tiefschürfende Gespräche über komplizierte Familiensysteme hatte sie auch keine Lust mehr. "Soll ich dir Bescheid sagen, wenn ich es finde?"

"Ja, mach das. Du musst mich unbedingt auf dem Laufenden halten."

"Versprochen!" Sie klappte die Zeitung zusammen und warf sie in den Papiermüll.

Nachdem Manne aufgelegt hatte, fühlte sie sich so missverstanden, dass es weh tat. Die Frau, die sie für ihre Freundin gehalten hatte, stand plötzlich auf Julias Seite. Vielleicht lag es daran, dass Anja fast so alt war wie ihre Tochter, und dass die jungen Frauen generell eine andere Vorstellung davon hatten, wie sich ihre Kinder benehmen sollten. Sie wunderte sich, dass ihr das in den Jahren ihrer Zusammenarbeit nicht aufgefallen war.

"Egal!" Mit einer energischen Handbewegung wischte Manne das Thema beiseite. "Ich wollte mir nicht über den Sinn des Lebens und die Ansichten junger Mütter den Kopf zerbrechen. Ich wollte einkaufen fahren." Sie zog die Motorradkombi an, steckte ihre Brieftasche in die Jacke und machte sich auf den Weg in die Garage.

Bis zum Supermarkt waren es nur eineinhalb oder höchstens zwei Kilometer. Eigentlich hätte Manne die Strecke auch zu Fuß gehen können, aber sie wollte einige Grundnahrungsmittel, frisches Obst und Gemüse einkaufen, hatte aber keine Lust, alles nach Hause zu schleppen. Vielleicht würde sie sich in der Hobbithöhle heimischer fühlen, wenn sie besser für sich sorgen und wenigstens einen über den anderen Tag etwas Ordentliches zu essen kochen würde, anstatt sich von belegten Broten, Fast Food und Instant-Suppen zu ernähren.

Obwohl Julia ihren Wagen wieder einmal fast in der Mitte geparkt hatte, kam Manne mit ihrem Moped mühelos zwischen den beiden Autos durch.

Es wird wieder, sprach sie sich in Gedanken Mut zu. *Jedenfalls gehörst du noch nicht zum alten Eisen. Und wenn dir Schneewittchens Zwerge noch lange auf den Keks gehen, setzt du dich eben auf dein Moped und fährst aufs Geratewohl los.* Fürs Erste freute sie sich auf ihren Ausflug nach Krähenstein und war gespannt, wie sie mit der kurvenreichen Strecke zurechtkam, wenn sie wieder mehr Übung hatte.

Gut gelaunt fuhr sie auf der leeren Straße Schlangenlinien, doch plötzlich stutzte sie. Es gab ein Moment der Trägheit in der Reaktion ihrer BMW, das nichts mit ihrer mangelnden Übung zu tun hatte. Sie setzte den Blinker, um in die Hauptstraße einzubiegen, aber auch bei diesem Manöver hatte sie das Gefühl, dass sich ihr Moped hinter der Kurve nicht so leicht wieder aufrichten ließ wie gewöhnlich. Sie bog in den nächsten freien Parkplatz am Straßenrand ein und schaltete in den Leerlauf. Neben dem Tuckern des Motors hörte sie ein leises Zischen.

"Verdammt!" Ihr Vorderreifen verlor Luft. In der Lauffläche des Reifens steckte ein Nagel mit einem außergewöhnlich großen Kopf.

Manne spielte mit dem Gedanken, ihren Schwiegersohn anzurufen, um sich abholen zu lassen, aber dann erinnerte sie sich an eine Motorradwerkstatt, an der sie schon öfter vorbeigefahren war, und schob die BMW zurück auf die Straße. Eine echte Mopedfahrerin ließ sich nicht abschleppen, solange eine Werkstatt in Reichweite war. Grimmig entschlossen machte sie sich auf den Weg. Glücklicherweise verlor der Reifen nicht allzu schnell Luft und die Straße führte leicht bergab. Trotzdem erreichte sie die Werkstatt erst kurz vor zwölf.

Hier duftete es nicht nach frisch gebrühtem Kaffee, es lagen weder ölige Lappen noch Werkzeuge herum. Alle Arbeitsgeräte lagen oder hingen an markierten Plätzen und die ölverschmierten Lappen wanderten nach Gebrauch in eine Abfalltonne.

Manne bestaunte das uhrwerkartige Ineinandergreifen der Menschen und Arbeitsabläufe. Es dauerte ein paar Minuten, bis sich ein älterer Mann in einem makellos sauberen Overall aus dem Uhrwerk löste, und ihr ein paar Schritte entgegen kam.

"Waren Sie schon bei der Anmeldung?", fragte er anstelle einer Begrüßung.

Sie schüttelte den Kopf. "Ich bin direkt hierhergekommen."

"Sie müssen zuerst zur Anmeldung. Wenn Sie sich beeilen, schaffen Sie es noch vor der Mittagspause. Ihr Motorrad können Sie da vorne abstellen." Er deutete auf einen schmalen asphaltierten Streifen zwischen der Werkstatt und dem Gehsteig.

"Es ist keine große Sache." Manne versuchte es mit einem Lächeln. "Ich bin nur in einen Nagel gefahren. Kann das nicht vielleicht einer Ihrer Männer noch schnell reparieren?"

"Wir flicken keine Reifen", entgegnete der Mann ungerührt. "Gehen Sie bitte zur Anmeldung. Dort hilft man Ihnen, den Wartungs- und Reparaturauftrag auszufüllen." Ohne ihre Antwort abzuwarten, kehrte er zurück zu seinem Platz im Präzisionsuhrwerk dieser Werkstatt.

"Keine Chance." Manne seufzte und schickte sich an, ihren fahrbaren Untersatz zu dem angewiesenen Platz zu schieben. Der Reifen war inzwischen so platt, dass sich die BMW nur noch schwer bewegen ließ. Bestimmt war es ein gutes Zeichen, dass die Anmeldung noch offen war, als sie es endlich geschafft hatte, das widerspenstige Moped aufzubocken. Sie schilderte der jungen Frau hinter einem Tresen, der eher an einen Bankschalter als an eine

Motorradwerkstatt erinnerte, ihr Problem. Die Frau nickte, ließ sich die Fahrzeugpapiere geben, ging an einen der Schreibtische im hinteren Teil des Raums und kam wenig später mit einem Auftragsbogen zurück, den Manne unterschreiben sollte.
"Wann kann ich mein Moped wieder abholen?"
"Morgen im Verlauf des Vormittags wird Sie jemand aus der Werkstatt anrufen."
"Sie wird morgen schon fertig?" Dass es so schnell gehen würde, hatte Manne nicht erwartet.
Lachend schüttelte die Frau hinter dem Tresen den Kopf. "Heute Nachmittag wird sich einer der Mechaniker den Schaden ansehen und notieren, was alles gemacht werden muss. Morgen früh hat unser Service-Mitarbeiter den Bericht auf dem Tisch und ruft Sie an, um den Auftrag mit Ihnen zu besprechen. Danach können wir Ihnen einen verbindlichen Kostenvoranschlag erstellen und eine voraussichtliche Terminzusage machen."
"Sagen Sie ..." Manne zwang sich zu einem gewinnenden Lächeln. "Könnte man das Loch nicht ausnahmsweise doch einmal flicken? Ein Kumpel von mir hat sich in Irland eine Schraube in den Reifen gefahren, und in der Werkstatt ..."
"Morgen Vormittag wird Sie jemand anrufen." Das Lächeln der Frau wurde allmählich säuerlich. "Und jetzt entschuldigen Sie mich bitte. Wir haben bereits Mittagspause."

Ihren schmerzenden Füßen zum Trotz ging Manne noch zum Supermarkt. Sie wollte nicht mit leeren Taschen in ihre Hobbithöhle zurückkehren.
Anstelle eines Wagens nahm sie einen der Körbe, die neben dem Eingang standen. Was sie darin durch den Supermarkt tragen konnte, konnte sie auch nach Hause tragen. An der Gemüsetheke packte sie für verschiedene Salate drei Möhren, eine Gurke, eine Paprika, drei Zwiebeln und fünf Tomaten in den Korb. Was sie in den nächsten Tagen nicht aufessen würde, wäre immer noch für einen Gemüseeintopf gut. Als sie eine Flasche Essig, eine Flasche Öl und Gewürze dazu gepackt hatte, hing der Korb schwer an ihrem Arm.

Trotzdem nahm sie noch Nudeln, Reis, etwas Wurst und Käse, eine Tüte Milch und einen Becher Joghurt mit.

Der Rückweg führte bergauf, und die Einkäufe schienen mit jeden Schritt schwerer zu werden. Manne setzte, ihren Blick auf den Boden gerichtet, tapfer einen Fuß vor den anderen. Erst als auf der gegenüberliegenden Straßenseite ein silberner Wagen anhielt, blickte sie hoch.

"Huhu!" Julia winkte ihr zu "Was machst du denn hier, Mama? Und warum bist du zu Fuß unterwegs. Ich hab dich doch vorhin mit deinem Motorrad wegfahren hören."

"Das habe ich in die Werkstatt gebracht."

"Soll ich dich mitnehmen? Deine Taschen sehen schwer aus."

Die Taschen waren schwer genug, um Manne dazu zu bewegen, die Straße zu überqueren, so schnell ihre Füße sie tragen konnten.

"Setzt dich doch bitte nach hinten", bat Julia, als sie die Beifahrertür öffnete. "Ich will Gwen von der Schule abholen, und sie sitzt so gern vorne. Wenn ich mit beiden Mädchen unterwegs bin, pocht Meggie auf ihre älteren Rechte, und Doktor Brandauer sagt ..."

Hastig schloss Manne die Beifahrertür, bevor Julia ihr die Ansichten des Herrn Doktor über ihre hochsensible Tochter erläutern konnte.

"Kein Problem." Das war zwar glatt gelogen, aber ihre Füße taten weh, ihr Beine waren bleischwer, und bis zu ihrer Hobbithöhle war es noch weit genug, um diese Kröte zu schlucken.

"Was ist denn mit dem Motorrad?", erkundigte sich Julia mitfühlend.

"Und warum hast du nichts gesagt? Ich hätte doch mitfahren und dich direkt wieder mit nach Hause nehmen können."

"Ach ..." Manne winkte ab. "Es ist keine große Sache. Ich habe mir einen Nagel in den Reifen gefahren, und ein bisschen Bewegung hat noch keinem geschadet."

Sie erreichten die Grundschule, als das Klingelzeichen zum Schulende ertönte. Kaum, dass das Schnarren verklungen war, wurde die altehrwürdige Holztür aufgestoßen, und eine wilde Horde quoll aus dem Gebäude. Ein roter Lockenkopf leuchtete aus der Menge hervor. Als Gwen das Auto ihrer Mutter entdeckte, stürmte sie los, als gälte es, ein Rennen zu gewinnen.

"Super, dass du es geschafft hast. Darf ich dir jetzt beim Kochen helfen?" Als sie ihren Ranzen auf den Rücksitz werfen wollte und Manne dort sitzen sah, verdüsterte sich ihre Miene zusehends.

"Was macht DIE denn da?"

"Gwen, sprich bitte anständig über meine Mutter."

Und am besten sprichst du anständig MIT deiner Großmutter, fügte Manne in Gedanken hinzu.

Gwen kletterte auf den Beifahrersitz und vermied es dabei, nach hinten zu schauen. "Was macht denn die Oma bei dir im Auto?"

"Deine Oma hatte eine Reifenpanne, und sie mag genauso wenig nach Hause laufen wie du."

"Eine Reifenpanne?", wiederholte Gwen. "Ist der Reifen geplatzt, als sie auf den Nagel gefahren ist?"

Im Rückspiegel konnte Manne ihr schadenfrohes Grinsen erkennen.

"Es muss doch jedem klar sein, der nicht blind und taub ist, dass Gwen für diesen verdammten Nagel verantwortlich ist", wetterte Manne wenig später am Telefon. "Woher hätte sie sonst wissen sollen, dass ich in einen Nagel, nicht in eine Schraube und nicht in eine Glasscherbe gefahren bin?"

"Hm", entgegnete Anja, als wollte sie Manne auffordern, weiterzureden. Aber die wollte nicht mehr reden, sondern hören, dass sie mit ihrem Verdacht gar nicht falsch liegen konnte, und dass ihr im Haus ihrer Tochter Unfassbares zugemutet wurde.

"Hm", wiederholte Anja. "Hast du mit Julia darüber geredet?"

"Nein. Ich wollte zuerst dich fragen, was du dazu meinst."

"Ich meine, dass es klug wäre, das Thema ruhen zu lassen, bis du wieder einen klaren Kopf hast. Und wie bist du inzwischen mit Opa Gerhards Hobbithöhle vorangekommen?"

Manne zog die Schultern hoch. "Am Freitag will Julia mit mir eine neue Küche aussuchen gehen. Aber ..."

"Super", jubelte Anja. Offenbar wollte sie Mannes Bedenken nicht hören. "Das ist ein dicker Punkt für dich. Ich denke, ihr zwei braucht einfach nur noch ein bisschen Geduld und eine Menge Mädelszeit. Ein Bummel durch ein Möbelhaus ist Mädelszeit vom Feinsten."

"Ach herrje!" Manne schnaubte unwillig. "Du glaubst doch nicht wirklich ..."

"Doch ich glaube daran." Anja ließ sie nicht ausreden. "Ich glaube an dich und an euch. Darf ich dir noch ein paar Tipps mitgeben?"

"Meinetwegen. Seit wann fragst du überhaupt, ob du das darfst?"

"Das letzte Wochenende stand unter dem Motto *Ratschläge sind auch Schläge.* Am Ende haben wir uns vorgenommen, keine unerwünschten Ratschläge mehr zu geben."

"Also gut." Manne seufzte ergeben. "Dann versichere ich dir hiermit, dass deine Ratschläge erwünscht sind." Sie drehte den Durchschlag des Reparaturauftrags um und malte das Firmenlogo der Motorradwerkstatt nach, das auch auf der Rückseite des Bogens gut zu sehen war.

"Wenn du das Vertrauen deiner Tochter gewinnen willst, musst du ihr zuhören. Je mehr sie von ihren Themen erzählen darf und je weniger sie sich um deine kümmern muss, desto wohler fühlt sie sich in deiner Gegenwart. Reden ist ein guter Anfang, aber zuhören ist die Königsdisziplin."

"Hm ..." Manne nickte. Es erforderte ihre ganze Aufmerksamkeit, das winzige Motorrad über den spiegelverkehrten Buchstaben ganz genau zu umfahren.

"Wenn ihr über diese Küche unterschiedlicher Meinung seid, hat sie Recht. Ich meine damit nicht, dass du dir eine schwarze Küche aufschwatzen lassen sollst, wenn du eine weiße willst, aber solange es um Kleinigkeiten geht, findest du ihre Ideen immer gut."

"Kein Problem."

"Mein letzter und wichtigster Tipp: Du erwähnst diesen Nagel mit keiner Silbe."

"Aber ..." Dort, wo das Schutzblech des Firmenlogo-Fahrers endete und der Vorderreifen begann, rutschte ihr der Kugelschreiber ab. Jetzt sah es so aus, als hätte er auch eine Reifenpanne.

"Nein! Zum einen ist die Beweislage mehr als dürftig, zum Zweiten wird Julia sowieso nicht glauben, dass ihre Tochter so etwas getan haben soll, und zum dritten halte ich es auch für ziemlich unwahrscheinlich, dass ein achtjähriges Kind genug kriminelle Energie entwickelt, um deinen Reifen platt zu stechen."

"Gwen ist fast neun."

"Du weißt, was ich meine."

Manne nickte tapfer. "Ich werde versuchen, mich daran zu halten."

Sie beendete das Telefonat schneller als gewöhnlich, doch als sie das Handy weglegen wollte, klingelte es erneut.

Diesmal war es der Anruf von der Motorradwerkstatt.

"Ich habe den Werkstatt-Bericht hereinbekommen", sagte die junge Frau von heute morgen. "Beide Reifen müssen ausgetauscht werden, weil es Ihr Reifenprofil nicht mehr gibt. Offenbar ist es schon ziemlich alt."

"Wenn der Hinterreifen noch in Ordnung ist, muss ich ihn doch nicht austauschen lassen", maulte Manne. "Ich meine ..." Zögerlich umkreiste ihr Kugelschreiber das Feld mit der Steuernummer und den Bankverbindungen.

Sie hörte ihre Gesprächspartnerin seufzen. "Ich habe Ihnen nur mitgeteilt, was die Werkstatt notiert hat. Wenn Sie dazu weitere Fragen haben, müssen Sie das mit Herrn Klein besprechen."

"Dann geben Sie mir bitte Herrn Klein." Der Mann mit dem blitzsauberen Overall hatte ein Schild mit diesem Namen getragen.

"Ich kann ihn in der Werkstatt telefonisch leider nicht erreichen. Wenn Sie wollen, notiere ich Ihre Bitte um Rückruf, dann meldet er sich morgen früh oder spätestens morgen Nachmittag bei Ihnen."

"Und wie lange dauert es dann, bis ich mein Moped wieder abholen kann?"

"Das kann ich Ihnen auch nicht sagen. Aber Herr Klein ..."

"Lassen Sie's gut sein." Mit einem Seufzen der Resignation schüttelte Manne den Kopf. "Können Sie mir wenigstens sagen, wie teuer die Reifen sind?"

"Die Reifen kosten hundertsechsundfünfzig Euro achtzig. Mit den Kleinteilen, Montage und Mehrwertsteuer werden es ungefähr dreihundertzwanzig Euro. Falls noch etwas Größeres dazu kommt, melden wir uns bei Ihnen." Jetzt war die Frau offenbar wieder in ihrem Element. "Wenn Sie uns den Auftrag telefonisch erteilen, sollte Ihr Motorrad am Montagnachmittag fertig sein."

"Gut, dann machen wir es so." Manne starrte auf die Zahlen, die sie in den Steuernummerkreis geschrieben hatte. Natürlich war das nicht gut. Bedauerlicherweise gab es in einer Werkstatt, in der die Mechaniker in sauberen Overalls herumliefen, aber nicht wussten, dass man einen Reifen flicken konnte, vermutlich keine Alternative.

"So, und jetzt brauche ich zur Abwechslung etwas Nettes", stellte sie fest, als sie ihr Handy in die Ladestation gestöpselt und Wasser für einen Kaffee aufgesetzt hatte. Manne stellte ihren Becher auf die Fensterbank und ließ sich mit einem wohligen Ächzen in das Sofa sinken. Als sie noch darüber nachdachte, ob sie eine CD auflegen oder eins der ungelesenen Bücher anfangen sollte, die sie aus Köln mitgebracht hatte, klingelte ihr Telefon schon wieder.

"Steiner am Apparat", meldete sich eine Männerstimme, die sie nicht gleich einordnen konnte.

"Steiner?" Doch dann fiel es ihr wieder ein. "Jakob! Wie schön, dass du anrufst." Energisch schob sie den Reparaturauftrag bei Seite und legte den Kugelschreiber darauf. Plötzlich kam es ihr unhöflich vor, beim Telefonieren irgendwelche Kreise oder Muster zu zeichnen.

"Es tut mir leid, dass ich mich nicht schon früher gemeldet habe. Ich habe erst heute Morgen gesehen, dass jemand auf meinen Anrufbeantworter gesprochen hat."

"Kein Problem. Dein Anruf kommt genau zur richtigen Zeit."

"Ich hoffe, es ist noch nicht zu spät, um dir zu sagen, wie sehr ich mich auf deinen Besuch freue."

"Ähm ..." Manne musste plötzlich ihre Kehle frei räuspern. "Es tut mir echt leid, aber mein Moped steht in der Werkstatt."

"Und wenn ich zu dir komme? Also nur, wenn es dir keine Umstände macht."

"Bei mir sieht es aus wie bei Hempels unterm Sofa."

"Ich könnte dich zu einem Spaziergang im Stadtwald abholen", schlug er vor.

"Da war ich noch nicht, aber ich habe gehört, dass es da ein Restaurant mit einem fantastischen Kuchenbuffet geben soll. Was hältst du davon, wenn ich dich dahin einlade?"

"Du meinst das Schlösschen?" Er brummte abfällig. "Da kostet eine Tasse Kaffee über drei Euro, und der Kuchen ist unbezahlbar. Wenn du magst, backe ich selbst einen Kuchen und bringe ihn mit. Die Back-Zwetschgen werden allmählich reif."

"Mensch Jakob, mach dir doch nicht immer so viel Arbeit. Ich weiß ja, dass du das alles gern machst, aber bei mir gibt es nicht einmal einen Tisch, an dem wir Kaffee trinken und ein Stück Kuchen essen könnten."

"Du hast keinen Tisch?" Jakobs Stimme klang entsetzt. "Soll ich ..."

"Nein, nein", wehrte Manne das Angebot ab, bevor er es überhaupt aussprechen konnte. "Ich habe einen Tisch, aber der ist so hässlich wie die Nacht und die Stühle sind zu niedrig."

"Wo ist denn das Problem mit dem Tisch?", erkundigte er sich mitfühlend. "Zu groß, zu schwer, zu dunkel?"

"Zu Pink. Früher war es mal Eiche rustikal von Opa Gerhard. Dann hat Meggie ihn rosa angemalt. Schrecklich!"

"Die Farbe kann man abschleifen und alles nochmal neu lackieren. Bei den Damen aus der Schule ist das zur Zeit der letzte Schrei. Sie durchforsten die Flohmärkte nach heruntergekommenen Möbeln, die sie erst einmal weiß anmalen, bevor sie den größten Teil der Farbe wieder herunterkratzen. Das nennen sie Schäbi-Schick."

"Shabby Chic", verbesserte Manne ihn mit einem Blick auf den verkleckerten Tisch. In dem edlen Uraltlook würde er vermutlich gar nicht übel aussehen.

"Meinetwegen auch das", fuhr Jakob hörbar gut gelaunt fort. "Am Montagmorgen zeigen sie sich jedenfalls Fotos von ihren neuesten Errungenschaften und quietschen dabei vor Begeisterung. Tische, Stühle, Schränkchen und richtig große Schränke. Ich frage mich, wo sie das ganze Zeug hinschaffen."

"Kannst du deine Damen mal fragen, wie man einen schäbigen alten Tisch in einen schäbig-schicken Tisch verwandelt?", wollte Manne wissen.

"Aber sicher doch. Ich frage am besten Frau Rubens, die Handarbeitslehrerin. Die hat damit angefangen. Vielleicht weiß ich am Samstag schon mehr."

"Dann können wir meinetwegen doch bei mir Kaffee trinken, und du erzählst mir dabei, was ich tun muss, um aus einem rosa verkleckerten Tisch ein top aktuelles Möbelstück zu machen."

"Ja, und ich bringe einen Zwetschgenkuchen mit."

"Nein! Du bist bei mir zu Besuch. Ich bin für den Kuchen zuständig."

"Aber du hast doch gesagt, dass du keinen Backofen hast."

"Stimmt, aber ich weiß, wo Leute wohnen, die man dafür bezahlt, dass sie einen ganz großen Backofen haben."

"Meinst du nicht ..."

"Nein!" Obwohl er es nicht sehen konnte, setzte sie ihre strengste Oberlehrermiene auf. "Du kommst zu mir zu Besuch, also sorge ich dafür, dass wir etwas zu essen haben."

"Also gut." Sie hörte das Schmunzeln in seiner Stimme. "Ich beuge mich der Gewalt. Weißt du was?"

"Was denn?"

"Es macht Spaß, mit dir zu streiten. Ich freue mich schon auf den Samstag."

"Das war alles nur Spaß?" Manne tat entrüstet. "Man darf doch eine alte Frau nicht auf die Schippe nehmen."

"Wenn man ein alter Mann ist, darf man das", entgegnete er schlagfertig. Diesmal lachten sie gemeinsam über seinen Scherz.

Als Manne ihr Handy in die Ladestation zurückbrachte, war ihre Laune wieder im grünen Bereich. Sie ertappte sich sogar dabei, dass sie eine alberne Schlagermelodie vor sich hin summte, nach dem passenden Text durchforstete sie ihre Erinnerung jedoch vergeblich.

Siebzehn

"Die haben superleckeren Kuchen." Julia manövrierte den Einkaufswagen mit neuen Vorhängen und einem passenden Bettvorleger für Meggies Zimmer, einem Hängesessel für Gwen, diversen Topfpflanzen, einem Schüsselset, Servietten, Kerzen und einem Stapel bunter Prospekte zu einem leeren Tisch in der Nähe der Fensterreihe. "Am besten sind die Dampfnudeln. Soll ich dir eine Portion mitbringen? Du kannst hierbleiben und unseren Wagen hüten."
"Eine Tasse Milchkaffee reicht mir." Manne setzte sich auf den Stuhl, der mit dem Rücken zum Fenster stand, um zu demonstrieren, dass sich niemand unbemerkt dem Wagen nähern konnte.
"Da gibt es nur normalen Kaffee." Julia deutete auf die Essensausgabe. "Wenn du Milchkaffee willst, musst du zur Servicestation da drüben gehen. Aber ich bring dir gern den passenden Kaffeebecher mit."
"Oh ja, bitte."
Bevor sie ging, fischte Julia die Prospekte aus dem Einkaufswagen. "Du kannst ja inzwischen noch einen Blick hineinwerfen."
Anstatt die Prospekte zu studieren, starrte Manne in das Gewusel am Eingang zu der Cafeteria und auf der Rolltreppe dahinter, ohne etwas zu sehen. Die zwei Stunden, in denen Julia mit ihr von einer Küchenkoje in die nächste gehastet und einem bemühten, aber völlig ahnungslosen jungen Verkäufer Löcher in den Bauch gefragt hatte, waren anstrengend gewesen. Wenn das Mädelszeit sein sollte, würde sie in Zukunft darauf verzichten. Die Plauderei mit Jakob über die Verwandlung eines hässlichen alten Tischs in ein Shabby-Chic-Möbel hatte ihr mehr Spaß gemacht als Julias Fachsimpelei über Ecklösungen, Sondergrößen und den Einbau der passenden Wandanschlussleisten.
Ach Jakob ...! Manne wunderte sich über den sehnsüchtigen Seufzer, der die Erinnerung an das Telefonat begleitete.

"Vorsicht, heiß und fettig", hörte sie Julia sagen, während sich ein Tablett mit zwei Tassen Kaffee und zwei Tellern in ihr Blickfeld schob. "Heute gab es Dampfnudeln mit Vanillesoße und eine Tasse Kaffee im Angebot. Ich dachte mir, dass du sie vielleicht doch mal probieren willst." Sie schob einen der beiden Teller zu Manne hinüber. "Und? Was meinst du?"

"Ich hätte wirklich nichts essen müssen, aber wenn du sagst, dass ich sie probieren soll ..."

Lachend schüttelte Julia den Kopf. "Das meine ich doch nicht. Ich wollte wissen, ob du dich schon für eine Küche entschieden hast." Bevor sie die Frage beantworten konnte, redete ihre Tochter weiter. "Mir gefällt die weiße Landhausküche am besten, die hat so etwas Mediterranes. Dazu passen auch die braunen Fliesen."

Bei der mediterranen Landhausküche musste Manne an das Häuschen denken, in dem der Mann mit der Gnomen wohnte.

"Wenn wir den schmaleren Vorratsschrank nehmen und den Besenschrank weglassen, haben wir noch Platz für eine Spülmaschine. Also ich fände eine Spülmaschine praktischer. Das Putzzeug kannst du im kleinen Bad aufbewahren." Julias Wangen glühten vor Begeisterung.

Manne zupfte lustlos an ihrer Dampfnudel herum. Der Teig war zäh wie durchweichte Pappe und die Vanillesoße süß und klebrig. Julia verputzte ihre Portion mit sichtlichem Genuss und redete dabei ununterbrochen.

"Die Holzküche mit den Butzenscheiben fand ich ganz niedlich, und sie passt genauso gut zu den Fliesen. Ich könnte mir allerdings vorstellen, dass man sich in ein paar Jahren daran sattgesehen hat."

Manne dachte an Jakobs ehemalige Nachbarin, die nach zwanzig Jahren noch voller Stolz von ihrer neuen Küche gesprochen hatte.

"Weißt du schon, ob du Opa Gerhards Geschirr übernehmen willst? Dann brauchen wir nämlich doch den größeren Schrank. Mama?"

Erst jetzt realisierte Manne, dass Julia sie durchdringend anstarrte.

"Bist du schon dabei, deine neue Küche einzurichten? Kannst du mir verraten, welche es ist?"

"Keine Ahnung." Manne trank einen Schluck Kaffee. Er war lauwarm, dünn und bitter. Der Milchkaffee aus der Servicestation wäre vielleicht besser gewesen. "Muss ich mich heute entscheiden?"

"Heute nicht." Julia zog die Nase kraus. "Aber du hast ja gehört, was der Verkäufer gesagt hat: Die Landhausküche hat acht Wochen Lieferzeit, die Holzküche sogar zehn."

"Weißt du," setzte Manne an, doch dann schüttelte sie noch einmal den Kopf und stocherte wieder in ihrem Teller herum.

"Was ist los?" Julia musterte sie skeptisch. "Wir sind doch wegen dir hierhergekommen, und jetzt ziehst du ein Gesicht wie sieben Tage Regenwetter."

"Es ist nur ..." Sie wünschte sich, sie hätte Anjas Fähigkeit, schönzureden, was keiner gerne hören wollte. "Ich habe ein schlechtes Gewissen, wenn du extra für mich eine neue Küche einbauen lässt. Ich fühle mich in dieser Wohnung nicht wohl, und ich weiß nicht, ob ich bleiben will."

"Ach Mama", entgegnete Julia mit einer wegwerfenden Handbewegung. "Du bist das Leben in einer Familie einfach nicht gewohnt, und die Mädchen waren wirklich nicht besonders nett zu dir. Aber ich habe auch nie behauptet, dass sie es dir leicht machen würden. Gwen hat ihren Opa Gerhard abgöttisch geliebt, Du darfst nicht erwarten, dass du einfach seinen Platz einnehmen kannst. Meggie ist mit ihrer Hochsensibilität auch nicht einfacher. Du kannst ihr nichts vormachen. Sie weiß immer genau, wer es wirklich gut mit ihr meint und wer nur so tut, als ob. Vielleicht hast du ihr gegenüber Vorbehalte, die dir selbst nicht bewusst sind, und die sie dir spiegelt. Du musst den beiden Zeit lassen, und du musst dich ein bisschen mehr an unserem Familienleben beteiligen. Die beiden müssen doch auch mal was Schönes mit dir erleben."

"Und an was hast du da gedacht."

"Ich weiß es noch nicht." Julia zog die Schultern hoch. "Ich werde mir etwas einfallen lassen. Morgen fahren wir drei zusammen in den neuen Aqua-Club. Meggie hat Mädelszeit beantragt. Da werde ich die beiden ein bisschen aushorchen. Morgen Abend weiß ich bestimmt schon mehr."

"Gut." Manne schob den Teller mit den zerpflückten Dampfnudeln zur Seite. "Dann lass uns die Küchenentscheidung vertagen, bis du mehr weißt."

Als sie Julia half, den Einkaufswagen zum Auto zu schieben, wunderte sie sich darüber, wie erleichtert sie über die Aussicht war, dass ihre Tochter und ihre Enkelinnen nicht da sein würden, wenn Jakob morgen zu Besuch kam.

Als sie von der Autobahn fuhren, fiel Julia ein, dass sie Gwen von der Schule abholen konnte.
"Kannst du mich dann bitte am Supermarkt rauslassen?", bat Manne.
Ihre Tochter runzelte die Stirn, als gäbe es ein schwieriges Problem zu lösen. "Was brauchst du denn so dringend?"
"Nichts, ich will einfach nur ein bisschen einkaufen."
"Ich muss heute Nachmittag sowieso noch mal los. Soll ich dich mitnehmen? Du kannst mir auch einen Zettel schreiben, dann bringe ich dir alles mit. Jetzt würde ich lieber durchfahren. In fünf Minuten ist die Schule aus, und Gwen weiß nicht, dass ich sie abhole. Es wäre schade, wenn wir uns verpassen."
Manne schüttelte den Kopf. Es war unverständlich, dass ein Umweg von höchstens fünfhundert Metern einer generalstabsmäßigen Planung bedurfte.
"Du kannst mich an der Bushaltestelle absetzen. Die paar Meter schaffe ich zu Fuß."
"Und wie kommst du mit deinen Einkäufen nach Hause?"
"Ich laufe", entgegnete Manne achselzuckend. "Das sind keine zwei Kilometer."
"Wenn du meinst, dass ich dir die Sachen nicht genauso gut heute Nachmittag besorgen kann ..."
Dazu sagte Manne nichts. Es war auch nicht nötig, weil Julia bereits auf dem Weg zum Supermarkt war.
"Soll ich nicht doch auf dich warten?", erkundigte sie sich, als sie in den Parkplatz einbog. "Oder könnte ich auch gleich einkaufen und uns zum Mittagessen etwas aus der Metzgertheke holen. Gwen rechnet ja nicht mit mir, und bis sie zuhause ist ..."
"Nein, nein, fahr ruhig. Du machst deiner Tochter bestimmt eine Riesenfreude, wenn du sie abholst."
Manne brauchte nach der vielen Mädelszeit unbedingt eine Pause.

Unschlüssig spazierte sie zwischen den Regalen auf und ab. Für den Fall, dass Jakob mit in ihre Hobbithöhle kommen wollte, sollte sie etwas zu essen dahaben. Salzstangen und Käsewürfel? Dazu eine Flasche Wein und ein paar Trauben? Oder etwas Süßes? Vor ihrer Nase stand eine altmodische Blechdose mit englischem Teegebäck, die stilvoll genug aussah, um sie auf den Tisch zu stellen. Zu Teegebäck musste sie auch Tee anbieten. Earl Grey oder lieber English Breakfast? Teebeutel oder losen Tee? In Opa Gerhards Vorräten hatte Manne mindestens eine Teekanne gesehen, aber gab es auch ein Tee-Ei? Sicherheitshalber packte sie noch ein Päckchen Tee-Filter in ihren Einkaufskorb. Obwohl er schon schwer an ihrem Arm hing, kaufte sie noch Universalreiniger und zwei Rollen Küchenpapier. Erst auf dem Weg zur Kasse fiel ihr ein, dass sie auch noch eine Tischdecke brauchte, um die verschmierte Tischplatte zu verdecken. Sie fragte eine Frau, die Dosen mit Mais, Kichererbsen und roten Bohnen in ein Regal räumte, danach.
"Wir haben da vorne Servietten und Papier-Tischdecken. Wenn Sie was anderes wollen, probier'n sie's doch mal beim Kleider- und Wäschemarkt zwei Straßen weiter."
Manne fand zwar den Markt, aber dort gab es nichts, was das rosarote Elend einigermaßen zuverlässig verdecken, zu Opa Gerhards Teegeschirr und zu Mannes Vorstellung von einer angemessen schäbig-schicken Tischdecke passen würde. Sie entschied sich schließlich für ein weißes Bettlaken, unter dem auch die Tischbeine verschwinden würden und eine Mitteldecke mit einem floralen Muster in zarten Grün- und Violetttönen.
Voller Stolz schleppte sie ihre Beute nach Hause, dabei fiel ihr auf, dass ihr der Weg heute schon nicht mehr so beschwerlich vorkam. Vielleicht hatte der Trainingseffekt bereits eingesetzt, oder es lag daran, dass Kekse, Tee und eine Tischdecke längst nicht so schwer wogen wie Gemüse, Essig, Öl und eine Tüte Reis.

Als sie vor ihrer Wohnungstür stand, hört Manne drinnen ihr Handy klingeln, aber bis sie das Schloss aufgesperrt und ihre Tasche beiseite gestellt hatte, war es verstummt. Das Display zeigte eine fremde Nummer, von der aus in den letzten eineinhalb Stunden schon fünfmal angerufen worden war. Jakob ...? Sie trank schnell noch einen Schluck Wasser, bevor sie es sich in ihrem Lieblingssessel bequem machte und zurückrief.

"Hallo Manne", schmetterte ihr die Gute-Laune-Stimme von Anja entgegen.

"Anja?" Verdutzt schüttelte Manne den Kopf. "Ich dachte, du hast mein Handy so programmiert, dass es immer deine Melodie spielt, wenn du anrufst."

"Es spielt meine Melodie, wenn ich dich von meinem Handy anrufe. Aber wir sind übers Wochenende bei meinen Schwiegereltern, und Helges Mama war so lieb, mir ihr Handy zu leihen, weil ich meins zu Hause vergessen habe. Wie war denn eure Mädelszeit?"

"Anstrengend." Manne seufzte. Selbst ihre Hände waren zu müde, um sich einen Kugelschreiber und ein Stück Papier zu suchen. "Zuerst musste ich mir in diesem Möbelhaus die Füße platt laufen und dann musste ich so tun, als würde ich einen ungenießbaren Teigbollen mit Zuckersoße lecker finden. Aber ich habe aufmerksam zugehört, wenn sie mir ihre tausend Einrichtungs- oder Dekoideen erläutert hat. Ich habe nicht über meine Hobbithöhle gejammert und den Nagel in meinem Mopedreifen hatte ich selbst vergessen."

"Supermanne", lobte Anja sie. "Mädelszeit ist halt nichts für Weicheier. Und auf welche Küche habt ihr euch geeinigt?"

"Julia hat zwei in die engere Wahl gezogen, mir ist es eigentlich egal. Aber sie sagt, dass ich entscheiden soll."

"Prima." Anja schien mit dem Ergebnis zufrieden zu sein. "Habt ihr schon was ausgemacht?"

"Wegen der Küche?"

"Nein! Wegen eurer Mädelszeit. Ihr müsst euch Zeit füreinander nehmen. Nicht einmal, sondern immer wieder. Wie wäre es, wenn du sie am Samstag zum Essen einlädst? Du machst dir mit Schneewittchen einen netten Abend und Eberhard passt derweil auf die Zwerge auf."

"Diesen Samstag geht gar nichts. Julia fährt mit ihren Mädchen in ein neues Freizeitbad, und ich ..."

"Und du bist nicht dabei?", platzte Anja dazwischen. "Das ist deine Chance bei allen Damen des Hauses gleichzeitig gutes Wetter zu machen. Die Mädels wollen statt der gesunden Sandwiches ihrer Mutter lieber Pommes rotweiß? Oma ist da, um die Mutter davon zu überzeugen, dass eine einzige Ausnahme nicht der erste Schritt auf dem Weg zum Junkfood-Junkie ist, und die Pommes zu bezahlen. Die Mädels wollen lieber zu den Rutschen als ins Solebecken? Oma schickt die Mutter zur Entspannung ins Solebecken und begleitet den Nachwuchs geduldig von einer Warteschlange zur nächsten."
"Schon verstanden", platzte Manne dazwischen, bevor Anja noch mehr Horror-Szenarios vor ihr ausbreiten konnte. "Ich merk mir das für später, aber diesen Samstag bekomme ich Besuch."
"Wer kommt denn?", wollte Anja wissen. "Kenne ich sie oder ihn?"
"Ihn, aber du kennst ihn nicht. Es ist der nette Nachbar vom Gäste-zimmer in Krähenstein."
"Uih ..." Anerkennend pfiff Anja durch die Zähne. "Die unnahbare Manne bekommt Männerbesuch. Und dann auch noch ein netter Nachbar ..." Sie kicherte, wie ein Teenager.
"Es ist nicht so, wie du meinst", widersprach Manne hastig. "Es ist nur ein Nachbar und ... - Mensch Anja, hör sofort auf, zu lachen!"
Doch Anja dachte gar nicht daran. "Ich lach dich nicht aus", japste sie. "Es ist nur ... - Manne und Männerbesuch! Ich hätte nicht im Traum daran gedacht, dass ich das noch mal erlebe. Schade, dass wir in einer halben Stunde mit Helges Schwester verabredet sind und der Rest der Familie schon in den Startlöchern steht. Dieses Thema würde ich zu gerne noch ein bisschen vertiefen."

Den Rest des Nachmittags putzte Manne die Küche, die sie bisher kaum benutzt hatte. Sie räumte alle Schränke aus, wischte nicht vorhandenen Staub von den Regalbrettern und spülte blitzsauberes Geschirr, bevor sie es wieder einräumte.
Als sie mit den Ergebnissen ihrer Mühe fürs Erste zufrieden war, war sie so müde, dass sie am liebsten schon um acht ins Bett ge-gangen wäre. Stattdessen angelte sie eins der ungelesenen Bücher vom Stapel, nahm es mit in ihr Schlafzimmer und machte es sich in

ihrem Sessel bequem. Gerade als sie sich zurechtgekuschelt und die richtige Sitzposition gefunden hatte, klingelte das Telefon.

"Hallo, Manne", hörte sie Anja sagen. "Wir sind gerade erst zurückgekommen, sonst hätte ich dich früher angerufen. Ich hoffe, ich störe dich nicht."

"Nein, nein. Alles okay. Was kann ich denn für dich tun?"

"Du kannst nichts für mich tun, aber ich kann etwas für dich tun." Anja lachte. "Was hältst du von einem Männer-Coaching?"

"Von was ...?" Manne war beinahe sicher, dass sie ihre Freundin falsch verstanden hatte.

"Von einem Männer-Coaching. Du erzählst mir, was er sagt und tut, und ich helfe dir, herauszufinden, was es bedeutet. Glaub mir, das ist gar nicht so einfach. Zwischen Männern und Frauen ..."

"Anja?" Mannes Stimme klang offenbar streng genug, um ihre Kollegin auf der Stelle zum Schweigen zu bringen. "Ich habe den Eindruck, du hast zu viel getrunken, und es war nicht nur Kaffee. Genieß die Tage mit deinen Schwiegereltern, ich mache inzwischen hier mein Ding. Wenn du willst, telefonieren wir am Sonntagabend noch mal, sobald du deine Kurzen ins Bett gebracht hast."

"Alles klar", kicherte Anja. "Wir amüsieren uns jetzt erst mal alle beide so gut wir können, und am Sonntagabend erzählen wir uns gegenseitig unsere Abenteuer."

"Von mir aus auch das. Jetzt mach, dass du ins Bett kommst und deinen Rausch ausschläfst."

Manne steckte das Telefon zurück in die Ladestation und griff nach ihrem Buch. Doch kaum hatte sie es sich in ihrem Sessel gemütlich gemacht, klingelte es schon wieder.

Anja ...! Manne verdrehte die Augen, aber es war gar nicht die Freundin, die ihre wohlverdiente Ruhe störte.

"Steiner am Apparat."

"Guten Abend, Jakob. Was gibt's? Willst du mich doch noch von den Vorzügen deines Zwetschgenkuchens überzeugen?"

"Nein." Sie hörte ihn lachen. "Oder vielleicht doch. Ich wollte fragen, ob ich schon früher kommen und eine Überraschung mitbringen darf."

"Was willst du denn mitbringen?"
"Wenn ich dir das erzähle, ist es doch keine Überraschung mehr."
"Aber es ist kein Zwetschgenkuchen?"
"Nein, ist es nicht. Es sei denn, du hast es dir anders überlegt."
"Hab ich nicht. Mir ist allerdings auch noch nicht eingefallen, wie ich uns mit den eingeschränkten Möglichkeiten meiner Schrankküche sattkriege. Vielleicht sollten wir doch lieber essen gehen."
"Soll ich etwas zu essen mitbringen?" Seine Stimme klang besorgt. "Ich könnte Kartoffelsuppe kochen und Würstchen oder Speckwürfel hineinschneiden. Wenn ich den Topf in eine Decke packe ..."
"Jakob!" Manne wusste nicht, ob sie lachen oder empört sein sollte. "Du kannst doch nicht zu mir zu Besuch kommen, eine Überraschung ankündigen und dann auch noch das Essen mitbringen."
"Wieso nicht?" Er klang ehrlich erstaunt. "Wenn du in deiner Wohnhöhle nicht einmal einen Herd hast ..."
"Ich habe zwei kleine Herdplatten in einem Schrank. Die sind zwar schrecklich langsam, aber ..."
"Prima, dann wärmen wir die Suppe in deinem Kochschrank auf."
"Wenn ich zu dir komme, lasse ich mich gern von dir bekochen, aber wenn du zu mir kommst, musst du essen, was ich koche."
"Was meinst du, wird es sehr schlimm?"
Manne zögerte einen Moment. Wenn er das wirklich ernst gemeint hatte ... - Aber bevor sie sich entschieden hatte, ob sie sich ärgern sollte, hörte sie ihn lachen.
"Bitte sei mir nicht böse." Seine Zerknirschung klang kein bisschen echt. "Die Vorlage war einfach zu gut."
"Was hältst du von Frikadellen mit Rosmarinkartoffeln. Weil ich keine dritte Platte für die Speckbohnen habe, mache ich Salat dazu."
"Einverstanden. Aber den Salat bringe ich mit. Ich habe noch jede Menge Kopfsalat im Garten", fügte er schnell hinzu, als hätte er Angst, sie diesmal wirklich zu verärgern. "Der schießt, wenn er nicht bald gegessen wird."
"Das Risiko sollten wir besser nicht eingehen." Diesmal lachten sie gemeinsam über den Salat, der gegessen werden musste, bevor er eine ernste Gefahr für alle Gartenbesucher darstellen konnte.

Achtzehn

Der Freitag verging wie im Flug, mit Aufräumen, Putzen, Einkaufen und Essensvorbereitungen war Manne vollauf beschäftigt. Zu ihrem größten Erstaunen machte es ihr Spaß, die Hausfrau zu spielen.
"Großkampftag?", hörte sie Julia von einer höher gelegenen Gartenecke herunterrufen, als sie sich daran machen wollte, die Fliesen ihrer Terrasse zu schrubben.
"Ja, so ähnlich." Lachend winkte Manne ihrer Tochter zu. "Darf ich mir einen Zweig Rosmarin aus dem Garten holen?"
"Ja sicher, nimm dir einfach, was du brauchst. Was hast du denn vor? Übst du schon mal für deine neue Küche?"
Manne schüttelte den Kopf. "Ich bekomme morgen Besuch, und es soll Frikadellen mit Rosmarin-Kartoffeln geben."
"Besuch?" Neugierig beugte sich Julia vor. "Wer kommt denn?"
"Rosmarin-Kartoffeln und Frikadellen?", ertönte es im gleichen Moment von der anderen Seite. "Darf ich mitessen?" Breit grinsend lugte Eberhard um die Hausecke. Sie hatte ihn nicht kommen hören.
"Wo sind denn deine Manieren geblieben?" In einem Bild der Entrüstung stemmte Julia die Hände in die Hüften, aber sie sah nicht wirklich ärgerlich aus. "Du kannst dich doch nicht einfach selbst einladen. Ich habe auf deinen Wunsch eine Tiefkühlpizza gekauft, und jetzt wünscht sich der Herr Frikadellen mit Bratkartoffeln. Die hätte ich dir auch vorbereiten können."
"Es sind aber Rosmarin-Kartoffeln von meiner Schwiegermama", widersprach Eberhard im selben scherzhaft-zänkischen Tonfall. "Keine gewöhnlichen Bratkartoffeln."

Als sie das Fleisch vorbereitet und die Kartoffeln mariniert hatte, wollte Manne noch ein Stündchen lesen, aber sie war so müde, dass ihr fast die Augen zufielen. Gegen zehn gab sie auf und ging ins Bett, aber sie konnte lange nicht einschlafen. Als sie schließlich doch wegdämmerte, schreckte sie wenig später aus einem wirren Traum auf, in dem ihre Kartoffeln versalzen waren und in ihrem sorgfältig geputzten Wohnzimmer Mäuseköddel herumlagen.

Irgendwann musste sie trotzdem eingeschlafen sein, denn als sie das nächste Mal wach wurde, rumpelte es im Treppenhaus.

"Gwen!" Meggies Stimme gellte bis in den letzten Winkel ihrer Hobbithöhle. "Du spinnst wohl! Mama ..."

Was Julia erwiderte, konnte Manne nicht verstehen, aber es schien genau das Richtige gewesen sein, jedenfalls wurde es wieder still. Kurz darauf tönte ein Lachen und das Tappen von Kinderfüßen auf der hölzernen Treppe. Sie hörte, wie die Haustür geöffnet und das Rolltor der Garage in Gang gesetzt wurde.

Manne erinnerte sich daran, dass Julia mit ihren Töchtern in ein neu eröffnetes Schwimmbad fahren wollte. Bei dem Gedanken an die himmlische Ruhe, die heute im Haus herrschen würde, streckte sie sich noch einmal und drehte sich mit einem wohligen Seufzen auf die andere Seite. Durch das Fenster gegenüber konnte sie zwar nur die graue Betonwand des Lichtschachts sehen, aber die Klarheit, mit der sich die Struktur der Schalbretter und ein einzelner weißer Kieselstein im Grau des Betons abzeichnete, legte die Vermutung nah, dass nicht nur ein ruhiger, sondern auch ein sonniger Tag auf sie wartete. Von Weitem hörte sie eine Kirchturmuhr neunmal schlagen.

Neun Uhr ...? Manne sprang von ihrer Matratze, als hätte die sich in ein Nagelbrett verwandelt. Wie konnte es schon neun Uhr sein? Sie hatte doch den Wecker auf sieben gestellt!

Sie stürmte ins Bad und stolperte über den Putzeimer, den sie dort bereitgestellt hatte.

"Halt Stopp!" befahl sie sich. "Einatmen, ausatmen, nachdenken. Du hast noch eine Stunde. Was muss unbedingt erledigt werden?"

Sie beschloss, ihre morgendliche Dusche zu streichen, damit sie noch die Vinaigrette für den Salat anrühren und die Fleischklopse formen konnte, bevor Jakob kam.

"Das ist in einer Stunde zu schaffen", stellte sie mit einem grimmigen Lächeln fest.

Für ihre Katzenwäsche brauchte sie tatsächlich nur zehn Minuten, und die Vinaigrette gelang ihr auf Anhieb. Trotzdem war es schon

Viertel vor zehn, als sie aus dem Fleischteig sechs Frikadellen formte. Sie war noch damit beschäftigt, die klebrigen Reste von den Fingern zu waschen, als es läutete.

"Moment noch, ich komme gleich." Mit zwei Handgriffen waren das schmutzige Geschirr und die nassen Handtücher von der Bildfläche verschwunden. Eine Schrankküche hatte eben auch ihre Vorteile.

Manne spürte ihr Herz schneller schlagen, als sie zur Tür eilte, und im Spiegel der Garderobe sah ihr Gesicht so rot aus, als hätte sie zu lange in der Sonne gesessen.

"Immer mit der Ruhe", redete sie sich gut zu. "Es ist nur der freundliche Nachbar einer B&B-Unterkunft, die es nicht mehr gibt." Trotzdem klopfte ihr Herz in der Kehle, als sie die Tür öffnete.

"Hallo Jakob, schön, dass du da bist." Ihr Lächeln fühlte sich so ungelenk an, als hätte sie schon seit Jahren nicht mehr gelächelt.

"Schön, dich zu sehen." Jakob deutete eine Verbeugung an. Mit den hellgrauen Leinenhosen, dem weißen Hemd und seinem Panamahut sah er aus wie der Galan aus den Filmschnulzen, die sie früher so geliebt hatte. Schade, dass man ihr in seinem Film keine Rolle anbieten würde. Die Frau an der Seite des Galans war in der Regel ein zerbrechliches Wesen mit eleganten Kleidern, hochhackigen Schuhen und einer komplizierten Frisur.

Sie musste etwas sagen, aber ihr fiel beim besten Willen nichts ein.

"Ich habe ziemlich viel Gepäck", sagte er an ihrer Stelle. "Ist es in Ordnung, wenn ich zum Ausladen herunterfahre?"

"Na klar." Diese Frage konnte Manne auch mit ihrem leeren Gehirn beantworten. "Du kannst den Wagen gerne im Hof stehen lassen. Es ist keiner da, den es stören könnte. Julia ist mit den Mädchen ins Schwimmbad gefahren und Eberhard muss noch arbeiten."

"Schade, ich hätte deine Familie gerne kennen gelernt."

Nein, hättest du nicht! Zum Glück war Mannes Gehirn schon wieder anwesend genug, damit sie diesen Gedanken nicht herausplatzte.

"Meinen Schwiegersohn wirst du nachher kennenlernen. Er hat sich zum Mittagessen bei uns eingeladen."

"Ich fahre das Auto nach dem Ausladen gleich wieder hoch", entgegnete Jakob, dabei zog er ein Gesicht, als befürchte er eine

Anzeige wegen Haus- und Hoffriedensbruch oder Schlimmeres. "Ich will doch nicht gleich bei meinem ersten Besuch unangenehm auffallen. Nimmst du die inzwischen schon mit rein?" Hinter seinem Rücken zauberte er einen Strauß Rosen hervor.
"Die habe ich im Nachbargarten stibitzt", gestand er mit einem verschmitzten Lächeln. "Nachdem ich den Knöterich zurück gestutzt hatte, haben sie Blüten ausgetrieben, als müssten sie aufholen, was sie im Sommer versäumt haben." Er drückte Manne die Blumen in die Hand, deren Stiele dick mit Zeitungspapier umwickelt waren. "Ich hole den Wagen, damit wir gleich anfangen können."
"Anfangen?", wunderte sich Manne. "Womit?"
"Überraschung!" Aus Jakobs Lächeln wurde ein breites Grinsen. Er zwinkerte er ihr zu und eilte mit langen Schritten die Einfahrt hinauf. Manne nutzte den kurzen Aufschub, um die Frikadellen in den Kühlschrank zu stellen und die Teigschüssel zu spülen. Als sie noch die schmutzigen Handtücher in den Wäschesack gestopft und frische in den Küchenschrank gehängt hatte, sah es wieder aufgeräumt aus. Sie musste nur noch die Blumen versorgen. Zum Glück hatte sie nicht alle Opa-Gerhard-Vasen in Umzugskartons gepackt. Als sie Jakobs Auto wieder hochfahren hörte, standen die Rosen in einer ausreichend eleganten Vase auf dem Tisch mit der bodenlangen Betttuch-Tischdecke.

"Jetzt musst du mir endlich erzählen, was für eine Überraschung du mitgebracht hast." Neugierig beäugte Manne die große Kiste, die Jakob über den Hof schleppte, aber außer einem grauen, glatt gefalteten Stoffbündel und einem Salatkopf, der darauf thronte, konnte sie nichts erkennen.
"Das muss ich dir nicht erzählen. Das wirst du gleich selbst sehen. Wo ist dein neuer Tisch?"
"Im Wohnzimmer." Manne winkte Jakob, ihr zu folgen. "Eigentlich habe ich ihn gut versteckt, aber du darfst ihn natürlich sehen."
Als er seine Kiste an der Schwelle zum Wohnzimmer abstellte, konnte sie erkennen, dass das Stoffbündel einen ordentlich gefalteten Kragen hatte.

Er drückte ihr den Salatkopf in die Hand. "Ich glaube nicht, dass er Läuse hat, aber du solltest ihn trotzdem in Salzwasser waschen."
Manne nickte, wandte aber keine Sekunde den Blick von der Kiste, als würde sie damit rechnen, dass jede Sekunde ein Kaninchen unter dem Zaubertuch mit dem steifen Kragen hervorspringen könnte. "Was ist denn jetzt da drin?"
"Zuerst musst du mir den Tisch zeigen."
Manne stellte die Blumenvase aufs Fensterbrett, legte den Salat daneben und zog das Bettlaken beiseite. "Ganz schön hässlich ..."
"Das wird sich gleich ändern." Jakob schien seiner Sache sehr sicher zu sein. "Ich habe alles, was man braucht, um dem Tisch zu einem aktuellen Uralt-Look zu verhelfen: Schleifmaschine, Bohrmaschine, Bürstenaufsatz, Schleifpapier, Pinsel, Kreidefarbe und Schellack. Frau Rubens meint, dass es sich nicht lohnt, alles selbst zu kaufen, wenn du nur einen Tisch aufarbeiten willst. Und das Beste ..." Er hielt mitten im Satz inne wie ein Zirkusdirektor, der die Spannung steigern will, bevor er dem Publikum die Sensation des Abends präsentiert. "Ich habe eine Direktleitung zur Fachfrau. Frau Rubens hat mir versprochen, dass sie das Handy nicht aus den Augen lässt. Wenn wir Fragen haben, dürfen wir jederzeit anrufen. Kannst du den Tisch fotografieren und die Bilder verschicken?"
Manne nickte nicht ohne Stolz. Wenigstens an diesem Punkt war sie ihm einen Schritt voraus.
"Dann mach doch gleich mal ein Bild von dem Tisch und schick es an diese Nummer." Er kramte einen Zettel mit einer Handynummer aus seiner Jackentasche, doch an dieser Stelle musste sie passen.
"Ich könnte meiner Freundin Anja ein Foto schicken, mit der bin ich in einer WhatsApp-Gruppe. Leider habe ich keine Ahnung, was ich tun muss, um das Foto an eine wildfremde Nummer zu schicken."
"Dann ruf Frau Rubens doch an", überlegte Jakob. "Vielleicht kann sie dir helfen.
Frau Rubens wusste tatsächlich Rat. "Jetzt, wo ich Ihre Nummer habe, kann ich Sie einfach in unsere Shabby-Chic-Gruppe einladen. Habe ich Ihren Namen richtig verstanden? Sollinger?"
"Ja genau, mit Doppel-l."

"Und Ihr Vorname?"

"Manne."

"Manu?", erkundigte sich die Frau. "Wie Manuela?"

"Manne. So wie ... - hm. Also: M, a, Doppel-n, e." Sie hörte einen Bleistift über Papier kratzen.

"Wie ulkig." Frau Rubens war offenbar eine von den Frauen, die alles aussprach, was ihr durch den Kopf schoss. "Ich kenne das nur als Abkürzung für Manfred. Ich heiße übrigens Magdalena, aber Lena reicht und Du ist sowieso einfacher."

"Alles klar", entgegnete Manne. "Wie kann ich mich denn für Ihre, ähm, deine Großzügigkeit erkenntlich zeigen?", fügte sie rasch hinzu, bevor ihre Gesprächspartnerin die Diskussion um die Namen vertiefen konnte. "Schließlich stellst du mir deine Farben, deine Zeit und deine Fachkenntnis zur Verfügung."

"Das mache ich gerne. Wenn du im Gegenzug Herrn Steiner davon überzeugen kannst, dass ein Smartphone kein Teufelswerk und WhatsApp geeignet ist, um sogar dienstliche Organisationsabläufe zu vereinfachen, hättest du uns allen einen großen Gefallen getan."

Manne schielte verstohlen zu Jakob hinüber, der so eine grimmige Miene zog, als wäre er wild entschlossen, sich weder das eine noch das andere aufschwatzen zu lassen.

"Ich kann dir versprechen, dass ich mir Mühe gebe", entgegnete sie. "Aber Herr Steiner sieht nicht so aus, als würde er es ernsthaft in Betracht ziehen." Darüber lachte Frau Rubens so laut, dass Manne mitlachen musste, und als sie sich verabschiedeten, fühlte sie sich fast wie im Kreis ihrer Kolleginnen in Köln.

"Vergiss es", verkündete Jakob, kaum dass Manne das Gespräch beendet hatte. "So ein Ding kommt mir nicht ins Haus."

"Ich habe mich auch lange dagegen gewehrt. Dann hat mir Julia ihr altes Smartphone geschenkt und es hat mich noch nie gebissen."

"Aber es stiehlt dir die Zeit, und das finde ich viel schlimmer."

Ein Ping verkündete, dass Magdalena Rubens sie ihrer Gruppe hinzugefügt hatte.

"Jetzt kann ich ihr Bilder schicken." Manne nickte zufrieden. "Soll ich dir zeigen, wie einfach das geht?"

"Nein danke." Jakob wandte sich demonstrativ ab, und schaute so konzentriert aus dem Fenster, als gäbe es dort etwas Interessantes zu sehen.

Manne fotografierte den Tisch von allen Seiten. Kaum, dass sie die Bilder in die Gruppe geschickt hatte, hagelte es Kommentare und freundliche Willkommensgrüße.

Ist der süß, schrieb eine Birgit mit einem Comic-Mops-Profilbild. *Den hätte ich auch genommen. Hallo übrigens und herzlich willkommen in der Gruppe.*

Es folgten noch mehr Grüße, ein Kauf- und ein Tauschangebot, bevor Magdalena Rubens die Diskussion über den angemessenen Preis für eine Chippendale-Imitation in Schweinchenrosa beendete.

Jetzt haltet mal die Luft an, Mädels, schrieb sie. *Manne ist noch neu in unserer Community, und wenn ihr sie so zulabert, ist sie vermutlich gleich wieder raus. Fürs Erste will sie nur wissen, wie man aus dieser Sünde einen Tisch macht, den man anschauen kann, ohne blind zu werden.*

Manne war noch damit beschäftigt, eine Antwort zu tippen, als ihr Telefon wieder klingelte. Das Display verriet ihr, dass Magdalena Rubens am Apparat war.

"Ja bitte?", fragte sie trotzdem.

"Hallo Manne", entgegnete die andere Frau. "Ich habe gedacht, bevor ich jetzt alles ins Handy tippsle, rufe ich dich lieber an. Ich hoffe, das ist okay."

"Sicher. Darf ich das Telefon laut stellen, damit Herr Steiner auch mithören kann?" Gerade noch rechtzeitig hatte sie sich daran erinnert, dass Jakob mit den Shabby-Chic-Damen offenbar nicht per Du war.

"Kein Problem. Zuerst muss der Tisch gründlich gereinigt werden. Damit sich das Schleifpapier nicht so zusetzt und die Farbe besser haftet, muss alles runter, was sich im Lauf der Jahre an Fett und Staub abgelagert hat. Am besten nehmt ihr einen Ablauger."

"Was ist denn ein Ablauger?", wunderte sich Manne und bedeutete Jakob, dass er in der Kiste nachsehen sollte, ob so etwas vielleicht mit dabei war. Der schüttelte jedoch den Kopf und winkte ab.

"Ach, ich sehe schon", fuhr Manne fort. "Herr Steiner weiß Bescheid. Wenn du einen Moment wartest, hole ich mir etwas zum Schreiben, damit ich die nächsten Arbeitsschritte notieren kann."
"Kein Stress. Melde dich einfach, wenn der Tisch sauber und wieder trocken ist."
"Alles klar." Manne nickte eifrig. "Und vielen Dank."
"Ein scharfer Haushaltsreiniger tut es auch", erklärte Jakob, nachdem sie das Gespräch beendet hatte. "Oder ein Backofenreiniger. Hast du so was?"
"Ich nicht. Aber bei Julia finden wir garantiert das Richtige."

Während sie in Julias Putzkammer den Backofenreiniger suchte, zog er sich um. Das graue Zaubertuch hatte sich in eine Latzhose und eine passende Jacke verwandelt, die er nicht über sein Hemd, sondern über ein einfaches weißes T-Shirt gezogen hatte. Die Jacke war an einigen Stellen kunstfertig geflickt, und Manne stellte fest, dass Jakob in seiner Handwerker-Montur genauso gut aussah wie in der Ausgehkombination.
Sie trugen den Tisch hinaus auf die Terrasse, Jakob sprühte ihn mit dem Reiniger ein und Manne setzte derweil ihre Espressokanne in Betrieb. Während der Reiniger nicht nur den Schmutz, sondern sogar schon die rosa Farbe anlöste, saßen sie mit Kaffee und Keksen daneben.
"Meinst du, das wird was?" Besorgt beobachtete Manne die rosa Blasen, die sich an den Kanten der Tischbeine sammelten auf den Malerfilz hinuntertropften, den sie vorsorglich untergelegt hatten.
"Ganz bestimmt." Mit einem genießerischen Brummen schlürfte er seinen Kaffee. "Ich wette, er wird wunderschön."

Leider sah der Tisch noch kein bisschen schöner aus, nachdem sie alles abgeschrubbt hatten, was der Backofenreiniger angelöst hatte.
"Ich könnte Frau Rubens noch mal anrufen?", schlug Manne vor. "Vielleicht haben wir etwas falsch gemacht."
"Wir können nichts falsch gemacht haben", entgegnete Jakob. "Der Tisch muss trocknen, danach wird er abgeschliffen."

178

"Dann mach ich derweil das Essen. Eberhard wird sicher gleich da
sein. Normalerweise macht er um eins Pause."
"Kann ich dir etwas helfen?"
"Gerne." In Erinnerung an die Läuse, drückte sie ihm den Salatkopf
in die Hand. "Während ich die Kartoffeln und das Fleisch brate,
kannst du den schon mal putzen."

Pünktlich um eins erschien Eberhard an der Terrassentür. "Hm, das
riecht köstlich. Essen wir drinnen oder draußen?" fragte er, doch
gleich darauf beantwortete er die Frage selbst. "Besser drinnen.
Dein Terrassentisch ist ja viel zu klein."
"Und mein Esstisch ist zu nass", konterte Manne. "Wir müssen also
draußen essen und ein bisschen zusammenrücken."
"Zu nass?" Ungläubig schüttelte Eberhard den Kopf. "Was hast du
denn damit angestellt?"
"Wir", korrigierte ihn Manne. "Wir haben ihn abgelaugt und ab-
gewaschen. Jetzt muss er trocknen, danach wird er abgeschliffen
und neu gestrichen."
"Wir?" Er schien den Fremden, der mit einer Schüssel auf den Knien
in Mannes Lieblingssessel saß und Salatblätter auseinanderzupfte,
erst jetzt zu bemerken.
"Darf ich vorstellen." Manne versuchte, den peinlichen Moment mit
einem Scherz zu überspielen. "Eberhard Achmann, Schwiegersohn
und Autohändler. Jakob Steiner, Ferienwohnungsnachbar und
ähm ..."
"Und was?" Jakob hatte aufgehört, an seinem Salat zu zupfen und
blickte Manne erwartungsvoll an. Die kämpfte jedoch mit hoch-
rotem Kopf gegen einen Frosch im Hals und brachte außer einem
heiseren Krächzen nichts heraus.
Eberhard rettete die Situation, indem er mit einem verbindlichen
Verkäufer-Lächeln auf Jakob zuging. "Von mir aus können wir gerne
Eberhard und Jakob zueinander sagen."
Im Aufstehen stellte Jakob die Salatschüssel auf den Boden, wischte
seine feuchten Hände an den Seiten seiner Hose trocken und ergriff
die dargebotene Rechte.

"Hallo, Eberhard", sagte er dabei. "Hübsch habt ihr's hier."

"Danke." Mit einem verlegenen Lächeln, das viel echter aussah, zog Eberhard die Schultern hoch. "Aber das geht nicht auf mein Konto. Meine Frau kümmert sich um alles. Sie hat dieses kleine Paradies eingerichtet."

"Oh ja", pflichtete Manne ihm bei. "Julia hat ein Händchen fürs Einrichten und Dekorieren."

"Apropos einrichten", nahm Eberhard den Faden auf. "Was habt ihr denn mit dem Tisch vor? Ich dachte, Meggie hätte das gute Stück schon völlig verschandelt, aber jetzt sieht er noch schlimmer aus."

"Das ist nur ein Durchgangsstadium", versicherte Manne, während sie Kartoffeln verteilte. "Wenn wir fertig sind, wirst du dein gutes Stück nicht wiedererkennen."

"Na, da bin ich ja mal gespannt." Eberhard spießte eine Frikadelle auf seine Gabel und angelte sie aus der Pfanne. "Wenn die so gut schmecken, wie sie riechen, lade ich mich öfter bei dir zum Essen ein, Schwiegermama."

"Oh ja, ich auch." Mit sichtlichem Genuss kaute Jakob eine Kartoffelspalte.

Neunzehn

Nach dem Essen eilte Eberhard zurück ins Autohaus. Jakob beschloss, dass der Tisch inzwischen trocken genug war und bearbeitete die Tischplatte mit dem Akku-Schleifer, während Manne das Geschirr spülte und die Küche aufräumte.

Als sie wieder nach draußen kam, staunte sie nicht schlecht. Nachdem nicht nur die Verschönerungsversuche von Meggie, sondern auch die braune Farbe verschwunden war, sah der Tisch schon viel freundlicher aus.

"Ist der schön geworden." Mit den Fingerspitzen strich sie über das helle Holz, von dem sich die zarten Linien der Jahresringe deutlich abhoben. "Kann man das nicht einfach so lassen?"

"Wir müssen ihn lackieren, sonst ist die Oberfläche zu empfindlich. Aber ich kann statt des weißen Lacks auch einen Klarlack nehmen. Ich schleife noch das Tischgestell ab, danach entscheidest du, wie ich weitermachen soll."

"Wir schleifen das Tischgestell ab und entscheiden dann gemeinsam, wie wir weitermachen", verbesserte Manne ihn.

Jakob lachte. "Meinetwegen auch so."

An den zierlich geschwungenen Beinen konnte die Schleifmaschine nichts ausrichten. Also kramte Jakob sein Schleifpapier unter den Farbdosen hervor, nahm einen Bogen mit grober Körnung und teilte ihn in vier gleich große Stücke. Eins davon legte er in seine hohle Hand und schrubbte mit gleichmäßigen Strichen die oberste Lackschicht herunter. Manne versuchte, es ihm gleich zu tun, aber das Schleifpapier hinterließ auf dem Holz nur hässliche Schrammen, verhedderte sich nach wenigen Strichen an der Kante zwischen Tischgestell und Tischbein und riss mitten entzwei. Mit einem der kleineren Stücke war die Arbeit noch mühsamer. Es lösten sich nur winzige Lackkrümel unter ihren Strichen.

"So wird das nichts", maulte sie mit einem vorwurfsvollen Blick zu Jakob, der gerade angefangen hatte, das zweite Tischbein zu bearbeiten. "Gibt es einen Trick? Wenn ich so weiterarbeite, dauert es mindestens zwei Wochen, bis ich ein Bein abgeschliffen habe."

"Das ist reine Übungssache", beschwichtigte Jakob sie. "Außerdem braucht man für das grobe Schleifpapier viel mehr Kraft, als für das feine. Wir können es so machen, dass ich die Beine grob vorschleife und du übernimmst den Feinschliff."

So kamen sie tatsächlich einigermaßen flott voran, obwohl Manne nicht glücklich damit war, dass es ihr bei aller Mühe nicht gelang, die braune Farbe auch aus den Schnitzereien an den Ansätzen der Beine und dem Tischgestell herauszuschmirgeln.

"Das macht nichts", versicherte Jakob. "Das Tischgestell müssen wir sowieso überstreichen, und in den Vertiefungen hält die Farbe auch dann, wenn das Holz nicht überall perfekt angeschliffen ist. Nur die Ecken, die Kanten und die erhabenen Stellen müssen einigermaßen sauber sein."

Es dauerte keine Stunde, bis auch die Tischbeine von den pinkfarbenen und weitgehend auch von den dunkelbraunen Lackresten befreit waren.

"Und wie geht es jetzt weiter?", erkundigte sich Manne.

Jakob zog die Schultern hoch. "Ich denke, wir sollten uns einen Tipp von Frau Rubens holen. Machst du ein paar Bilder und schickst sie ihr?"

Voller Stolz fotografierte Manne ihr Werk und schickte die Bilder in die Gruppe. Wieder hagelte es Ahs und Ohs und Smileys mit tellergroßen Augen. Es dauerte keine zwei Minuten, bis Mannes Telefon klingelte.

"Das sieht ja schon sehr gut aus", tönte die Stimme von Magdalena Rubens durch den Raum. "Man sollte es nicht für möglich halten, dass ihr beide das zum ersten Mal macht. Es würde mich nicht wundern, wenn wir in unserer Gruppe in Zukunft noch öfter von euch hören. Ihr müsst nämlich wissen, dass Shabby-Chic süchtig macht. Wer einmal damit anfängt, hat schon bald das nächste Projekt am Wickel."

Jakob zog ein Gesicht, als hätte er Zahnschmerzen, und Manne schüttelte rasch den Kopf, um ihm zu versichern, dass sie keinesfalls vorhatte, noch ein weiteres Projekt an Land zu ziehen.

"Wenn der Tisch weiß werden soll, habt ihr schon alles, was ihr braucht", fuhr die Shabby-Chic-Gruppen-Chefin fort. "Ich könnte mir auch vorstellen, dass er sehr elegant aussehen würde, wenn ihr das Gestell lichtgrau oder blaugrau streicht. Dann müsst ihr halt noch bei mir vorbeikommen, und die Farbe abholen."

"Grau klingt auch nicht schlecht", überlegte Manne, doch als sie Jakob mit beiden Händen abwinken sah, änderte sie die Marschrichtung sofort wieder. "Aber ich bleibe lieber bei Weiß. Das passt in jedem Fall zu meiner neuen Küche."

Sichtlich erleichtert atmete Jakob auf.

"Wenn der Tisch so schnell wie möglich fertig werden soll, müsst ihr ihn grundieren, zwei Mal mit der weißen Kalkfarbe streichen, die ich euch mitgeschickt habe, die Kanten wieder anschleifen und alles mit Klarlack versiegeln. Am besten nehmt ihr dafür Treppen- oder Bootslack, den müsstet ihr euch aber im Baumarkt besorgen. Wenn ihr Geduld habt und etwas mehr Arbeit investieren wollt, habe ich eine andere Idee, und ich versichere euch, dass das Ergebnis jede Mühe wert ist."

Fragend blickte Manne zu Jakob hinüber. Erst als sie ihn nicken sah, antwortete sie: "Diese Idee hören wir uns natürlich gerne an."

"Das Tischgestell und die Beine müsst ihr mit Schellack grundieren, bevor ihr es streicht. Holz, vor allem Eichenholz kann auch nach Jahren noch ausbluten. Wenn die Holzsäure mit der Farbe reagiert, gibt das Flecken, die man so oft überstreichen kann, wie man will. Den Schellack sollte ich auch mit eingepackt haben."

Jakob kramte in der Kiste, nickte und reckte eine Dose in die Höhe.

"Den haben wir gefunden", gab Manne weiter.

"Gut. Die Tischplatte müsst ihr unbedingt mit Wachs versiegeln. Das Holz ist so schön, dass es jammerschade wäre, wenn es unter dem Lack wieder verschwindet. Leider habe ich das Wachs nicht mit eingepackt. Ich wusste ja nicht, was für ein Schätzchen ihr da gefunden habt. Wenn ihr wollt, könnt ihr bei mir vorbeikommen und das Wachs abholen."

Jakob machte große, erschrockene Augen und wedelte abwehrend mit beiden Händen.

"Ich glaube nicht, dass wir heute noch vorbeikommen", übersetzte Manne die Geste. "Vielleicht entscheiden wir uns ja doch dafür, die Platte zu überstreichen."

"Das wäre jammerschade. Ehrlich! Und so viel mehr Mühe macht das Wachsen auch nicht. Frag Jakob, ähm, Herrn Steiner doch mal, ob er an die Bohrmaschine und den Bürstenaufsatz gedacht hat."

Jakob verzog schmerzhaft das Gesicht, nickte, fischte beides aus der Transportkiste und hielt es hoch.

"Ja, hat er", bestätigte Manne.

"Damit soll er die letzten dunklen Farbreste aus dem Holzgrund bürsten, dabei lösen sich auch die weicheren Holzfasern heraus und die Struktur tritt noch lebendiger hervor."

"Wird die Tischplatte dann nicht rau?" Manne war von der Idee überhaupt nicht begeistert.

"Keine Angst. Wenn ihr nach dem Bürsten noch mal mit feinem Schleifpapier darüber geht, ist der Schaden schon wieder behoben, und die Rillen entlang der Jahresringe werden später sowieso mit Wachs aufgefüllt."

"Hm!" Manne war von dieser Lösung noch nicht überzeugt. "Können wir nicht zuerst das Tischgestell grundieren und dann entscheiden, ob die Tischplatte gewachst oder lackiert wird."

"Macht es andersrum", widersprach Magdalena Rubens. "Wenn ihr euch entscheidet, die Platte zu wachsen, müsst ihr sie ausbürsten, bevor ihr das Gestell grundiert, sonst setzt sich der Staub auf den Schellack und ihr kriegt ihn nicht mehr runter. Wenn die Tischplatte ausgebürstet und nachgeschliffen ist, klebt ihr sie am besten von unten ab, damit euch der Lack nicht ins Holz läuft, dann wird das Gestell einmal grundiert und zweimal mit Kalkfarbe überstrichen."

"Und dann?"

"Dann ruft ihr mich an und sagt mir, wie ihr euch entschieden habt. Ich werde inzwischen ein paar Bilder von lackierten und gewachsten Oberflächen in die Gruppe stellen, damit ihr euch eine bessere Vorstellung davon machen könnt."

"Vielen Dank. Und noch einmal: Wenn Ihnen etwas einfällt, womit ich mich erkenntlich zeigen kann ..."

"Wenn Ihnen etwas einfällt?" Frau Rubens kicherte wie ein Teenager. "Ich dachte, wir waren schon beim Du. Hast du das nur vergessen oder habe ich etwas Falsches gesagt?"

"Streichen oder wachsen?", fragte Manne, als sie das Telefonat beendet hatte.
Jakob strich gedankenverloren über die Tischplatte, seine Finger folgten den feinen Linien der Maserung. "Gewachst sieht er auf jeden Fall schöner aus. Aber ich finde Frau Rubens schon in der Schule anstrengend genug. Wenn ich auch noch bei ihr zu Hause vorbeifahren muss ..." Er seufzte abgrundtief.
Manne schüttelte den Kopf. "Ich kann mir nicht vorstellen, dass sie so schrecklich sein soll. Mir erscheint sie..."
"... freundlich, hilfsbereit und immer gut gelaunt", beendete Jakob den Satz. "Ja, so ist sie auch. Deshalb schäme ich mich auch ein bisschen, wenn ich ihr ständig aus dem Weg gehe. Aber ..."
"Aber ...?"
"Sie redet jedesmal mit einer völlig unnatürlichen Quietschestimme mit mir und sie rückt mir auch immer ein bisschen zu dicht auf die Pelle. Vielleicht denkt sie, dass ich schwerhörig bin. Das wäre mir ja noch egal, wenn sie nur nicht so ein aufdringliches Parfüm tragen würde."
"Sollen wir die Tischplatte lieber streichen?"
Jakob schüttelte den Kopf. "Nein. Wenn sie gebürstet und gewachst ist, wird sie viel schöner aussehen."

Während er die Tischplatte draußen mit der Stahlbürste bearbeitete, telefonierte Manne noch einmal mit Magdalena Rubens. Die war hell begeistert darüber, dass sie ihren Rat befolgen und die Tischplatte wachsen wollten. Sie schwärmte von einem Kalkwachs, mit dem sie einen wunderbaren White-Wash-Effekt erzielen würden, von der Kreidefarbe, mit denen sie die geschnitzten Ornamente am Gestell und am Ansatz der Beine anmalen sollten und von einer Schritt-für-Schritt-Anleitung für die farbliche Gestaltung derartiger Ornamente, die sie selbst verfasst und der Online-Plattform ihrer

Community kostenlos zur Verfügung gestellt hatte. Erst nach etwas mehr als einer halben Stunde kam sie mit ihrem Bericht zum Ende. Manne konnte allmählich verstehen, warum Jakob ihr lieber aus dem Weg ging.

"Wisst ihr schon, wann ihr die Sachen abholen wollt?", fragte sie schließlich. "Kommt ihr zusammen oder kommt Jakob, ich meine natürlich Herr Steiner (hihi), allein. Es wäre ja praktischer, wenn er auf dem Heimweg bei mir vorbeifahren und die Kiste einpacken würde. Wenn die Tischplatte und die Schnitzereien ordentlich aussehen sollen, kriegt ihr sie heute sowieso nicht mehr fertig."

"Ja, das denke ich auch", pflichtete Manne ihr bei. "Ich weiß noch nicht, ob wir morgen weitermachen, oder ob der Tisch bis nächste Woche warten muss."

"Das ist egal. Ihr könnt die Farben und das Wachs gerne noch zwei oder drei Wochen behalten. Im Moment bin ich mit den Vorbereitungen für den Schulbasar so beschäftigt, dass ich sowieso nicht in meine Holz-Werkstatt komme."

"Könntest du das Wachs und die Farben am Montag in die Schule mitbringen, damit ich die Hilfsbereitschaft von Herrn Steiner nicht überstrapazieren muss", improvisierte Manne. "Wenn ich ihn richtig verstanden habe, hat er heute Abend noch etwas anderes vor."

"Das ist aber schade." Ihre Enttäuschung war nicht zu überhören. Bevor Manne entschieden hatte, ob sie darauf eingehen oder so tun sollte, als hätte sie den Stimmungswechsel nicht bemerkt, ruderte Frau Rubens schon wieder ein Stück zurück. "Ich meine, wenn man mit so einem Möbel anfängt, will man es doch auch so schnell wie möglich fertig haben und benutzen können."

"Da hast du natürlich recht. Aber du und Herr Steiner, ihr habt euch so viel Mühe damit gegeben, aus diesem heruntergekommenen Ding ein Schmuckstück zu machen, dass ich mit meiner Ungeduld nichts verderben will. Ohne deine Unterstützung hätte ich den Tisch nur noch zum Sperrmüll stellen können."

Frau Rubens lachte geschmeichelt und versprach, die Sachen am Montag mit in die Schule zu bringen. Offenbar brauchte es nicht viel, um sie mit der Welt zu versöhnen.

186

"Ich wette, sie ist in dich verliebt." Manne hatte Jakob nur aufziehen wollen, aber er schien ihre harmlose Neckerei nicht komisch zu finden.

"Das bildest du dir ein", knurrte er. "Frau Rubens ist mindestens zehn Jahre jünger als ich. Was soll denn eine attraktive junge Frau mit einem alten Kerl wie mir anfangen?"

"Schon gut." Beschwichtigend hob sie beide Hände. "Das sollte ein Witz sein. Außerdem gibt es genug Frauen, für die ein Altersunterschied von zehn Jahren kein Hinderungsgrund ist." Sie war versucht, ihm zu erzählen, dass sie als junge Frau in den zwanzig Jahre älteren Wally Waldemar Bauer verliebt gewesen war, aber nie den Mut gefunden hatte, es ihm zu sagen. Bevor sie dazu kam, wechselte er jedoch das Thema.

"Hilf mir bitte, den Tisch auf die Malerböcke zu legen, damit ich ihn grundieren kann."

Schweigend pinselte er das Tischgestell mit Schellack ein. Weil sie nicht ebenso schweigend danebenstehen wollte, ging sie ins Wohnzimmer und räumte Sachen hin und her, die eigentlich nirgendwo hin geräumt werden mussten.

Es dauerte nicht lange, bis Jakob den Kopf zur Terrassentür hereinstreckte. "Können wir ihn zum Trocknen in die Garage stellen?" wollte er wissen. "Der Schellack braucht wenigstens sechs Stunden. Heute kann ich sowieso nicht mehr weitermachen. Ich muss noch was erledigen. Wenn ich alles habe, vereinbaren wir einen neuen Termin." Er hatte es plötzlich sehr eilig, zu gehen. Nicht einmal auf eine Tasse Kaffee und ein paar Kekse wollte er noch bleiben.

Manne hatte Verständnis vorgeheuchelt, aber sein überstürzter Aufbruch ließ sie völlig sprachlos zurück. Schweigend sammelte sie noch ein paar Stücke Schleifpapier ein und packte es zu den Dosen mit der Kalkfarbe und dem Schellack. Obwohl er schon sauber war, wusch sie den Pinsel noch einmal aus, stellte ihn umgekehrt in ein leeres Marmeladenglas und räumte alles unter den Tisch in der Garage. Sie tauschte ihre Arbeitshose gegen den Jogginganzug und machte es sich mit einer Tasse Kaffee und den

Keksen, die sie für Jakob gekauft hatte, in ihrem Sessel gemütlich. Doch der Gedanke, dass sie sicher wieder einmal etwas Falsches gesagt oder getan hatte, um Jakob in die Flucht zu schlagen, ließ ihr keine Ruhe. "Aber was habe ich denn gesagt?", fragte sie niemand bestimmten. "Die Frotzelei wegen Frau Rubens kann er mir doch nicht wirklich übel genommen haben." So sehr sie sich auch den Kopf darüber zermarterte, sie kam nicht dahinter, was sie verpatzt hatte. Irgendwann ärgerte sie sich der Einfachheit halber darüber, dass er sie völlig grundlos so schlecht behandelt hatte. Sie spielte mit dem Gedanken, Magdalena Rubens anzurufen, um sich die nächsten Arbeitsschritte erklären zu lassen. Sie konnte den Tisch sicher auch ohne Jakobs Hilfe fertig machen. Vielleicht könnte sie auch Anjas Männer-Coaching buchen. Doch bevor sie einen der beiden Pläne in die Tat umsetzen konnte, klingelte ihr Telefon.

"Steiner am Apparat." Die Stimme am anderen Ende klang zerknirscht. "Es tut mir leid, dass ich einfach so fort gerannt bin, aber die Sache mit Frau Rubens hat mir keine Ruhe gelassen."

"Alles vergeben und vergessen", entgegnete Manne. Sie wunderte sich, dass es wirklich so war. Seine wenigen Worte hatten gereicht, um ihren Groll schmelzen zu lassen wie einen Eiswürfel in der Spätsommersonne.

"Ich bin bei ihr vorbeigefahren, um die Sache zu klären. Stell dir vor, sie hatte sich wirklich in mich verliebt. Dabei ist sie sogar sechzehn Jahre jünger."

"Da ist doch nichts dabei. Ich kenne viele Frauen, die sich in ältere Männer verlieben. Wenn ihr euch darüber klar seid, dass ihr ..."

"Ich will das nicht", entgegnete Jakob vehement. "Ich war einmal verheiratet, und so etwas brauche ich nicht noch einmal."

"Es sind doch nicht alle Frauen gleich", hielt Manne dagegen. "Frau Rubens ist vielleicht genau die Richtige, um ..."

"Frau Rubens ist eine nette junge Frau, die etwas Besseres verdient hat als einen alten Knörzkopf wie mich. Ich habe ihr gesagt, dass ich sie sympathisch finde, dass ich mir aber nichts Weitergehendes vorstellen kann, und dafür hat sie volles Verständnis. Sie hat sich für meine Aufrichtigkeit bedankt und mir ihre Freundschaft angeboten.

Am Montagabend will sie auf ein Gläschen Wein bei mir vorbei schauen. Sie hat mir dann noch alles eingepackt, was wir für den Tisch brauchen. Wollen wir morgen weitermachen?"

"Was, ähm ..." Der abrupte Themenwechsel brachte Manne völlig aus dem Takt.

"Sie hat es mir genau erklärt, und ich hoffe, ich habe mir alles gemerkt. Aber sie will auch noch ein paar Bilder heraussuchen und dir schicken, damit wir uns besser vorstellen können, was sie meint. Sie hat gesagt, dass der Schellack als Grundierung nicht länger als vier Stunden braucht, um durchzutrocknen. Meinst du, du kannst das Tischgestell heute Abend noch mit der Kreidefarbe grundieren, damit wir morgen nicht so lange warten müssen?"

"Ja schon, aber ich denke ..."

"Keine Sorge, dabei kann überhaupt nichts schief gehen. Die Tischplatte ist ordentlich abgeklebt. Wenn die Grundierung nicht ganz gleichmäßig wird, ist das nicht weiter schlimm. Mit dem zweiten Anstrich kann ich das wieder ausgleichen." Bei diesen Worten ging etwas wie ein Ruck durch Mannes Gedanken.

"Kein Problem." Insgeheim hatte sie beschlossen, dass sie heute noch beide Anstriche erledigen würde. Sie war durchaus in der Lage, einen Tisch zu streichen, ohne dass er etwas ausgleichen musste.

"Wann soll ich morgen früh da sein?", erkundigte er sich. "Wieder gegen zehn? Oder geht es bei dir auch früher?"

Sie wollte schon sagen, dass er zu jeder Zeit kommen könne, konnte sich aber gerade noch bremsen. "Zehn Uhr ist prima, Sonntags schlafe ich gerne etwas länger. Außerdem musst du dich von mir zum Essen einladen lassen."

"In ein Restaurant?"

"Ja. Magst du lieber griechisch oder italienisch?"

"Wenn du unbedingt ausgehen willst, wäre mir ein Grieche lieber. Aber wir kön..."

"Nein, können wir nicht", schnitt sie ihm das Wort ab. "Ich habe nur für heute eingekauft, und ich will dir morgen keine Rumfort-Pfanne kredenzen."

"Eine Rumfort-Pfanne?", wunderte er sich.

"Die Basis sind Nudeln. Und dann kommt alles rein, was im Kühlschrank rumliegt und dringend fortmuss."

"Ich kann uns auch etwas mitbringen", schlug er vor. "Wenn du willst, mache ich uns ..."

"Nein, will ich nicht", entgegnete sie brüsk. "Ich will dich zum Griechen einladen, um mich für deine Hilfe zu bedanken. Wenn du meine Einladung ausschlägst, kann ich mir leider nicht mehr von dir helfen lassen. Das wäre doch jammerschade, vor allem für den schönen Tisch."

"Unter diesen Umständen beuge ich mich natürlich der ..., ähm, den besseren Argumenten. Aber du musst mir versprechen, dass ich dich zum Ausgleich gelegentlich noch einmal bekochen darf."

"Na gut, aber ..."

Aus dem winzigen Lautsprecher ertönte ein sonderbar glucksendes Geräusch, das Manne beim besten Willen nicht einordnen konnte.

"Eigentlich gibt es kein Aber", gab sie widerwillig zu. "Aber wenn du mich bekochst, darf ich nächstens auch noch mal was für uns kochen."

Das Glucksen verwandelte sich in ein schallendes Lachen. "Meine Güte, sind wir kompliziert. Das darf man echt keinem verraten ..."

Nachdem wieder alles im Lot war und Manne wusste, dass sie doch kein Männer-Coaching brauchte, lehnte sie sich in ihrem Sessel zurück und griff nach einem Krimi, um die Zeit, die der Schellack zum Trocknen brauchte, zu überbrücken. Erst als es dämmrig wurde, bemerkte sie, dass die vier Stunden längst um waren.

Sie konnte mit ihrer Arbeit in der Garage bleiben. Der Platz von Julias Auto war immer noch frei. Aber um das Gestell und die Beine zu streichen, musste sie den Tisch umgekehrt auf die Malerböcke legen, die jetzt zusammengeklappt an die Wand gelehnt standen. Was zu zweit überhaupt kein Problem war, erschien ihr alleine beinahe unmöglich. Der Tisch war viel zu schwer, um ihn in der Luft umzudrehen und auf den beiden Böcken abzulegen. Wenn sie versuchen würde, ihn auf dem Boden in die richtige Position zu drehen und auf die Malerböcke zu schieben, würde das vermutlich hässliche Schrammen auf der Tischplatte hinterlassen. Vielleicht würde es besser gehen, wenn sie in Opa Gerhards Schränken eine alte Decke fand, um die Platte vor diesem Manöver zu polstern. Auf dem Weg in ihre Wohnung stieß Manne fast mit Eberhard zusammen, der die Treppe herunterstürmte und mit Schwung um die Ecke bog.

"Entschuldige bitte, ich war in Gedanken." Er nestelte den Autoschlüssel aus der Tasche seiner Sporthose und betätigte die Fernbedienung. "Julia hat mich angerufen. Den Mädchen gefällt es im Aqua-Club so gut, dass sie bleiben wollen, bis da irgendeine Party anfängt. Ich habe beschlossen, dass ich so lange joggen gehe."

"Jetzt noch?", wunderte sich Manne. "Es wird doch schon dunkel."

Eberhard winkte ab. "Für eine kleine Runde reicht es noch. Aber du hast recht. Ich sollte zusehen, dass ich fortkomme, anstatt mich mit dir festzuschwatzen."

"Kannst du mir trotzdem noch helfen, den Tisch auf die Malerböcke zu legen?"

"Na klar." Bevor Manne erklären konnte, was sie vorhatte, packte er den Tisch und drehte ihn mit so viel Schwung um, dass er ihr aus der Hand rutschte. Glücklicherweise landete er, zwar etwas härter als geplant, aber trotzdem sicher auf den Malerböcken.

"Ich bin gespannt, wie er aussieht, wenn er fertig ist." Mit diesen Worten wandte sich Eberhard ab, um in seinen Wagen zu steigen.

"Warte", rief Manne ihm nach. "Kannst du mir noch ein griechisches Restaurant empfehlen, wo Jakob und ich morgen essen können?"

"Hm ..." Eberhard legte nachdenklich seine Stirn in Falten. "Aris hat Sonntag mittags zu, und seit das Rhodos den Besitzer gewechselt hat, soll es dort nicht mehr besonders gut sein. Warum kommt ihr nicht zu uns hoch? Wir wollen morgen noch mal grillen, und ich wette, dass Julia sowieso wieder viel zu viel eingekauft hat."

"Ich weiß nicht, ob ..."

"Überleg's dir einfach. Wenn ihr kommt, seid ihr da, und wenn ihr lieber für euch sein wollt ..." Er zog die Schultern hoch, zwinkerte ihr zu und stieg in seinen Wagen.

Zwanzig

Als Manne am nächsten Morgen aufwachte, galt ihr erster Gedanke dem neuen Tisch. Rasch zog sie den Jogginganzug über ihr Pyjama-T-Shirt und machte sich auf den Weg in die Garage, um zu schauen, ob ihre beiden Anstriche auch im Licht des neuen Tages bestehen konnten. Als sie das schwere Rolltor in Gang setzte, wurde über ihr die Haustür geöffnet.
"Was willst du denn in der Garage?" Ein zerzauster Lockenkopf reckte sich über das Geländer. "Dein Motorrad ist doch in der Werkstatt."
"Ich klau mir ein Auto und fahr damit ans Mittelmeer", entgegnete Manne.
"Das machst du nicht wirklich." Gwens Augen wurden schmal, und über ihrer Nase bildeten sich Falten der Skepsis. "Du erzählst nur Geschichten, nicht wahr?"
"Vielleicht. Vielleicht auch nicht." Manne zog die Schultern hoch. "Im Moment kann ich mich allerdings noch nicht entscheiden, welches Auto ich nehme. Das von deiner Mutter gefällt mir besser, aber das von deinem Vater ist aufgeräumter."
"Und was machst du wirklich in der Garage?" Auf nackten Füßen tappte Gwen die Treppe herunter.
"Ich habe gestern einen alten Tisch angemalt, und jetzt schaue ich nach, ob die Farbe schon trocken ist."
"Zeig mal." Neugierig drängte sich Gwen an Manne vorbei, um den Tisch zu begutachten.
"Sieht gut aus", stellte sie mit Kennermiene fest. "Jedenfalls besser als bei Meggie. Sag mal, weiß die eigentlich, dass du ihren Tisch anmalst."
"Das ist nicht Meggies Tisch", widersprach Manne. "Deine Mutter hat ihn mir geschenkt."
"Die kann ihn dir gar nicht geschenkt haben, weil er Opa Gerhard gehört. Und der hat ihn Meggie geschenkt."
Manne wusste, dass es in dieser Diskussion nichts zu gewinnen gab, sie wechselte das Thema: "Pass auf deine nackten Füße auf.

Hier liegen manchmal Nägel rum. Die mit den großen, flachen Köpfen sind besonders fies." Erschrocken zog Gwen das Genick ein und rannte wieder nach oben.

"Ich bin trotzdem neugierig, was Meggie dazu sagt, dass du ihren Tisch angemalt hast", rief sie von der Treppe herunter, bevor sie die Tür mit einem leisen Rums hinter sich ins Schloss fallen ließ.

Manne war neugieriger, was Jakob zu ihrem Werk sagen würde. Sie überlegte sogar, ob sie nicht anrufen sollte, um ihm zu sagen, dass er doch früher kommen sollte, doch sie verwarf die Idee gleich wieder. Schließlich wollte sie nicht so aufdringlich daherkommen wie Magdalena Rubens. Stattdessen gönnte sie sich eine ausgiebige Dusche und eine Tasse Kaffee auf ihrer Terrasse. Sie blätterte sich durch die neuen Bilder in der Gruppe und folgte dem Link zu der Homepage einer Shabby-Chic-Lady. Sie klickte sich von einem Bild zum nächsten und freute sich darauf, dass der Tisch aus Meggies Hinterlassenschaften schon bald genauso elegant und edel aussehen würde wie die Möbel von der Homepage.

Als ihre Türglocke läutete, war sie bereits bei der zweiten Tasse Kaffee und beim vierzehnten Tisch angekommen.

"Ich will nicht wissen, wie es bei Shabby-Chic-Lady zu Hause aussieht", plauderte sie quer durch die Wohnung mit Jakob, der seine Arbeitshosen anzog. "Sie hat insgesamt siebzehn Tische eingestellt. Und es gibt noch ein Kapitel über Stühle, und eins über Kommoden und eins über ..."

"Vielleicht verkauft sie die Möbel", schlug Jakob vor. "Oder es sieht halt so ähnlich aus wie bei Frau Rubens: voll, sehr voll."

"So schlimm wird es bei mir nicht, versprochen." Manne hob die Schwurhand. "Obwohl ich zugeben muss, dass ich schon überlegt habe, wo ich die passenden Stühle zu diesem Tisch finde."

"Sag mir Bescheid, wenn du sie gefunden hast. Dann packe ich den Akku-Schleifer und die Pinsel ein und eile dir zu Hilfe", entgegnete Jakob, ohne mit der Wimper zu zucken.

Sie wusste wieder einmal nicht, ob dieses Angebot ernst gemeint war, oder ob er sie nur auf den Arm nehmen wollte.

"Das ist fantastisch." Behutsam strich Jakob über das Tischgestell. "Ich hätte nicht gedacht, dass du das so gut hinkriegst, und dass die Farbe nach dem ersten Anstrich schon so gut deckt."

"Nach dem zweiten Anstrich." Manne strahlte. "Ich habe gedacht, wir kommen heute flotter voran, wenn ich das soweit fertig mache."

"Gut, sehr gut." Jakob nickte anerkennend. "Dann brauche ich für deine Stühle nur noch die Schleifmaschine. Streichen kannst du sie mindestens so gut wie ich."

Sie beschlossen, den Tisch zum nächsten Arbeitsschritt wieder auf Mannes Terrasse zu bringen, die Garage war breit genug, um ihn an den beiden Autos vorbeizumanövrieren. Doch dann stießen sie auf ein Hindernis, das sie nicht so leicht umgehen konnten.

Meggie stand in der Einfahrt, die Hände in die Hüften gestemmt. Mit funkelnden Katzenaugen starrte sie den Tisch an. "Echt jetzt!" Sie schien eher mit sich selbst als mit Manne oder Jakob zu reden. "Ich hab's ja nicht geglaubt. Aber diese Frau vergreift sich tatsächlich an meinem Tisch."

"Diese Frau ist deine Oma", erwiderte Manne mit einer Gelassenheit, die sie nicht fühlte. "Sie vergreift sich nicht an deinem Tisch, sondern sie restauriert einen Tisch, den ihr deine Mutter geschenkt hat. Und jetzt gehst du bitte aus dem Weg." Ohne Meggies Reaktion abzuwarten, setzte sie sich wieder in Bewegung. Die musste sich rasch in Sicherheit bringen, um nicht über den Haufen gerannt zu werden.

"Du glaubst doch nicht, dass ich mich in unserem eigenen Haus von einer billigen Untermieterin bestehlen lasse", keifte sie, während sie die Treppe hinaufstapfte.

"Mama ...", jammerte sie mit tränenerstickter Stimme. "Die hat mir ..." Manne konnte nicht mehr hören, was sie ihr angetan haben sollte, weil in diesem Moment die Tür hinter ihr ins Schloss fiel.

"Meine Güte, was war das denn?", wunderte sich Jakob.

"Das war meine Enkelin Meggie." Manne zuckte mit den Schultern. "Meine Tochter und ihr Psychologe tippen auf hochsensibel. Ich tippe auf hochgradig verzogen. Schau mich nicht so an. Ich habe sie nicht erzogen. Als das passiert ist, war ich in Köln Geld verdienen."

Obwohl Jakob nichts sagte, glaubte sie, in seinen Augen einen leisen Vorwurf zu lesen: *Vielleicht war das der Fehler ...*

Während er noch die Kiste mit dem Werkzeug und den Farbdosen aus der Garage holte, bereitete Manne in einem Sonnenfleck am äußersten Rand ihrer Terrasse den Arbeitsplatz vor. Sie rollte den Malerfilz aus, klappte die beiden Böcke auf und lauschte dabei angestrengt nach oben. Es hätte sie nicht gewundert, wenn Julia herbeigeeilt wäre, um den bedauerlichen Irrtum rund um den Tisch zu klären, und das Unrecht, das ihre Tochter erlitten hatte, wiedergutzumachen. Oben blieb es jedoch still. Als Jakob ein Kästchen mit vielen kleineren Farbdosen auspackte, war Meggie vergessen.

"Für die Schnitzereien. Frau Rubens sagt, du sollst dir mindestens zwei, aber nicht mehr als drei Farben aussuchen, damit es nicht wie Bauernmalerei aussieht."

Sie entschied sich für ein bläuliches Lila und ein zartes Grün. Für sie waren es die Farben der Provence.

Jakob notierte den Namen des Herstellers und die Nummern der Farben. "Für den Fall, dass du die passenden Stühle findest."

Während Manne die Schnitzereien anmalte, kochte Jakob Kaffee, den sie in schweigender Eintracht tranken, während die Farbe trocknete. Dann machte er sich mit feinem Schleifpapier an den Ecken und Kanten des Gestells zu schaffen, um den Tisch den edlen Used-Look zu verleihen. Gleichzeitig arbeitete Manne das weiß schimmernde Kalkwachs in die Rillen der Tischplatte hinein.

Als es vom nahen Kirchturm Mittag läutete, waren sie fertig. Nun musste das Gestell zum Schutz der empfindlichen Farbe noch mit einem gewöhnlichen Möbelwachs versiegelt werden, aber Jakob wollte das Wachs auf der Platte erst noch ein bisschen antrocknen lassen, bevor sie den Tisch wieder auf die Malerböcke stürzten.

"Wollen wir in der Zwischenzeit essen gehen?", schlug er vor.

"Das hätte ich fast vergessen!" Manne klatschte sich vor die Stirn. "Eberhard hat uns eingeladen. Die Achmänner wollen grillen."

"Das geht nicht", protestierte Jakob. "Ich kann mich nicht einfach bei wildfremden Leuten an den Tisch setzen."

"So fremd sind diese Leute nun auch wieder nicht. Julia ist meine Tochter und Eberhard ist mein Schwiegersohn."

"Und ich bin ..."

"Ein Freund meiner Schwiegermutter, der ihr dabei geholfen hat, den alten Tisch meiner Mutter wieder auf Vordermann zu bringen." Ohne dass Manne oder Jakob ihn bemerkt hatten, war Eberhard durch den Garten gekommen. "Außerdem waren wir gestern schon per Du. Ganz fremd können wir also wirklich nicht mehr sein."

Jakob sah sich hilfesuchend nach Manne um, aber sie wich seinen Blicken aus.

"Der ist wunderschön geworden." Eberhard strich sachte über die blassweiße Tischplatte. "Jetzt könnte man ihn für teures Geld in jedem Antiquitätengeschäft verkaufen. Ich wette, so hätte er meiner Mutter auch gefallen."

"Der Tisch hat deiner Mutter gehört?", wunderte sich Manne.

"Mein Vater wollte ihr zum fünfzigsten Geburtstag ein ganz besonderes Geschenk machen und hat ihr Zimmer komplett neu einrichten lassen. Leider mochte sie Eiche rustikal genauso wenig wie du. Aber das hat sie meinem Vater nie verraten. Die vier Stühle, die dazu gehören, stehen vermutlich bei uns im Keller. Den Sekretär, den Schrank und die Vitrine hat meine Schwester mitgenommen, aber soweit ich weiß, hat sie die Sachen nie benutzt. Soll ich gelegentlich mal fragen, ob sie noch da sind? Dann könnt ihr das ganze Damenzimmer im neuen Glanz auferstehen lassen."

"Der Tisch war ja nicht allzu schwierig, aber ich weiß nicht, ob ich gut genug aufgepasst habe, um einen Schrank oder eine Vitrine ..." Nun war es Manne, die Jakob einen hilfesuchenden Blick zuwarf.

Er nickte ihr aufmunternd zu. "Zusammen schaffen wir das. Und wenn wir wirklich mal nicht weiterwissen, kann ich immer noch Frau Rubens fragen."

"Gut." Eberhard nickte sichtlich zufrieden. "Wie sieht es jetzt mit dem Mittagessen aus?"

Eine halbe Stunde später saßen Jakob und Manne auf der Terrasse, der Grill brannte, und die Steaks dufteten so verführerisch, dass

Manne das Wasser im Mund zusammenlief. Jakob entschuldigte sich wortreich dafür, dass er nicht wenigstens eine Flasche Wein oder einen Strauß Astern aus seinem Garten mitgebracht hatte, Julia entschuldigte sich ebenso wortreich, dass sie zu Steaks und Würstchen nur Tomatensalat, Nudelsalat und Brot anbieten konnte, und Manne war einfach nur glücklich. Sie freute sich auf das Mittagessen, auf ihren neuen Tisch und über die friedliche Stimmung am Tisch der Achmänner. Offenbar übte Jakobs Anwesenheit einen besänftigenden Einfluss auf Meggie und Gwen aus. Jedenfalls hatten sich die beiden ohne Gemaule auf die alten Gartenstühle gesetzt, die Eberhard für sie an die Längsseite des Tischs gerückt hatte, und unterhielten sich leise.

"Du musst dir anschauen, was deine Mutter und ihr neuer Bekannter aus dem alten Tisch gemacht haben", warf Eberhard ein, während er die Steaks auf dem Grill zurechtrückte.

"Welcher Tisch?", fragte Julia.

Meggie half ihr nur zu gern auf die Sprünge. "Er redet von MEINEM Tisch. Der Tisch, den mir Opa Gerhard geschenkt hat. Die da", sie deutete mit dem Kinn auf Manne, "behauptet, sie hat ihn von dir. Aber das glaube ich ihr nicht. Du würdest doch nicht meine Sachen verschenken."

"Du hast den Tisch nie benutzt." Julia warf ihrer Tochter einen verzweifelten Blick zu. "Du wolltest einen Schreibtisch daraus machen, und als er dir mit der neuen Farbe nicht gefallen hat, haben wir dir einen anderen gekauft. Dieser Tisch steht seit fast zwei Jahren im Keller. Ich hätte nicht im Traum daran gedacht, dass du ihn noch einmal haben willst."

"Will ich aber."

"Ich weiß, aber ..." Julia sah völlig ratlos aus.

Manne fürchtete schon, dass sie sie darum bitten würde, den Tisch zurückzugeben.

"Nein!" Obwohl Eberhard nicht laut gesprochen hatte, schnitt das Wort wie ein Messer durch die dicke Luft, über der Terrasse.

"Papa ..." Mit feuchten Augen und zitternder Unterlippe, wandte sich Meggie an ihren Vater. "Du kannst doch nicht einfach ..."

"Doch ich kann." Seine Faust polterte auf den Tisch und ließ die Bestecke klirren. "Du wolltest den Tisch unbedingt haben, und dein
Großvater hat ihn dir überlassen. Ich wollte ihn mit dir gemeinsam
lackieren, aber du hast nicht warten können. Du hast ihn mit dieser
unmöglichen Farbe vollgekleckert, und die hat dir hinterher natürlich auch nicht mehr gefallen."
"Jetzt gefällt mir der Tisch aber wieder," hauchte Meggie mit schwa-
cher Stimme. "Und er erinnert mich an Opa Gerhard. Ich verspreche
dir, dass ich nie wieder einen anderen Schreibtisch ..."
"Nein", unterbrach Eberhard ihre Rede. "Dieser Tisch gehört jetzt
deiner Großmutter. Ich hoffe, dass ich ihr die anderen Möbel aus
dem Zimmer meiner Mutter auch noch aufschwatzen kann. Sie und
ihr Bekannter haben ein Händchen dafür, aus diesen Möbeln etwas
Schönes zu machen."
"Aber ..."
"Schluss!" Einen Augenblick maßen sie sich mit zornigen Blicken.
Meggies Augen funkelten, doch Eberhard starrte ungerührt zurück
und verzog keine Miene.
"Du bist so gemein!" Sie stieß den Stuhl zurück, warf ihre Haare in
den Nacken und rauschte wutschnaubend davon.
"Meggie, warte doch. Wir finden eine Lösung. Wir ..." Doch Julias
Worte zerschellten an Meggies Panzer aus gekränkter Majestät.
"Ihr könnt mich doch alle mal!"
"Warte bitte." Julia sprang auf, um ihrer Tochter hinterherzueilen
und Gwen nutzte den Moment der Verwirrung, um ebenfalls zu ver-
schwinden.
"Verdammt noch mal!", schimpfte Eberhard. "Immer dieses Zicken-
theater! Jetzt sind unsere Steaks natürlich trocken wie Schuhsohlen."

Einundzwanzig

Am nächsten Morgen war es wieder der Staubsauger, der Manne weckte. Offenbar hatten die Mädchen die kindischen Versuche aufgegeben, sie vor Tag und Tau aus dem Bett zu ärgern. Der Tisch, um den Meggie gestern noch bittere Tränen vergossen hatte, war vermutlich auch schon vergessen. Anja hatte recht, es war nur eine Frage der Zeit, bis sich Meggie und Gwen an sie gewöhnt hatten.

Mit einem wohligen Grunzen drehte sich Manne auf die andere Seite und ließ ihre Gedanken spazieren gehen. Vielleicht könnte sie mit den Möbeln von Eberhards Mutter und der Landhausküche, die Julia so gut gefallen hatte, im großen Zimmer eine Wohnküche einrichten, ihr Schlafzimmer dort lassen, wo es jetzt war, und aus Opa Gerhards Schlafzimmer ein kleines Wohnzimmer mit ihrem Sessel, einer Couch und einem Regal für Bücher, CDs und ihre Stereoanlage machen. Eberhard hatte ja schon zugesagt, dass er die Deckenpaneele weiß streichen lassen würde, und mit dem tabakbraunen Fliesenboden konnte sie leben. Erstaunt stellte Manne fest, dass sie sich zum ersten Mal vorstellen konnte, auf Dauer hier zu wohnen, und dass ihr diese Vorstellung gefiel.

Inzwischen war es schon fast zehn.

Höchste Zeit, aufzustehen, ermahnte sie sich in Gedanken.

In ihrem alten Leben hätte sie genau gewusst, was heute zu tun war. Die Ferien neigten sich auch in Köln ihrem Ende zu, sie hätte die Schulsekretärin angerufen, um die Klassenlisten gebeten und angefangen, den Unterricht vorzubereiten. In ihrem neuen Leben konnte sie entscheiden, ob sie noch ein Stündchen im Bett liegen und lesen oder aufstehen und anfangen wollte, die Stühle abzuschleifen, die Eberhard gestern aus dem Kämmerchen neben dem Heizungskeller gekramt hatte. Vielleicht war ja auch das Wachs auf der Tischplatte schon trocken genug, um es auszupolieren.

Bevor sie eine Entscheidung treffen konnte, läutete ihr Telefon. Mit einem Satz war Manne aus dem Bett.

"Moin!" Sie hatte mit Anja gerechnet, aber nicht mit der geschäftsmäßig freundlichen Stimme einer fremden jungen Frau.

"Gillmann von der Motorradwerkstatt Mork. Spreche ich mit Frau Sollinger?"

"Das bin ich." Sie hatte nicht gedacht, dass sich die Werkstatt schon so früh bei ihr melden würde. "Gibt es Probleme?"

"Ich soll Ihnen ausrichten, dass Sie Ihre BMW abholen können. Die Reifen sind montiert und von der Werkstattleitung abgenommen."

"Das ging ja flott." Manne war begeistert. "Ich komme gleich vorbei und hole mein Moped ab."

"Bitte denken Sie daran, dass wir von zwölf bis halb zwei Mittagspause machen."

"Ich vermute, dass ich es vorher schaffe", entgegnete Manne etwas pikiert. Dachte dieses junge Ding vielleicht, dass sie zwei Stunden brauchen würde, um zur Werkstatt zu gehen?

Nach der Dusche und einer Tasse Kaffee zog Manne ihre Motorradkombi an und hängte den Helm in die Armbeuge. Als sie die Wohnungstür öffnete, kam es ihr vor, als würde sie gegen eine Wand laufen. Obwohl sich die Sonne hinter dichten Schleierwolken verbarg, war es heiß und dämpfig wie in einer Sauna. Manne spielte kurz mit dem Gedanken, Julia zu fragen, ob sie sie fahren konnte, doch dann trug ihr Stolz den Sieg davon. Sie zog ihre Jacke aus, hängte sie zum Helm über ihren Arm und ging los. Als sie die Ausfahrt erreichte, war ihr T-Shirt schweißnass, jeder Schritt war so mühsam, als würde sie durch Schlamm waten. Auf halber Strecke kaufte sie in einer Tankstelle eine Flasche Wasser, die sie in einem Zug leer trank. Völlig erschöpft, aber mit sich und der Welt zufrieden, erreichte sie kurz vor zwölf die Werkstatt. Ihr Moped wartete am Straßenrand auf sie. Mit seinen neuen Reifen sah es beinahe unternehmungslustig aus. Manne winkte ihm verstohlen zu, bevor sie sich die vier Stufen zum Büro hinaufschleppte.

Kühle Luft schwappte ihr entgegen. Manne zog rasch die Tür hinter sich zu, bevor die nach draußen entwischen konnte.

"Guten Tag, Frau Sollinger." Die junge Frau hinter dem Schreibtisch hatte sie sofort erkannt. Sie fischte einen Motorradschlüssel von einem Wandbrett mit zahlreichen Haken, legte ihn auf den Tresen und tippte etwas in den Computer. Weiter hinten setzte sich ein Drucker in Gang, dann präsentierte ihr die junge Frau die Rechnung.

"Dreihundertachtundzwanzig Euro und zweiundfünfzig Cents. Bar oder mit der Karte?"

"Mit der Karte", antwortete Manne, während sie ihre Brieftasche aus der Jacke kramte. *Sehe ich aus, als würde ich mit größeren Mengen Bargeld herumlaufen?*, setzte sie in Gedanken hinzu.

Die junge Frau quittierte die Rechnung, händigte ihr den Schlüssel aus und wünschte ihr eine gute Fahrt.

Als Manne das klimatisierte Büro verließ, kam es ihr draußen noch unerträglicher vor. Trotzdem zog sie Jacke und Handschuhe an, bevor sie sich in den Sattel ihres Mopeds schwang und die Zündung betätigte. Mit einem diskreten Räuspern erwachte der Motor zum Leben. Sie ließ die Maschine vom Parkstreifen rollen und fädelte sich in den Verkehr ein. An der nächsten Kreuzung bog sie allerdings nicht nach links ab, um auf dem kürzesten Weg nach Hause zu fahren, sondern fuhr geradeaus. Eine Probefahrt konnte nicht schaden, und der Fahrtwind machte die drückende Hitze erträglich. Sie fuhr über die Landstraße an Volkersheim vorbei und immer weiter bis nach Spiringen, wo sie den Hinweisschildern zu einem kleinen Yachthafen folgte. Sie hatte gehofft, dass es am Rand des Wassers nicht ganz so schwül war, aber ohne den Fahrtwind war es selbst im Schatten der gewaltigen Kastanie neben dem Hafenbecken kaum auszuhalten. Trotzdem kaufte sie sich am Kiosk neben dem Kartenverkauf eines Ausflugsdampfers eine Currywurst mit Pommes und eine Dose Cola. Als sie sich auf ihrer Bank unter der Kastanie gerade halbwegs gemütlich eingerichtet hatte, klingelte ihr Telefon. Sie nahm das Gespräch an, ohne auf die Nummer zu achten.

"Sollinger?"

"Hallo Mama, wo bist du denn?", ertönte Julias Stimme.

Für Manne hörte sich diese Frage beinahe wie ein Vorwurf an. "Ich sitze am Ufer des Rheins und bin hungrig."

"Wo bist du?", wiederholte Julia

"In Spiringen."

"Und was machst du da?"

"Nichts", entgegnete Manne achselzuckend. "Wenigstens nichts, was der Rede wert wäre. Ich habe mein Moped aus der Werkstatt geholt und eine Probefahrt gemacht. Jetzt bin ich hier."

Julia seufzte vernehmlich. "Magst du mit uns zu Mittag essen? Ich habe einen Räubertopf und einen bunten Salat vorbereitet."

Julias Räubertopf war weitläufig mit Mannes Rumfortpfanne verwandt. Vermutlich hatte ihre Tochter alles hineingeschnippelt, was bei dem verunglückten Familiengrillen übrig geblieben war.

"Das Angebot klingt verlockend, aber ich habe mir gerade eine Currywurst gekauft."

"Besonders gesund ist das aber nicht."

Vor Mannes geistigem Auge tauchte die gerümpfte Nase ihrer Tochter auf. "Vermutlich nicht", entgegnete sie mit einem Anflug von teenagerhaftem Oppositionsgeist. "Aber lecker."

"Na, dann wünsche ich guten Appetit. Sag mal, hast du eigentlich schon eine Idee, wie du die Sache mit Meggie regeln willst?"

"Wie bitte?" Einen Moment lang glaubte Manne tatsächlich, sie hätte sich verhört.

"Sie ist kreuzunglücklich darüber, dass du dir diesen Tisch einfach genommen hast, ohne sie wenigstens zu fragen."

"Ich habe mir den Tisch nicht genommen. Du hast ihn mir gegeben."

"Ich habe ihn dir leihweise zur Verfügung gestellt, damit du nicht auf die Schnelle irgendetwas kaufen musst, was dir in einem halben Jahr sowieso nicht mehr gefällt. Aber ich hätte nicht im Traum daran gedacht, dass du diesen Tisch weiß anmalen und auf alt trimmen könntest."

"Das heißt Vintage", konterte Manne. "Oder Shabby-Chic. Und mir gefällt er so. Ich bin beinahe sicher, dass er mir auch in einem halben Jahr noch gefallen wird."

"Aber Meggie ..."

"Meggie wird darüber hinwegkommen. Ich denke, dass Eberhard gestern Mittag alles gesagt hat, was es zu diesem Thema zu sagen gab."

Als sich Julia verabschiedet und ihr noch eine gute Fahrt gewünscht hatte, tat es Manne schon wieder leid, dass sie so schroff reagiert hatte. Sie dachte sogar darüber nach, zurückzurufen, und ihr vorzuschlagen, mit Meggie zu reden. Der teenagerhafte Teil konnte sich jedoch durchsetzen. Sie steckte das Handy weg, aß ihre Currywurst und die Pommes und genehmigte sich zum Nachtisch ein Eis.

"Müssen Sie heute noch weit?", erkundigte sich der Imbissbudenbesitzer, als sie die leere Coladose zurückbrachte. Dabei deutete er auf die BMW, die noch immer ein Kölner Kennzeichen trug.

"Heute muss ich gar nichts", entgegnete sie. "Ich wohne nicht mehr in Köln, sondern in Sisselsheim."

"Dann sollten Sie besser gleich zurückfahren. Im Radio haben sie gerade eine Unwetterwarnung durchgegeben. Sie haben Gewitter mit Sturmböen, Starkregen und Hagel gemeldet."

"Eine Unwetterwarnung?" Skeptisch blickte Manne zu dem blassen Himmel hinauf. "Für heute?"

"Ich weiß, es sieht nicht danach aus." Der alte Mann zog die Schultern hoch. "Aber ich spür schon seit gestern im Kreuz, dass da was im Busch ist. Ich werd meinen Laden gleich zumachen und zusehen, dass ich nach Hause komme. Um die Zeit ist hier sowieso nicht viel los. Bei so einer Wetterlage merkt man oft nicht, was sich da zusammenbraut, bis es zu spät ist."

Kaum, dass Manne sich verabschiedet hatte, hörte sie ihn im Wagen rumoren und mit Töpfen oder Pfannen klappern. Es dauerte keine fünf Minuten, bis er eine Kiste mit schmutzigem Geschirr und einer Kühltasche auf seinen Fahrradanhänger geladen, das Vordach über der Theke heruntergekurbelt und den Wagen abgesperrt hatte. Er winkte Manne kurz zu, bevor er eilig davonradelte.

"Eine Unwetterwarnung?" Manne blickte ihm kopfschüttelnd nach. Dann fiel ihr auf, dass die Blätter der Kastanie, die in der feuchtwarmen Luft schlaff nach unten gehangen hatten, in einem Luftzug, der kein bisschen Abkühlung brachte, raschelten. Es fühlte sich so an, als hätte jemand einen Fön eingeschaltet.

"Also gut. Ab nach Hause."

Unterwegs hielt sie vergeblich nach Hinweisen auf ein Unwetter Ausschau. Aus den dünnen Schleierwolken, die die Nachmittagssonne orangerot schimmern ließen, würde sicher kein Regen und erst recht kein Hagel herabstürzen. Erst als sie über die Talbrücke vor Sisselsheim fuhr, sah sie, dass sich hinter dem fernen Dunnberg ein zweiter Berg aus wattig-weißen Wolken mit graublauen Rändern erhoben hatte, der mit atemberaubender Geschwindigkeit in alle Richtungen zu wachsen schien. Schwefelgelbe Lichter zuckten im Inneren und sein Schatten lag so finster wie die Nacht über dem hügeligen Land. Obwohl es bis Sisselsheim keine zehn Kilometer mehr waren, gab Manne noch einmal richtig Gas. Diesem Wolkenungeheuer wollte sie nicht auf offener Strecke begegnen.

Keine fünf Minuten später rollte sie durch die Einfahrt und den Hof in die Garage. Geschafft! Auf ihrem Platz stand zwar noch der Tisch, aber wenn sie den beiseiterückte, würde es für ihr Moped reichen. Vielleicht fand sie sogar jemanden, der ihr half, das Schätzchen in ihre Wohnung zu tragen, bevor es zu regnen anfing. Inzwischen sollte das Wachs trocken genug sein, um es zu polieren. Doch als sie in die Garage ging, um nachzuschauen, wie die BMW und der Tisch am besten aneinander vorbeikommen würden, traf sie fast der Schlag. Vier tiefe Schrammen, die aussahen, als hätte ein Tiger seine Klauen ins Holz geschlagen, zogen sich quer über die ganze Tischplatte.

"Das ist doch ..." Sie wusste nicht, ob sie schreien oder heulen sollte. Aus der Ecke hinter Julias Auto hörte sie ein Rascheln. Sie wirbelte herum und sah gerade noch, wie Meggie durch den schmalen Gang zwischen Auto und Wand aus der Garage schlüpfen wollte.

"Halt, du bleibst hier!" Mit drei langen Schritten schnitt sie ihr den Weg ab.

Meggie starrte ihre zornige Großmutter mit erschrockenen Augen an. In der Hand hielt sie einen Schraubenzieher, an dem zweifelsohne genug Wachs- und Holzfasern klebten, um zu beweisen, dass das Werk der Zerstörung auf ihr Konto ging.

"Und was hast du jetzt vor?" In ihrer Stimme lag die trotzige Verzweiflung, die Manne in ihrem dreißigjährigen Lehrerdasein oft genug gehört hatte, wenn hart gesottene Leugner kurz davor standen, umzukippen. "Willst du mich verprügeln?"

"Ganz sicher nicht. Wir gehen zusammen hoch, und du erklärst deiner Mutter und mir, was du mit diesem Schraubenzieher an meinem Tisch zu schaffen hattest." Doch wenn Manne geglaubt hatte, dass Meggie unter der erdrückenden Beweislast zusammenbrechen würde, hatte sie sich getäuscht.

"Hast du gesehen, dass ich es war?" Von einem Moment auf den anderen wurden Meggies Augen kalt und hart wie Glasmurmeln. Ihr Lachen klang, als würde jemand Schrauben in einer Konservendose durcheinanderschütteln. "Kannst du es beweisen?"

"Die Schrammen sind ganz frisch. Außer dir und mir ist keiner da."

"Wenn du schlau bist und dich nicht blamieren willst, lässt du es einfach bleiben. Meine Mutter glaubt dir sowieso kein Wort."

"Das werden wir ja sehen."

"Und wenn du ganz schlau bist, verschwindest du einfach. Ich kann dich nämlich nicht leiden, und ich kann dafür sorgen, dass dir immer wieder Sachen kaputt gehen." Mit voller Wucht schleuderte sie den Schraubenzieher in Richtung des Motorrads. Es war reiner Zufall, dass er knapp über sein Ziel hinausschoss und auf den Hof klapperte, ohne Schaden anzurichten. Im gleichen Moment rannte Meggie los, wischte am Auto ihrer Mutter und an der BMW vorbei und stürmte die Treppe hinauf.

"Mama", kreischte sie und klatschte dabei mit beiden Händen gegen die Tür. "Lass mich rein, Mama. Schnell!"

Während Manne noch die Tatwaffe einsammelte, öffnete Julia die Haustür.

"Was ist denn los, Meggie." Ihre Stimme klang besorgt, aber keineswegs panisch. "Ist etwas passiert?"

"Diese Frau da." Sie warf einen gehetzten Blick über ihre Schulter nach hinten, als fürchtete sie, dass Manne mit drohend erhobenem Schraubenzieher auf sie losgehen würde. "Jetzt ist sie völlig durchgeknallt."

"Andersrum wird vielleicht ein Schuh daraus", schnaubte Manne. "Die junge Dame hat nämlich gerade ..."

"Mama!" Mit einem spitzen Schrei zwängte sich Meggie an ihrer Mutter vorbei und flüchtete ins Haus.

"Jetzt kommt mal bitte alle beide wieder auf den Teppich. Zentriert euch und denkt daran, zu atmen." Julia richtete sich zu ihrer vollen Größe auf und atmete dabei hörbar ein und wieder aus, als wolle sie es ihnen vormachen. "Jetzt will ich wissen, was passiert ist."

"Meggie hat meinen Tisch ..."

"Die behauptet, dass ich ...", keifte Meggie gleichzeitig.

Julia hob die Arme, als wolle sie einen Chor dirigieren. "Eine nach der anderen, sonst verstehe ich gar nichts. Meggie, du fängst an."

"Ich war gerade in der Garage, um nach meinem Fahrrad zu schauen. Plötzlich ist Oma hereingekommen und hat mich angeschrien."

"Das ist gar nicht wahr", platzte Manne dazwischen. "Ich bin in die Garage gegangen, weil ich ..."

"Mama!" Mit einem eisigen Blick schnitt Julia ihrer Mutter das Wort ab. "Wir lassen einander ausreden. Meggie darf ihre Version der Geschichte zuerst erzählen."

Manne schnaubte empört. Wieso erdreistet sich ihre Tochter, sie zu behandeln, als wäre sie ein dummes Kind, das mit einem anderen Kind Streit angezettelt hatte? Am liebsten hätte sie diese alberne Veranstaltung auf der Stelle verlassen. Stattdessen seufzte sie, lehnte sie sich gegen das Treppengeländer, verschränkte die Arme vor der Brust und nötigte ihre Lippen zu einem schmalen Lächeln.

"Ich wollte wirklich nur nach meinem Fahrrad schauen." Meggies Stimme klang dünn und zittrig. "Da habe ich Papas Schraubenzieher auf dem Boden liegen sehen. Ich habe ihn aufgehoben, weil ich ihn auf die Werkbank zurücklegen wollte. Sie ist hereingekommen und hat mich angebrüllt, weil ich angeblich ihren Tisch zerkratzt habe."

"Ach so." Manne brauchte ihre ganze Selbstbeherrschung, um angesichts dieser dreisten Lüge ruhig zu bleiben. "Und woher soll ich in deiner Version der Geschichte gewusst haben, dass der Tisch zerkratzt ist, obwohl ich nicht einmal weit genug gekommen war, um ihn überhaupt zu sehen."

"Ich ... - Oh mein Gott", seufzte Meggie und klammerte sich mit beiden Händen ans Treppengeländer, als fürchtete sie, ohnmächtig zu werden. "Muss ich mir die Lügenmärchen anhören, die diese Frau über mich erzählt?"

Julia wandte sich zu ihrer Tochter um und atmete noch einmal vernehmlich aus und ein. "Ich will, dass wir diese Sache aufklären, und du musst uns dabei helfen, Meggie. Du schaffst das auch, das weiß ich genau. Vermutlich ist alles nur ein Irrtum. Auch erwachsene Leute irren sich manchmal. Und jetzt will ich hören, was meine Mutter dazu sagt."

"Deine Mutter sagt, dass das alles Bullshit ist", schnaubte Manne. "Ich bin gerade eben erst ..."

"Mama!" Mit warnend erhobener Hand fiel Julia ihrer Mutter ins Wort. "Bitte keine Wertungen."

Wenn es im Sinne des größeren Ganzen ist...

In ihrer Erinnerung hörte Manne die Stimme von Frau Gänswein. Sie schluckte Ihren Stolz hinunter. Sie schluckte und schluckte und zwang sich dazu, ruhig zu bleiben.

"Ich bin von meiner Probefahrt zurückgekommen und wollte meinen Tisch zur Seite rücken, um mein Mo..."

"Es ist mein Tisch", kreischte Meggie.

"Bleib ruhig und bleib bei der Sache", ermahnte Julia ihre Tochter.

Manne konnte nicht länger an sich halten. "Nein, es ist mein Tisch!"

"Mama", kreischte Meggie in den höchsten Tönen. "Hast du das gehört? Mit dieser schrecklichen Frau kann ich nicht reden. Ich hasse sie." Sie stampfte noch einmal auf den Boden und rannte heulend wie eine Sirene die Treppe hinauf.

"Da siehst du, was du wieder angerichtet hast", blaffte Julia. "Kannst du dich nicht mal ein bisschen zurücknehmen? Die Mädchen geben sich wirklich Mühe. Sie wollen mit dir zurechtkommen, aber wenn du wegen jeder Kleinigkeit gleich lospolterst ..."

"Kleinigkeit ...?" Manne schnappte nach Luft wie ein Fisch auf dem Trockenen. "Dieses Miststück hat meinen Tisch kaputtgemacht."

"Ich verbitte mir, dass du in diesem Ton über meine Tochter redest." Manne schnaubte vor Zorn. "Offenbar besteht deine Erziehung darin, deinen Kindern Honig um den Mund zu schmieren und Atemübungen mit ihnen zu machen, wenn tatsächlich mal ein paar Takte

Klartext angesagt wären. Damit will ich nichts zu tun haben." Ohne Julias Antwort abzuwarten, schwang sie sich in den Sattel ihrer BMW und jagte mit brüllendem Motor die Einfahrt hinauf.

Manne folgte der Straße, ohne darauf zu achten, wohin diese führte. Sie wusste, dass sie zu schnell fuhr, aber es war ihr egal. Sie drückte die BMW tief in die engen Kurven, und wunderte sich, dass sie letztens noch gedacht hatte, sie könnte es verlernt haben. Erst als neben der Straße hohe Bäume aufragten, registrierte sie, dass sie Sisselsheim und den bekannten Teil ihrer neuen Welt längst hinter sich gelassen hatte.

Willst du nicht umkehren? Wie eine Vorahnung von Kopfschmerzen dröhnte die Stimme der Vernunft gegen ihre Schläfen.

"Nein!" Sie wollte nicht umkehren. Sie wollte weiter, immer weiter fahren. Bis zum Ende dieser Straße.

Und dann?

"Wer weiß!"

Denk an die Unwetterwarnung.

Das Wort hatte keine Bedeutung mehr für Manne. Sie wunderte sich kaum darüber, dass der Nachmittag in einem fahlgelben Sonnenuntergang versank, der bereits wenige Kilometer weiter zur Nacht wurde. Für einen Moment wurde die frühe Nacht taghell erleuchtet, dann ertönte ein Grollen gefolgt von einem Krachen, dessen Widerhall die ganze Welt erbeben ließ. Dicke Tropfen zerplatzten auf dem Visier, und ließen die Straße vor ihren Augen verschwimmen.

Und jetzt? Die Stimme der Vernunft klang triumphierend. *Jetzt musst du doch umkehren.*

"Muss ich nicht." Manne knirschte vor Zorn mit den Zähnen. "Ich kann einfach weiterfahren."

Weißt du denn nicht, wie gefährlich es ist, bei Gewitter draußen zu sein?

"Ich fahre trotzdem weiter. Ich fahre einfach trotzdem weiter." Sie murmelte diese Worte immer wieder in ihren Helm, als wäre es ein Zauberspruch, der sie vor Blitz und Donner schützen konnte. Ein eisiger Wind schleuderte ihr eine Handvoll Hagelkörner entgegen.

"Ich fahre trotzdem weiter."

Das Licht ihres Scheinwerfers verblasste in einem weiteren Blitz, und bevor die gespenstig weiße Helligkeit wieder verloschen war, folgte ein Donnerschlag, der Manne für einen Moment den Atem raubte. Es klang, als würde der Himmel zerbersten. Schmerzhaft prasselten die Splitter auf ihre Hände und Arme herab.

Ich will nach Hause, kreischte die Stimme in ihrem Kopf.

"Ich fahre trotzdem weiter", knirschte Manne zwischen zusammengebissenen Zähnen. "Ich habe kein Zuhause mehr." Nach allem, was sie ihrer Tochter an den Kopf geworfen hatte, würde die kein Wort mehr mit ihr reden. Nie wieder. Manne hatte ihre zweite Chance verpatzt.

Wo willst du denn dann hin? Die Stimme der Vernunft war nur noch ein ängstliches Flüstern.

"Ich weiß es nicht." Sie hatte keine Zeit, darüber nachzudenken, sie war vollauf damit beschäftigt, ihr Moped auf der Straße zu halten. Unwillkürlich hielt sie die Luft an, als ein grellweißes Flackern den nächsten Donnerschlag ankündigte. Der ließ diesmal etwas länger auf sich warten. Es war auch kein ohrenbetäubendes Krachen mehr, sondern ein lang gezogenes dumpfes Grollen.

"Siehst du", tröstete sie die verzagte Stimme der Vernunft. "Es ist schon weitergezogen. Gleich hört es auf."

In dem Punkt hatte sie sich allerdings geirrt. Blitz und Donner wurden gefolgt von sintflutartigen Regengüssen. Die Straße wurde zu einem Fluss, in dem der Vorderreifen ihres Mopeds jederzeit versinken konnte. Im Schein ihres Fernlichts erkannte Manne weder den Rand- noch den Mittelstreifen. Sie fuhr nur noch Schritttempo, ihr Scheinwerfer tastete sich von einer Straßenbegrenzungsbarke zur nächsten. Regen prasselte gegen ihr Visier, gegen ihre Brust, gegen ihre Arme und Beine. Zwischen Helm und Jacke rann er in ihren Kragen, die Lederkombi wurde bleischwer. Sie fröstelte im eisigen Wind, der ihr immer wieder Hagel entgegenschleuderte. Am Straßenrand schimmerte ein blaues Schild.

Da ist ein Parkplatz, lass uns da rausfahren, jammerte die Stimme der Vernunft. *Bitte! Ich kann nicht mehr weiter.*

"Ich muss weiter." Manne starrte auf den schmalen Streifen Asphalt, der von der Straße übrig geblieben war. "Hier gibt es nichts, wo ich bleiben könnte. Wenn ich jetzt absteige, komme ich nicht mehr in den Sattel."
In einem besonders grellen Blitz leuchtete plötzlich ein Hinweisschild auf: Krähenstein, drei Kilometer, stand in dem gelben Pfeil, der nach links oben zu deuten schien.

Wasser schoss die Straße herunter, bei dem Versuch, links abzubiegen, wurde der Hinterreifen von der Strömung erfasst und mitgerissen. Nur mit Mühe konnte sie ihr Moped auf der Straße halten. Als sie es hinter dem Scheitelpunkt der Kurve geradeaus richten wollte, pflügte es durch eine Pfütze, in der das Wasser bis zu ihren Fußrasten reichte.
"Nicht aufgeben", murmelte sie. "Bloß nicht aufgeben! Ich muss es bis Krähenstein schaffen. Wenn ich in Krähenstein bin, ist alles gut."
Immer steiler führte die Straße bergauf. Das Wasser floss schnell genug ab, dass Manne wieder etwas mehr Gas geben konnte. Nur in den Kurven, wo sie die Strömung durchqueren musste, zerrte es an ihren Reifen. Der Regen schien etwas nachzulassen, dafür kam das Gewitter zurück. Gewaltige Tannen, die die Straße säumten, erstrahlten im blendend hellen Licht der Blitze, um mit dem nächsten Donner in der Schwärze der Nacht zu versinken.
Auf einer offenen Kuppe wurde Manne von einer Sturmböe erfasst und fast von der Straße gerissen. Sie beugte sich tief über ihren Lenker, um dem Wind möglichst wenig Angriffsfläche zu bieten. Hagelkörner groß wie Taubeneier prasselten aus dem nachtschwarzen Himmel herab und knirschten wie ein eisiger Vorgeschmack des Winters unter ihren Reifen.
Am Straßenrand glitt ein gelbes Schild vorbei, gleich darauf sah sie rechts und links von der Straße Lichter. Aus den Augenwinkeln erkannte sie, dass es erleuchtete Fenster waren. Manne hätte am liebsten gejubelt vor Glück. Sie hatte Krähenstein erreicht. Jetzt musste sie nur noch Jakobs Haus am unteren Ende des Dorfs wiederfinden.

Die steile Straße und die engen Kurven waren schon bei besserem Wetter eine Herausforderung, aber sie würde mehr als nur ein bisschen Glück brauchen, um unfallfrei über die Hagelkörner, die inzwischen knöchelhoch auf der Straße lagen, hinunterzuschlittern. Im zweiten Gang, mit offener Vorderrad- und durchgetretener Hinterradbremse kam sie einigermaßen sicher durch die erste Kurve. In einer besonders engen Rechts-Links-Kurve musste sie weit ausholen und ihr Moped auf die linke Straßenseite hinüberziehen. Sie hoffte inständig, dass ihr nicht ausgerechnet jetzt jemand entgegenkam. Aber außer ihr war offenbar niemand in dem scheußlichen Wetter unterwegs.

Als die Straße nicht mehr ganz so steil bergab führte und die Häuser vom Straßenrand zurückwichen, wusste sie, dass es nicht mehr weit sein konnte. Der nächste oder übernächste Vorgarten auf der rechten Seite musste zu Jakobs Haus gehören. Da stand sein Corsa! Doch als sie ihr Moped sachte in die Kurve lenken wollte, um daneben einzuparken, geriet ihr Hinterrad ins Rutschen. Sie musste die Bremse öffnen und noch einmal Gas geben, bevor sie abbiegen konnte. Unsanft rumpelte sie über den Bordstein und kam in der geschotterten Einfahrt vor dem Häuschen von Jakobs verstorbener Nachbarin zum Halten.

"Willkommen zu Hause", sagte sie mit einem heiseren Lachen zu sich selbst.

Zweiundzwanzig

Als Manne absteigen wollte, zitterte sie wie Espenlaub. Sie brauchte drei Anläufe, um ihr steifes Bein über den Sattel zu schwingen. Mit puddingweichen Knien stand sie neben der BMW und holte tief Luft, bevor sie wenigstens den Versuch unternehmen konnte, sie auf ihren Ständer zu hieven.

"Nicht mit Kraft", ermahnte sie sich. "Mit Schwung. Du kannst es. Eins, zwei ..." Wie von selbst glitt das Moped auf den Ständer. Am liebsten hätte sie ihre Faust triumphierend in die Höhe gerissen und einen Freudentanz aufgeführt, aber sie hatte kaum noch die Kraft, ihren Helm abzuziehen und auf den Rückspiegel zu hängen. Mit bleischweren Füßen kämpfte sie sich durch Sturm und Hagel bis zu Jakobs Haustür. In den durchweichten Handschuhen waren ihre Finger so kalt geworden, dass sie sie nicht mehr krümmen konnte, um die Klingel zu betätigen. Also patschte sie mit der ganzen Hand darauf.

"Lieber Gott", murmelte sie, während sie dem Schrillen hinter der Tür lauschte. "Lass ihn zu Hause sein."

Im Pladdern des Regens und im Grollen des abziehenden Gewitters konnte sie nicht hören, ob sich im Haus jemand bewegte, doch plötzlich leuchtete die schmale Scheibe in der Türfüllung hell auf, und ein Schlüssel wurde im Schloss umgedreht.

"Was ...?", setzte Jakob an.

Manne ließ ihn nicht ausreden. "Darf ich reinkommen?", sagte sie. "Bitte." Zumindest hoffte sie, dass sie das gesagt hatte, denn ihre Lippen fühlten sich ebenso starr an wie ihre Finger und ihre Zähne klapperten aufeinander.

"Manne?"

Sie nickte heftig. Gegen das Licht war Jakob ein großer, schlanker Schatten ohne Gesicht, aber sie vermutete, dass er sie fassungslos anstarrte.

"Was machst du denn bei dem Wetter da draußen? Schnell, komm rein." Er trat einen Schritt zur Seite, zog sie über die Schwelle und drückte die Tür hinter ihr zu.

"Da lang." Er deutete auf die vier Stufen, die in eine offene Wohnzimmer-Landschaft mit klobigen, schwarzen Sesseln und einer überdimensionalen Ledercouch führten. "Setz dich erst mal."
Manne schüttelte den Kopf und rang ihren froststarren Lippen wenigstens ein Wort der Erklärung ab. "Nass." Sie deutete auf die Pfütze, die sich zu ihren Füßen gebildet hatte. Zum Glück war das Wohnzimmer gefliest.
"zieh das nasse Zeug aus. Warte. Ich hol dir einen Bademantel."
Bevor sie etwas erwidern konnte, eilte er eine weitere Treppe nach oben. Manne hörte eine Tür klappen und gleich darauf Wasser rauschen. Mit den Zähnen packte sie die Klettverschlüsse ihrer Handschuhe, riss sie auf und zerrte sie von den Händen. Ihre klammen Finger tasteten nach dem Reißverschluss der Jacke, doch der Lederanhänger rutsche ihr zweimal aus den Händen, bevor sie ihn endlich zu packen bekam. Sie ließ Handschuhe und Jacke einfach auf den Boden fallen. Ihre Stiefel hatten zum Glück auch Reißverschlüsse, sonst hätte sie nicht gewusst, wie sie die von den Füßen bekommen sollte. Da ihre Hose ein bisschen zu lang war, konnte sie mit dem einen Fuß auf den Saum des anderen Hosenbeins treten und den Fuß herausziehen, während sie sich am Treppengeländer festhielt. Ihre Socken, ihr T-Shirt und ihr Slip waren ebenfalls patschnass, aber die wollte sie lieber doch nicht ausziehen.
Es dauerte nicht lange, bis Jakob mit einem dicken grau-gestreiften Frottee-Mantel zurückkam. "Ich hab dir ein Bad eingelassen." Ganz vorsichtig, als hätte er Angst, sie zu berühren, legte er den Bademantel über ihre Schultern. "Die Treppe hoch und die erste Tür links. Schaffst du das alleine?"
Manne nickte, reden war ihr zu anstrengend.
"Ich koche dir einen Tee oder magst du lieber Kaffee?"
Sie schüttelte den Kopf.
"Also einen Tee mit viel Zucker und einem Löffel Rum?"
Sie nickte und versuchte es sogar mit einem Lächeln, bevor sie sich auf den Weg zur Treppe machte.
"Leg die Unterwäsche vor die Tür", rief er ihr hinterher. "Ich stecke alles kurz in die Waschmaschine und danach in den Trockner."

Die Wanne war schon fast vollgelaufen, und das Wasser wurde von Schaumbergen gekrönt, die nach Lavendel dufteten. Wasserdampf hing in dicken Schwaden unter der Decke und dämpfte das Licht aus dem umlaufenden Leuchtband in der Decke.

Sie hängte den Bademantel zu den beiden Handtüchern auf einen beheizten Handtuchständer und schob ihre Wäsche durch einen schmalen Spalt auf den Flur, damit bloß nichts von der kostbaren Wärme verloren ging. Dann drehte sie den Wasserhahn zu, kletterte in die Wanne und seufzte wohlig, als sie bis zum Hals in das heiße duftende Wasser eintauchte. Ihr Körper begann zu prickeln, als der Eispanzer unter ihrer Haut langsam schmolz. Sie schloss die Augen, atmete den Duft des Sommers und des wolkenlosen Himmels der Provence ein. Unmerklich glitt sie in einen flachen Dämmerschlaf.

Ein Klopfen an der Tür weckte sie wieder auf.

"Der Tee ist fertig", hörte sie Jakob sagen. "Darf ich ihn reinbringen? Ich verspreche auch, dass ich nicht gucke."

"Kein Problem." Mannes Lachen klang wie das Krächzen eines Raben. Aus dem Badeschaum ragte nur ihr Kopf hervor, selbst wenn er nicht versprochen hätte, wegzuschauen, würde er nichts sehen, wofür er oder sie sich schämen müsste.

Er öffnete die Tür auch nur einen Spalt breit, schlüpfte rasch herein und zog sie hinter sich wieder zu. Angestrengt starrte er auf das Fußende der Badewanne, während er ein schmales Brett wie einen Tisch quer darüber legte und die Teetasse darauf stellte.

"Ich habe dir einen starken Assam mit Zucker und einem Löffel Rum gemacht", erklärte er, während er die Handtücher und den Bademantel auf dem Gestell zurechtrückte. "Ich hoffe, du magst ihn so. Mein Großvater hat darauf geschworen, dass schwarzer Tee mit Zucker und Rum die Kälte aus den Knochen treibt."

Vorsichtig nippte Manne an dem aromatischen Gebräu.

"Gut." Erleichtert stellte sie fest, dass ihre Stimme wieder gehorchte. "Unser Tourenführer hat auch immer gesagt, dass es nach einer Regen-Etappe nichts Besseres gibt als schwarzen Tee mit Zucker und Rum."

"Gut", wiederholte Jakob. "Dann lass ich dich jetzt mal wieder in Ruhe und mach dir was zu essen. Magst du Hühnersuppe mit Eierstich? Oder soll ich dir lieber ein paar Nudeln in die Suppe kochen."

"Ich liebe Eierstich. Aber mach dir meinetwegen bitte keine Mühe. Eigentlich habe ich gerade erst gegessen."

Jakob schüttelte den Kopf. "Eine Portion Hühnersuppe habe ich immer eingefroren, und Eierstich macht keine Mühe."

Bevor sie etwas antworten konnte, war er schon wieder draußen.

Sie zog das Brett näher zu sich heran und inhalierte den belebenden Duft, der aus dem Becher aufstieg. Hatte sie wirklich gerade erst gegessen? Es kam ihr vor, als lägen Tage, vielleicht sogar Wochen zwischen der Currywurst am Spiringer Yachthafen und ihrer Notlandung in Jakobs Badewanne. Wie war sie auf die idiotische Idee gekommen, noch einmal loszufahren, obwohl sich das Gewitter schon angekündigt hatte?

Als der Teebecher leer war und das Badewasser kühl wurde, tauchte Manne noch einmal ganz unter, um die Spuren der Unwetterfahrt auch aus ihren Haaren zu schrubben, bevor sie aus der Wanne kletterte. Der Bademantel war so lang, dass sie beim ersten Schritt in Richtung Tür fast über den Saum gestolpert wäre. Sie raffte ihn mit beiden Händen und fühlte sich plötzlich wie ein Kind, das mit den Kleidern der Eltern Theater spielt. Würdevoll, als würde sie das Krönungsornat einer Königin tragen, schritt sie die Treppe hinunter, wobei das alberne Kichern ganz und gar nicht zu ihrer königlichen Haltung passte.

Das Wohnzimmer war dunkel, nur im Treppenhaus brannte noch Licht. Sie folgte der Treppe, über die sie gekommen war, zur Haustür eine halbe Etage tiefer. Von dort führte die Treppe noch eine halbe Etage nach unten bis zu einer Tür, hinter der sie das Klappern von Geschirr und Besteck hörte.

"Jakob?" Ohne anzuklopfen trat sie ein und stand in der Küche, in die sie das letzte Mal von der Terrasse aus gekommen war.

"Du kannst Gedanken lesen." Er lächelte sie über den schmalen Tisch hinweg an. "Gerade wollte ich hochkommen, um dir zu sagen, dass die Suppe fertig ist. Möchtest du eine Scheibe Toast dazu? Ach du meine Güte!" Sein Blick fiel auf die nackten Füße, die unter dem Saum seines Bademantels hervorragten. "Ich fürchte, ich tauge als Gastgeber wirklich nicht mehr viel. Du frierst dir ja die Füße ab. Warte, ich hole dir warme Socken und Pantoffeln."

Manne wollte ihm sagen, dass sie heute schon kältere Füße gehabt hatte. Aber bevor sie dazu kam, war er schon draußen, und sie hörte ihn über die Treppe nach oben eilen. Sie nahm auf einer der Bänke Platz, die sich am Tisch gegenüberstanden, und blickte sich neugierig um. Außer den Suppentellern mit Rosenmuster, dem gehäkelten Untersetzer aus buntem Baumwollgarn und der Vase mit Astern gab es hier nichts, was nach Jakob aussah. Die Edelstahlküche im Industriedesign, über die sie sich schon bei ihrem ersten Besuch gewundert hatte, passte zwar perfekt zu dem Wohnzimmer im Loft-Stil und dem Bad mit den großen, grauen Fliesen, aber ganz und gar nicht zu dem wunderbar altmodischen Mann, der hier lebte. Bevor sie sich weitere Gedanken über Jakobs Einrichtungsstil machen konnte, kam er mit grünen, handgestrickten Wollsocken und grau gemusterten Filzpantoffeln zurück, die ihr mindestens vier Nummern zu groß waren. Egal! Hauptsache, sie waren warm. Inzwischen fühlten sich ihre Füße auf den Fliesen tatsächlich wieder unangenehm kalt an.

"Jetzt noch mal", sagte er, während sie die Socken überzog und in die Pantoffeln schlüpfte, "soll ich dir eine Scheibe Toast machen?"

Sie schüttelte den Kopf. "Nein, danke." Aus dem Topf, den er auf den bunten Untersetzer stellte, stieg ein köstlicher Duft auf. Ihr lief das Wasser im Mund zusammen und ihr Magen knurrte wie ein alter Hund. "Das Restaurant, das dich als Koch anheuern würde, könnte sich vor Gästen nicht retten."

"Ach, so eine Hühnersuppe ist doch keine große Sache."

Sie hatte den Eindruck, als würden seine Ohren rot aus den schlohweißen Locken hervorleuchten. "Probier erst mal, bevor du mich über den grünen Klee lobst. Da sind noch Petersilie und Schnittlauch." Er stellte zwei Schälchen mit dem gleichen Rosenmuster auf den Tisch. Für den Fall, dass sie ihre Suppe nachwürzen wollte, holte er auch noch einen Salzstreuer und eine Flasche Maggie.

Die ersten Löffel Suppe genossen sie schweigend. Dann erinnerten sie sich offenbar gleichzeitig daran, dass kultivierte Menschen beim Essen Tischgespräche führten.

"Wie bist du eigentlich ...", begann Manne.

"Was machst du eigentlich ...", setzte Jakob zu seiner Frage an. Sie verstummten, und für einen Moment war nicht einmal mehr das Klappern ihrer Löffel zu hören. Schließlich lachten sie gemeinsam.

"Du zuerst", forderte Manne ihren Gastgeber auf.

"Nein, du zuerst", widersprach Jakob. "Du bist der Gast." Bevor sie sich darüber einigen konnten, wer als Erstes reden durfte, platzte der schrille Ton der Türglocke dazwischen.

"Ach herrje!" Jakob warf einen raschen Blick auf die Uhr und rollte dann mit den Augen. "Die hatte ich völlig vergessen. Iss ruhig weiter. Es dauert nur einen Augenblick."

Sie hörte, wie er die Haustür öffnete und jemanden begrüßte.

"Ich hätte nicht gedacht, dass Sie sich bei diesem Wetter noch mal auf den Weg machen. Ich habe auch nichts vorbereitet. Wollen wir nicht lieber doch ein anderes Mal ..."

"Ach Jakob, habe ich etwas falsch gemacht, oder hast du vergessen, dass wir schon einmal per Du waren?"

Die Quietschestimme, die sich beim Lachen fast überschlug, kam Manne bekannt vor."

"Du musst nichts vorbereiten. Eine Flasche Wein habe ich mitgebracht, und ein paar Cracker finden sich sicher irgendwo."

"Es tut mir leid, Frau, ähm, Magdalena", stammelte er. "Aber heute passt es wirklich nicht. Ich, ähm ..."

"Jakob", quietschte die Stimme im Ton der Entrüstung. "Ein Gentleman wie du setzt eine Dame in dieser schrecklichen Nacht doch nicht einfach vor die Tür. Wenn das Gewitter zurückkommt, fürchte ich mich zu Tode."

"Vielleicht, ähm ..."

Plötzlich fiel es Manne wie Schuppen von den Augen. Magdalena war die hilfsbereite Frau Rubens, und Jakob wollte sie ihretwegen abwimmeln. So schnell sie konnte, rutschte sie von ihrer Bank und eilte die Treppe hinauf, um das Missverständnis aufzuklären.

"Wegen mir müsst ihr euch keine Umstände machen", platzte sie auf halbem Weg in das verlegene Schweigen, das sich zwischen Jakob und der pausbäckigen Frau auf der Schwelle breit gemacht hatte. "Ich bin rein zufällig hier, und wenn ihr für heute etwas verabredet habt ..."

"Iiih!" Magdalena Rubens quiekte, als wäre ihr eine Maus über die Füße gelaufen. "Wer sind Sie denn?"

"Manne." Sie packte mit der linken Hand die Falten des Mantels, damit sie die andere Frau mit Handschlag begrüßen konnte. "Manne Sollinger, und wir waren auch schon per Du."

Magdalena Rubens übersah die dargebotene Rechte, stemmte ihre Fäuste in die umfangreiche Taille und reckte sich, so hoch sie konnte.

"Wenn du mir gesagt hättest, dass du eine, eine ..." Sie suchte offenbar vergeblich nach einer passenden Bezeichnung. "Wenn ich gewusst hätte, dass du Damenbesuch hast, wäre ich nicht hier herausgefahren, um mich zum Narren zu machen. Gut, dass ich jetzt weiß, was für eine Sorte Mann du bist." Sie machte auf dem Absatz kehrt und stapfte davon. Sprachlos starrte Jakob hinter ihr her.

"Das tut mir leid." Schuldbewusst fixierte Manne die Spitzen der riesigen Pantoffel. "Ich wollte sie nicht verjagen."

"Mir tut das nicht leid." Energisch drückte Jakob die Haustür ins Schloss. "Ich hätte nicht gewusst, wie ich diese Klette je wieder losgeworden wäre. Komm, die Suppe schmeckt nicht, wenn sie kalt ist." Wie ein Kavalier der alten Schule bot er Manne auf der Treppe seinen Arm. "Weißt du, was sie mit dem letzten Satz gemeint hat?"

"Was für eine Sorte Mann du bist?" Manne hakte sich bei ihm unter und brachte mit der anderen Hand den Saum des Bademantels in Sicherheit. "Ein echter Gentleman."

Inzwischen war auch Mannes Unterwäsche wieder trocken. Jakob brachte ihr dazu eine Hose und einen Pullover aus bordeauxrotem Nicki-Stoff.

"Den hat mir mein Sohn vor zwei Jahren zu Weihnachten geschenkt",
erklärte er. "Aber ich habe ihn noch nie getragen. Als Schlafanzug
ist er mir zu warm und Hausanzüge finde ich albern. Vielleicht passt
er dir und wenn du ihn magst ..."

Von passen konnte zwar kaum die Rede sein, Arme und Beine
waren zu lang, dafür zwickte der Hosenbund. Für Mannes Hintern
gab es auch nicht genug Platz in der Hose, doch der Pullover-Saum,
der ihr bis über den halben Oberschenkel reichte, überspielte das
Problem sehr gekonnt.

"Es ist wärmer als der Bademantel, und bis meine Lederkombi einigermaßen trocken ist, kann es noch dauern."

"Soll ich dich nach Hause fahren, wenn wir fertig gegessen haben?",
bot Jakob an. "Du kannst dein Motorrad hier lassen, und ich hol dich
morgen oder übermorgen nach der Arbeit ab, damit du es wieder
heimbringen kannst."

"Ich will nicht nach Hause. Meggie hat meinen Tisch kaputt gemacht
und Julia redet nie wieder ein Wort mit mir." Sie hörte selbst, dass
ihre Stimme wie die eines bockigen Teenagers klang, aber Jakob
ging achselzuckend darüber hinweg.

"Ein unangenehmes Kind", stellte er fest. "Ich bin sicher, dass ich
den Tisch wieder reparieren kann. Soll ich mein Gästezimmer für
dich richten?"

"Nein." Plötzlich schoss eine andere Idee durch Mannes Gedanken.
"Kannst du bei Herrn Maurer anrufen und ihn fragen, ob ich im Haus
seiner Großmutter übernachten darf? Ich würde es gerne mieten."

"Nur für eine Nacht oder für den Rest der Woche?"

"Für immer."

Dreiundzwanzig

Manne und Stefan Maurer waren sich noch am selben Abend einig geworden. Am nächsten Morgen hatte er ihr den Mietvertrag und die Schlüssel gebracht. Die Möbel hatte er ihr kostenlos überlassen wollen, aber sie hatte darauf bestanden, sie ihm abzukaufen.
"Ich will nicht zwischen diesen Ungeheuern leben, ich will sie verkaufen und die Zimmer ein bisschen netter einrichten", hatte sie ihm erklärt. Er war so froh gewesen, alle Probleme auf einmal loszusein, dass er nur einen symbolischen Euro haben wollte. Sie hatte ihn mit fünfzig Prozent am Erlös beteiligen wollen, und schließlich hatten sie sich auf fünfhundert Euro geeinigt.
"Fünfhundert Euro für alles?", hatte sie sich versichert.
Er nickte. "Du kannst verkaufen, was du willst. Nur der Küchenherd und der Kachelofen müssen drinbleiben."

Da ihre Motorradkombi am Nachmittag schon wieder einigermaßen trocken war, beschloss sie, nach Sisselsheim zu fahren, das Nötigste in die Packtaschen zu stopfen und in ihr neues Zuhause zu bringen. Obwohl sie sich immer wieder vorsagte, dass sie wegen ihres überstürzten Auszugs kein schlechtes Gewissen haben musste, weil sie nur zur Probe in Opa Gerhards Hobbithöhle gewohnt hatte, war sie froh, dass niemand zu Hause war, der eine Erklärung von ihr verlangen konnte. Sie beeilte sich mit dem Packen, und es dauerte keine zwanzig Minuten, bis sie wieder vom Hof rollte.
Unterwegs hielt sie bei dem kleinen Supermarkt in Dunnfels. Sie wollte ihre neue Küche einweihen und Jakob zu Reibekuchen mit Apfelmus einladen. Gewürze, Milch und Öl hatte sie mitgebracht, Kartoffeln, Mehl und Eier konnte sie hier kaufen, und die Äpfel für das Apfelmus würde sie auf der Streuobstwiese finden.
Als sie auf ihrem Handy nach der Uhrzeit schauen wollte, stellte sie fest, dass Eberhard angerufen und eine Nachricht hinterlassen hatte.
"Hallo Schwiegermama", ertönte seine Stimme. "Ich hab dich wegfahren sehen. Wo steckst du denn jetzt?"

Manne zögerte einen Moment, bevor sie die Rückruftaste drückte. Vermutlich war er sowieso schon wieder in einem Kundengespräch, bei dem er nicht gestört werden wollte. Doch zu ihrem Erstaunen, wurde das Gespräch nicht weggedrückt.
"Hallo Schwiegermama! Alles okay bei dir? Wo bist du denn?"
"In Krähenstein." Sie musste ein paarmal schwer schlucken, bevor der Kloß, der plötzlich in ihrer Kehle steckte, wieder verschwand. "Ich habe heute Morgen das Haus gemietet, in dem ich vorletztes Wochenende Urlaub gemacht habe."
"Ich habe gehört, dass es gestern ziemlich gerumpelt hat. Es ist eine gute Idee von dir, erst mal auf Tauchstation zu gehen. Soll ich Julia Bescheid sagen? Oder den Mund halten, bis sie merkt, dass sie sich Sorgen um dich macht? Bleibst du bis zum Wochenende in Krähenstein oder länger?"
"Für immer", entgegnete Manne mit fester Stimme. "Ich habe beschlossen, bei euch auszuziehen und vorläufig in Krähenstein zu bleiben."
"Das ist, ähm ..." Jetzt musste Eberhard schlucken. "Mein nächster Kunde kommt gerade zur Tür rein. Kann ich dich später noch mal anrufen, Schwiegermama? Und darf ich Julia erzählen, wo du bist?"
"Du kannst versuchen, mich anzurufen, aber das Haus liegt in einem Funkloch, und Julia darfst du erzählen, was du willst. Aber hör bitte auf, mich Schwiegermama zu nennen. Ich heiße Manne."
"Alles klar, Manne." Er lachte. "Ich melde mich bei dir."

Da es nach dem Gewitter wieder angenehm warm und sonnig war, deckte sie den Tisch auf ihrer improvisierten Terrasse vor dem Gästezimmer, bevor sie nach nebenan lief, um Jakob Bescheid zu sagen.
Sie hatte gerade die Platte mit Reibekuchen auf den Tisch gestellt, als oben ein Auto vorfuhr.
"Erwartest du Besuch?" Jakob blickte sie fragend an. "Kommt Stefan noch mal vorbei?"
Sie schüttelte den Kopf. "Nicht, dass ich wüsste."
Sie hörte eine Autotür und gleich darauf tönte eine hohe Stimme:

"Doch, Mama. Hier ist es. So sieht das Haus in Papas Prospekt auch aus. Fast jedenfalls. Und da ist auch die Hausnummer: sieben."

"Oh je, Gwen und Julia." Manne verzog das Gesicht, als hätte sie Zahnschmerzen. "Offenbar gibt es wieder Redebedarf."

"Soll ich später wiederkommen?", bot Jakob an. "Vielleicht redet es sich leichter, wenn kein Fremder dabei ist."

"Bleib bitte hier." Bei der Aussicht, ihrer zornigen Tochter und ihrer impulskontrollgestörten Enkelin allein gegenüberzutreten, spürte sie ihr Herz im Hals schlagen. "Wenn du dabei bist, nehmen mich die zwei vielleicht nicht allzu hart in die Mangel." Es hätte wie ein Witz klingen sollen, aber ihre Stimme zitterte, als hätte sie tatsächlich Angst.

"Siehst du hier irgendwo eine Klingel?", hörte sie Julia fragen.

"Da", antwortete Gwen.

"Nein, ich meine eine richtige Klingel. Das ist sicher nur Deko."

"Nein, die Glocke ist echt." Manne straffte ihre Haltung und ging den Besucherinnen durch den Garten entgegen. "Aber ihr könnt außen rumkommen. Jakob und ich sind im Garten. Wir wollen gerade essen."

"Kartoffelpuffer mit Apfelbrei." Gwen reckte ihre Nase in den Wind. "Kann ich ..." Ein strenger Blick ihrer Mutter ließ sie mitten im Satz verstummen.

"Mögt ihr eine Portion mitessen?", nahm Manne das Stichwort auf. "Ich habe sowieso zu viel gemacht."

"Wir wollten eigentlich nur ...", begann Julia.

"Oh ja!", platzte Gwen gleichzeitig heraus. "Wo soll ich mich hinsetzen? Gibt es irgendwo noch mehr Stühle?"

"Gwen benimm dich", zischte Julia. "Du bist hier nicht zu Hause."

"Aber sie ist bei ihrer Großmutter zu Besuch", konterte Manne. "Da wird sie doch wohl nach einem Stuhl fragen dürfen. Weißt du was", fuhr sie zu Gwen gewandt fort, "ich schau im Haus nach, da sind noch mehr Stühle. So lange setzt du dich einfach auf meinen."

Jakob stand ebenfalls auf. "Was hältst du davon", fragte er Manne. "Du machst es dir mit deiner Tochter hier gemütlich", mit einer angedeuteten Verbeugung in Julias Richtung zeigte er auf seinen

Stuhl, bevor er sich an Gwen wandte. "Wir beide schauen nach, ob es bei mir im Gartenhäuschen noch ein paar Stühle gibt."

"Oh ja!" Gwen wollte Jakob zu dem Loch im Gartenzaun folgen, aber Julia rief sie zurück.

"Gwen!" Ihre Stimme klang scharf. "Du wolltest deiner Großmutter etwas sagen."

"Auweia." Das unternehmungslustige Funkeln in den grünen Augen erlosch. "Ich soll dir sagen, dass ich deine Sachen kaputtgemacht habe. Aber ich war's nicht."

"Gwen, wir haben eine Verabredung", ermahnte Julia ihre Tochter. "Ich schimpfe nicht mit dir, weil du nichts dafür kannst, dass du manchmal Dinge tust, die dir hinterher leidtun, und du lügst mich nicht an."

"Ich hab nicht gelogen. Ich war's wirklich nicht."

"Zuhause hast du noch ge..."

"Nein, hab ich nicht. Meggie hat gesagt, ich hätte ihr erzählt, dass ich den Nagel unter den Reifen gesteckt und den Tisch zerkratzt habe, weil ich nicht will, dass Oma Manne in Opa Gerhards Wohnung wohnt. Aber das ist nicht wahr."

"Warum hast du stumm wie ein Stockfisch daneben gestanden, als sie es erzählt hat? Ich denke, du lügst nicht."

"Nichts sagen ist nicht dasselbe wie lügen."

Julia schnaubte. "Das klären wir, wenn wir zuhause sind."

"Jetzt ist doch alles geklärt", entgegnete Gwen mit einem treuherzigen Augenaufschlag. Manne hätte beinahe laut gelacht. Sie drehte rasch den Kopf weg, aber Gwen hatte es trotzdem gesehen. "Guck", triumphierte sie. "Oma Manne ist gar nicht mehr böse. Kommst du jetzt wieder mit nach Hause, Oma?"

"Nein." Manne schüttelte den Kopf so heftig, als müsse sie sich davon überzeugen, dass die Entscheidung richtig war. "Ich denke, es ist klüger, wenn wir ein bisschen Abstand haben. Aber ihr könnt mich jederzeit besuchen, und vielleicht darf ich ab und zu zu euch kommen."

"Na klar darfst du." Gwen Augen leuchteten. "Wenn Meggie oder Mama zickig werden, besuchst du mich halt in meinem Zimmer."

"Jetzt gehen wir aber wirklich die Stühle holen, bevor unsere Kartoffelpuffer kalt werden", mischte sich Jakob ein. "Vielleicht hast du mit deiner Tochter auch noch was zu besprechen."

"Haben wir etwas zu besprechen?", wandte sich Manne an Julia, als Jakob und Gwen durch die Lücke im Zaun geschlüpft waren.
"Ich weiß nicht, was wir noch besprechen sollten." Julia verschränkte die Arme vor der Brust. "Ich versuche, meine Kinder einigermaßen konsequent zu erziehen, und du trampelst durch unser Leben und wirfst meine Regeln einfach über den Haufen. Was dabei herauskommt, hast du ja gerade gesehen."
"Mach doch kein Drama daraus. Es ist nichts passiert, was man nicht wieder geradebiegen könnte. Mein Moped hat neue Reifen. Jakob meint, den Tisch kann er richten. Mit den Mädchen müssen wir gelegentlich ein paar Worte Klartext reden. Vielleicht ..."
 "Stopp!" Julia unterbrach sie brüsk. "Du musst gar nicht weiter reden. Ich sollte inzwischen begriffen haben, dass du mich nicht verstehst. Wie solltest du auch? Du hörst mir nicht einmal zu, wenn ich dir etwas erkläre. Und weil du sowieso alles besser weißt, darfst du dich natürlich auch in meine Erziehung einmischen."
"Julia, was ..."
"Warte, ich bin noch nicht fertig." Zornig funkelte sie ihre Mutter an, und einen Moment lang glaubte Manne, Meggies Katzenaugen im Gesicht ihrer Tochter zu sehen. "Ich gebe zu, es war eine dumme Idee von mir, dich in unser Haus einzuladen. Ich hatte gehofft, die Mutter wiederzufinden, die ich vor dreißig Jahren verloren habe. Ich hatte mir gewünscht, dass wir uns endlich kennenlernen und vielleicht sogar entdecken, dass wir uns gern haben. Aber so ein Happy End gibt es nur in Hollywood. In unserem Fall ..." Tränen glitzerten in ihren Augen. "Herzlich willkommen auf dem Boden der Tatsachen."

Vier Wochen später

"Eldermann?" Anjas Stimme klang skeptisch. "Was kann ich für Sie tun?"

"Sollinger", meldete sich Manne ebenso förmlich. "Kann ich bitte meine Freundin Anja sprechen?"

"Mensch, Manne!" Anja wollte sich ausschütten vor Lachen. "Was ist denn das für eine komische Nummer? Die kenne ich ja noch gar nicht."

"Wenn ganz vorne eine Null und eine Sechs stehen, ist es eine Festnetznummer. Die sind zwar ein bisschen aus der Mode gekommen, aber für Menschen, die in einem Funkloch wohnen, immer noch sehr praktisch." Ohne ihr Zutun griffen ihre Hände nach dem Block, auf den sie normalerweise ihre Einkaufslisten schrieb und einen Kugelschreiber.

"So eine kurze Nummer habe ich noch nie gesehen. Das sind ja nur ..." Offenbar brauchte sie einen Moment, um nachzuzählen. "Das sind nur vier Zahlen? Reicht das bei euch in der Gegend?"

"Mein Vermieter hatte das Telefon nur vorübergehend und nicht dauerhaft abgemeldet, deshalb konnten sie den alten Anschluss wieder freischalten."

"Und? Wie geht es dir in deinem abgeschiedenen Nest in den Bergen? Genießt du deine Extraportion Ferien? Oder fällt dir schon die Decke auf den Kopf."

"Ferien ...?" Manne brauchte einen Moment, um sich daran zu erinnern, dass ihre Freundin seit drei Wochen wieder vor ihrer Klasse stand. "Ach ja, Ferien. Auf meiner Baustelle ist mir das Gefühl für Zeit ein wenig abhandengekommen." Eine Wellenlinie schwappte unentschlossen über den unteren Rand des Papiers. "Letzte Woche war der holländische Antiquitätenhändler da, der mir mein Kölner Arbeitszimmer abgekauft hat, um das Jagdzimmer abzuholen. Er hat mir achttausend Euro für die Möbel gegeben, die Stefan und Jakob auf den Sperrmüll stellen wollten. Das Schlafzimmer hat er auch mitgenommen. Zuerst hatte ich ja ein ziemlich schlechtes Gewissen, weil ich nur fünfhundert dafür bezahlt habe, aber Jakob meint, dass

Stefan sowieso nicht mit Geld umgehen kann. Luise hat ihm genug Geld hinterlassen, um das Häuschen technisch auf Stand bringen zu lassen und einzuziehen, stattdessen hat er mit seiner Freundin eine Kreuzfahrt in die Karibik gemacht." Sie ließ die Welle in einem Schnörkel enden. "Jetzt bin ich dabei, den Dielenboden in der guten Stube abzuschleifen und frisch zu versiegeln. Eine Mordsarbeit, sage ich dir. Aber es macht Spaß. Obwohl das Holz schon so alt ist, riecht es immer noch nach Harz, zusammen mit Leinöl und Wachs duftet es wie Urlaub in einem Maleratelier." Als sie Anja lachen hörte, erinnerte sie sich daran, dass nicht Plappern ohne Punkt und Komma, sondern Zuhören die Königsdisziplin war.

"Und was gibt es bei dir Neues?", erkundigte sie sich, während sich am Ende des Schnörkels sechs kleine Kreise zu einer Blüte zusammenfanden.

"Nicht einmal einen Bruchteil von dem, was bei dir in den letzten vier Wochen alles passiert ist. Im Ernst, es freut mich, dass du deinen Platz zum Altwerden gefunden hast. Und mit diesem Jakob scheinst du ja auch einen Glücksgriff gemacht zu haben. Aus dem Traum von der Großfamilie ist also doch der Mann fürs Leben geworden."

"Nicht wie du das meinst", widersprach Manne. "Jakob will keine Frau, und ich brauche keinen Mann. Aber er ist der netteste Nachbar, den ich mir vorstellen kann und ein prima Kumpel. Jetzt hilft er mir, die restlichen Möbel von Eberhards Mutter salonfähig zu machen. Er will mir auch in der ehemaligen Wäschekammer ein Bad einbauen." Zarte Blätter wuchsen aus der Linie, die zu einem weiteren Schnörkel hinaufrankte.

"Ein netter Nachbar und ein prima Kumpel?" Anja lachte schallend. "Ich wette, dieser Typ ist hoffnungslos in dich verliebt, und unser Mannemädchen ist mal wieder blind wie ein Maulwurf."

"Ich würde an deiner Stelle nicht wetten", entgegnete Manne spitz. "Du hast schon eine Wette verloren. Ich werde sicher nicht mehr an die Schule zurückkommen. Das Haus kostete weniger als die Hälfte von dem, was ich bei Julia bezahlen müsste. Mein Sparbuch sollte also reichen, um zwei erwerbslose Jahre zu überbrücken." Aus der

Welle mit den Schnörkeln und den Blättern war eine elegante Blätterranke geworden, die als Bordüre unter den Schrägen ihrer Schlafzimmerwand sicher auch sehr dekorativ aussehen würde.

"Ob ich meine Wette verloren habe, entscheidet sich am dreißigsten August nächsten Jahres. Wenn du bis dahin nicht wieder an der Schultür gekratzt und darum gebettelt hast, dass wir dich reinlassen, geht der nächste Schokobecher auf meine Kosten. Aber wenn du deinen netten Nachbarn irgendwann doch heiratest, ist mehr als nur ein Eisbecher fällig."

"Von mir aus." Manne schüttelte lachend den Kopf. "Aber auf diesen Mehr-als-einen-Eisbecher wirst du noch lange warten müssen. Ich werde bestimmt nicht heiraten. Jakob nicht und keinen anderen Mann."

"Wenn du eine Frau heiratest, habe ich meine Wette aber auch gewonnen", frotzelte Anja. "Wie läuft es denn inzwischen mit deiner Familie?"

Manne seufzte. "Julia hat die Einliegerwohnung an zwei Studenten aus Pakistan vermietet und ruft mich jeden Freitagabend an, um zu fragen wie es mir geht."

"Das ist doch wenigstens ein Anfang."

"Das hat sie auch gemacht, als ich noch in Köln gewohnt habe."

"Lad sie doch mal ein, oder triff dich auf neutralem Terrain mit ihr."

"Das hab ich schon versucht, bis jetzt hatte sie noch immer einen Termin, den sie partout nicht verschieben konnte."

"Das wird schon noch." Anja schien dem Wermutstropfen in Mannes neuem Leben nicht viel Bedeutung beizumessen. "Lass ihr Zeit. Du hast deinem Schneewittchen eine Menge zugemutet, kein Wunder, dass sie eingeschnappt ist. Irgendwann schnappt sie auch wieder aus, und am Ende wird alles gut."

"Und wenn es doch nicht gut wird?"

"Dann ist es noch nicht das Ende."

Dank der Autorin

An dieser Stelle ein herzliches Dankeschön an alle, die die Entstehung dieses Romans überhaupt erst möglich gemacht haben.
Vielen Dank an Christine, die mit Erfahrung und Fingerspitzengefühl logische Fehler, Satzungeheuer und Schwurbeleien aus dem Text geschüttelt hat.
Nicht weniger Dank an Manu, die mit spitzer Feder große und kleine Buchstaben, Kommata, Punkte und Fragezeichen, die sich verlaufen hatten, aufgespießt und an die richtige Stelle gebracht hat.
Ein großes Dankeschön auch an Astrid für die pfiffigen Ideen und eleganten Linien, mit denen sie meine nebulösen Vielleicht-so-ähnlich-wie-das-aber-dann-bitte-ganz-anders-Vorgaben in eine wunderbare Coverzeichnung verwandelt hat.
Andrea, Elke und Michaela aus dem besten Erfolgsteam aller Zeiten sowie meiner Freundin Iris danke ich für die Geduld, mit der sie Manne durch alle Höhen, Tiefen und Irrwege der Geschichte begleitet haben.
Bei meiner Mentorin Uta bedanke ich mich für die Erkenntnis, dass eine Schreibblockade kein unabwendbarer Schicksalsschlag ist, sondern ein wenig zielführender Gedanke, den ich jederzeit ändern kann.
Ein ganz besonders herzliches Dankeschön geht an dieser Stelle an meinen Mann, der mir nicht nur den größten Teil der Hausarbeit abnimmt, damit ich mehr Zeit zum Schreiben habe, sondern mit Know-how und Geduld mein Wunschcover gebastelt, und alles zurecht gepfriemelt hat, dass die Druckerei aus den elektronischen Seiten ein echtes Buch machen konnte. Danke, Fern, dass es dich gibt, und dass du auch dann noch an mich glaubst, wenn ich mal wieder denke, dass Hopfen und Malz verloren ist.

Ich danke auch den vielen Leserinnen und den drei Lesern, die die kostenlose Beta-Ausgabe von Mannes Geschichte in Obhut genommen, gelesen und weiter geschenkt haben. Ohne Ihre ermutigenden Rückmeldungen wäre niemals ein "richtiges" Buch daraus geworden, das Sie jetzt auch in jeder Buchhandlung kaufen können. Wenn Ihnen die Geschichte soviel Lust auf mehr Manne gemacht hat wie mir, lade ich Sie recht herzlich ein, auf den folgenden Seiten oder meiner Homepage nach weiteren Romanen aus der Manne-Reihe zu schauen, die bereits erschienen oder gerade in Arbeit sind.

Der Roman spielt ausschließlich an fiktiven Orten. Auch die handelnden Charaktere sind frei erfunden. Eventuelle Ähnlichkeiten mit realen Orten oder lebenden Personen wären rein zufällig und sind nicht beabsichtigt.

Waldgrehweiler, Oktober 2022
Beate Weirich

Wie es weiter geht ...

Manne: ausgerechnet Weihnachten

Manne Sollinger ist ein Weihnachtsmuffel. Während andere Weihnachtsdeko vom Speicher holen, Plätzchen backen, Weihnachtslieder hören, Geschenke und einen Tannenbaum kaufen, igelt sie sich Zuhause ein.
Da ihre Freundin Anja davon überzeugt ist, dass sie für ein neues Leben auch neue Weihnachtsrituale braucht, besucht Manne einen Weihnachtsflohmarkt und einen Adventsbasar, lernt backen und lädt obendrein ihre resolute Tochter mitsamt Ehemann und den pubertierenden Töchtern zu einer nostalgischen Weihnachtsfeier in ihr Krähensteiner Häuschen ein.
Eine turbulente Vorweihnachtszeit beginnt, in der sich Manne zu allem Überfluss auch noch mit den Launen von Jakob, ihrem sonst so liebenswerten Nachbarn auseinandersetzen muss.

erscheint im November 2022 bei BoD, ISBN 978-3-756-83446-4

Manne: ausgerechnet Alpakas

Da es in Krähenstein keine Schafe mehr gibt, um die Streuobstwiese hinter den Gärten von Jakob und Manne abzuweiden, will der Großbauer Mück ein Maisfeld daraus machen. Im Gemeinderat kämpft Jakob auf verlorenem Posten um den Erhalt der alten Bäume. Erst als Manne an seine Seite tritt, wendet sich das Blatt.
Sie übernimmt die Alpakas Stuart und Percy um die Wiese vor den Plänen des landhungrigen Bauern und des intriganten Bürgermeisters zu retten. Doch die vierbeinigen Mitbewohner stellen ihre neue Halterin vor unvorhergesehene Herausforderungen.

erscheint voraussichtlich im Herbst 2023 bei BoD

Weiter in Planung ...

Manne: ausgerechnet Liebe

Manne und Jakob sind sich einig: Liebe ist etwas für junge Leute, es
gibt nichts, was eine gute Freundschaft so nachhaltig verkompli-
zieren könnte, wie die Liebe. Doch als der charmante Richard auf
den Plan tritt, wird ihre Freundschaft auf eine harte Probe gestellt.

Manne: ausgerechnet Handarbeit

Frau Rubens, die Handarbeitslehrerin der Selma-Lagerlöff-Grundschule kündigt überraschend. Manne soll ihre Stelle übernehmen,
obwohl sie von Häkeln und Stricken keine Ahnung hat.

Manne: ausgerechnet Corona

Während ein Virus die Welt auf den Kopf stellt, wird die kleine Welt
von Mannes Tochter Julia auch noch durch die amourösen Abenteuer ihres Ehemannes erschüttert. Mit Sack und Pack und ihren
beiden Töchtern zieht sie zu ihrer Mutter. Doch es stellt sich schnell
heraus, dass Mannes Häuschen für vier temperamentvolle Frauen
aus drei Generationen zu klein ist.

Beate Weirich

wurde 1960 in Ludwigshafen/Rhein geboren und arbeitet als Musiklehrerin an einer Schule mit dem Förderschwerpunkt sozial-emotionales Lernen. Sie lebt mit ihrem Mann, einem Hund, vier Katzen und fünf Alpakas, die auch in der Alpaka-AG in der Schule tätig sind, im Donnersbergkreis in Rheinland-Pfalz.
Von 2010 bis 2013 brachte sie mit ihrem Mann, dem Comic-Zeichner Fern Weirich, die Social-Fantasy-Reihe "Siegelwelt-Chroniken" heraus (zu beziehen über www.tintenweberei.com).